The Green Walnut

六月的青核桃

白兰 / 著

作家出版社

序言：成长中的文学，文学中的成长

白兰的长篇小说《六月的青核桃》让我想起两株迥然不同的树：一株高可参天，枝繁叶茂，是成熟期的树；一株亭亭玉立，青青秀秀，是成长期的树。大树是树，小树也是树，白兰的作品显然属于后者，是成长期的文学，成长期的树。

作为90后，白兰带给我们了一个惊喜。她让我看到，这个年龄段的孩子，是那样真诚地生活着，同时又是那样真诚地创作着。她（他）们的世界，她（他）们的成长，虽然不乏关爱和温暖，却也纠结着埋在心底的沉重和无奈。面对早来的恋情，面对学校、家长的期望，她（他）们一次次跌入痛苦的深谷，一次次考问着自己的灵魂。她（他）们单纯，她（他）们烂漫；她（他）们叛逆，她（他）们感恩。固然，因为阅历的不足，她（他）们的作品还难以承载更为深刻的社会内涵。但是，正因为年轻和单纯，她（他）们的心灵未经世俗的污染，她才能以如此清纯、细腻且又真实的笔触，把中学生的生活、情感以及她（他）们的成长写得鲜活、透彻和充满诗意。

这里，我之所以多次地提到“她（他）们”这个字眼，是与这部作品所表现的生活与人物的代表性、丰富性相一致的。《六月的青核桃》在叙写主人公情感经历的同时，还透过主人公的视角，对身边同学间已经发生或正在发生的故事，进行了客观冷静的审视与思考，并不无感慨地写道："不过是同一部戏，不同的演员罢了。"显然，作者试图通过这部书为她（他）们同龄段的孩子们代言。

在我看来，《六月的青核桃》是一部用文学样式写成的，真诚表达女中学生成长历程的青春自白书。作品开篇部分便以"缅怀我们共同的青春"而定调。这样的作品构架，抽绎出整部作品的感情线索，使得整部作品笼罩在追忆、缅怀、挥别和反思的氛围中。它所呈现给我们的泪水和欢笑，使我们近距离地感受到了中学校园以及中学生活的况味与真实。正如作者在《后记》中所言，在创作这部小说的过程中，她近乎残忍地选择了对伤口的保鲜，不断将伤口撕开，翻检，越是痛感减轻的时候，越要刺痛它，以此来保证感情的自然流淌以及对细节的敏感。这种完全忠实于心灵，忠实于真实感受的写作方式，无疑给作品增添了浓厚的感情色彩和鲜活的生命感。它的行云流水般的叙述描写，它的融情于景、情景交融的心理刻画，它的充满了矛盾、纠结、痛苦、挣扎的内心独白，不仅是唯美的，而且是震撼的。也许，作为一种文学阅读，我们更习惯于对作者文笔的优劣给出一个评价，但是，读完白兰的小说，掩卷沉思，它的萦绕于心的蚕丝般的纤细，它的缠绕于怀的水银般的晶莹，却决不限于它的文字。它是青春和爱吐出的丝，是这种丝弹拨而成的动人的心曲。这声音虽然纤弱，却如融化于早春的碧涛，叩击着我们的心弦，洗濯着我们的灵魂。

长篇小说《六月的青核桃》故事情节并不复杂，人物设置也相对单纯。小说从主人公许妍初中阶段的寄宿生活开始写起，到高二阶段经历了休学返校复读收笔。详细叙写了主人公远离父母的孤独，对同学友情的依恋，对异性爱的萌动，高中阶段陷入早恋漩涡的痛苦与挣扎，以及休学后彻底告别一段恋情所经历的内心磨难和深刻反省。书中着墨较多的人物，包括老师和家长，也不过十来个。两个与主人公感情纠结的男生，一个与主人公形影不离的闺蜜，几乎构成了这部作品的全部。这种相对单纯的题材，虽然不比表现更为广阔的生活图景有更大的创作难度，却也是对作者把握题材、构架作品、表现人物等方面能力的一种考验。需要指出的是，作者能把这个并不复杂的故事写得相对丰满，把作品布局和人物关系处理得相对得体，这在同龄段孩子们的写作中，实属不易。

中学生早恋是一个无法回避也不能回避的课题。正确处理中学生早恋问题，事关她（他）们学业的上进，事关她（他）们人生观、爱情观和独立人格的形成，事关青年一代的健康成长。这样的题材应该怎么写，也许作者无意进行专门的探索，但却做出了有益的尝试。首先，它使我们认识到早恋的发生完全是出于天性和自然。“它像房檐上的几滴雨打破了梦的完整，像被风卷起的几片叶惊起了湖的涟漪，像蜜蜂脚上的花粉留下了希望的种子，像顽童遗落的柳枝成就了绿色的阴翳。”其次，它让我们感受到这份感情是多么的单纯和美好。“它只收藏感动与微笑；只在意浪漫与心跳；只要求誓言与承诺；只看重品行和情操。除了无邪还是无邪。”再次，它在感染我们的同时，也令我们警醒，令我们叹惋。它让我们目睹了“品学兼优的许妍是怎样与实验班失之交臂，又怎样从班级第二的名次滑落到30多名。”令人欣慰的是，作者通过叙写这个带给她满心伤痛的爱情故事，完成了一次破茧化蝶的蜕变，并在文学创作中重建了自己的人生坐标。她的心路历程以及带有鲜明倾向性的对题材的把握，或可为她（他）们这个年龄段的孩子们正确看待早恋问题，开辟一条完全不同于成人式的沟通、交流和释放的渠道，为她（他）们从贴近自己的文学阅读中找到共鸣、得到启示、调整方向提供一种可能。《六月的青核桃》虽然意在挥别一段早恋的情感，但作者却没有采取简单的否定态度，甚至还抱着难以割舍的相对复杂的心态，这也许正是这部作品的价值所在。

吴义勤

2013.3.1 北京

（吴义勤：中国现代文学馆常务副馆长、中国小说学会副会长、博士生导师）

写在前面的话

美丽与忧伤仿若缠绕青春的茧，被一层层剥开，渐渐地还原出青春清晰的模样。《六月的青核桃》在一种刻骨铭心的痛中破土而生。而下面的这段文字，则是我在完成初稿之后，对这种痛的无情撕扯。虽然时至今日，作为大二学生的我，对于爱，已然有了更为成熟的认识与理解，但我仍愿在开卷之首为它留下一席之地，权作对当时痛苦挣扎的一种祭奠。

曾经期待很久的十八岁，终于在我的惊恐与慌张中悄悄地走来了。是的，我十八岁了。好像每一个刚刚长大的女孩子，都会隐隐地担忧衰老。我也一样，开始看着镜子中的自己，忧伤地问："我是不是快老了？"是呵，青春是那么的易逝！从某种意义上说，长大，是我们的第一次衰老。突然，很怕长大。

青春真的很短暂，然而，许多美好的需要用一生来铭记的故事，常常选择在这样短暂的时光中发生。漫长的人生，总是被自然地划分为两部分，一部分用来经历，一部分用来怀念。我永远不后悔在我十七岁的年轮上记刻下这样一个有关爱的往事，它会让我在青春已逝的岁月里，仍能靠怀念得到某种心灵的感动和慰藉。我相信，每当回忆起我的十七岁，或者是更早更早的那段在嘉程的日子，我都会由衷地感叹："那才是青春！"

不知从什么时候开始，爱上了那些忧伤的句子，喜欢一个人，静静躺着，什么也不想，什么也不做，也不再为那善良美丽的人鱼公主编织更加美好的结局。我宁愿看她变成泡沫，然后放肆地哭泣。似乎是突然间，懂得了爱情的深意，真切地感受到人鱼公主化成泡沫时那令人悲伤的甜蜜。我的青春，在不知不觉中，被一盏叫作"love"的灯悄悄地点亮了。

大概，许多女孩都像我一样，身边有一个罗宁，也有一个卓阳。还有一个像小可那样的闺蜜，与她演绎着一段不亚于爱情的友谊。谁没有爱过？谁不曾被某个明媚的笑容轻轻地暖过？许妍的故事不只属于我——你惊恐地看着我，你温柔地浅笑着，你若无其事地望着窗外，你低着头静静切开脆皮蛋糕那诱人的巧克力壳……你们对我说："没有，没有爱过。"可是，很快，耳边传来你们轻轻的叹息，你们问我："爱，是不是一种错？"

……

我怀着一种无法掩饰的负罪感写下我的故事，起初，只是为了告别和遗忘。可是，我很快发现，那些青春的痕迹，留在我的记忆中，无论怎样都挥不去。我怎么忍心把爱当作一种错？如果这样美好而纯洁的爱都被判了死刑，难道不是太残忍了吗？

痛快地爱过一场，醉过一场，痛过一场，我真的觉得疲惫了，没有力气执着了。然而，还有多少人，依旧如我般挣扎着？

他们在老师的厉声斥责中低下了头；他们在旁人的指指点点中羞红了脸；他们在父母的拳打脚踢中悄悄地收起仇恨的目光，隐忍的泪水在眼眶中转了一圈又一圈；她们躲在黑暗的角落里用手机发送无数个“我爱你”；她们站在阳光下装作若无其事的样子说“我从来没爱过”；她们轻轻地叹息，用微弱的声音悄悄地问“爱，是不是一种错”。像是自问，不需要回答。可事实上，她们多么期待着有个答案——一个能使心灵放晴的答案。

爱不是错。她来得是那样的不经意。像房檐上的几滴雨打破了梦的完整；像被风卷起的几片叶惊起了湖的涟漪；像蜜蜂脚上的花粉留下了希望的种子；像顽童遗落的柳枝成就了绿色的阴翳。我们是那样的不小心，不小心地因一个微笑分了神，失足跌进了爱的波心。我们惊恐地大叫，拼命地挣扎着，企图摆脱那无形的引力。可是，又是那样的不小心，我们看到，自己在水中的投影竟是那样美丽动人。在另一个人的瞳仁里，我们变成了公主或王子。多么喜欢这样的童话啊！于是，就这样，心甘情愿地沉下去。一切，都是那样的不经意，一切，都是那样的不小心。可事实上，丘比特的箭早已射穿了我们的心。我们迷失在梦中，逃离了所有呵护的目光。希望，路，越走越远；以为，路，越走越长。

爱不是错。她是那样自然地发生着，自然得无法挑剔。就像每天的日出和日落，就像一年四季的交替与更迭，就像阳光，就像空气，就像春天冰消雪融，就像秋天大雁南飞，就像、就像一切无法苛责的自然规律。我们只是在长大。成长，从生理到心理。

爱不是错。她腼腆地走来，本打算静默地离去，不留下一丝痕迹。她纯洁如雪，纷纷扬扬地袭来，除了无邪，还是无邪。她只收藏感动与微笑；她只在意浪漫与心跳；她只要求誓言与承诺；她只看重品行和情操。为了一个眼神，她可以义无反顾；为了一句誓言，她可以追随到天涯海角。她可以让怯懦的女孩变得勇敢；她可以让粗鲁的男孩变得温柔；她可以让自卑的女孩重拾信心；她可以让自私的男孩学会担当。她躲在无人的角落里，但并不代表猥劣；她藏在无奈的谎言中，但并不拒绝高尚。她可以没有kiss，可以没有拥抱。她听命于感觉——一种非理性的认知方式；她憧憬于童话——一个早已被现实击碎的美幻世界。她纯粹得如同阳光，射穿一颗颗透明的玻璃心，那样单纯，那样明亮。

爱不是错。她只是需要等待，像树上结出的果子，成熟了才可以采摘。曾经，我陷入爱的沼泽，以为再也无法挣脱。有人劝我忘记，有人劝我离开，我歇斯底里地喊着："对不起，我做不到！"其实，哪有什么做不到，只是我不想做而已。曾经，我像《天若有情》中的展颜一样，把属于自己的季冬阳当作维持生命的空气，以为失去他就不能呼吸。事实上，空气无处不在，没有他，我依旧生活得很好。

这是我挥别那段感情之际，内心的真实看法和感受。然而，这样的一段经历，对于我、学校和家庭来说，却并不轻松。在那个有关爱的故事里，我目睹了品学兼优的许妍是怎样与实验班失之交臂，又是怎样从班级第二的名次滑落到30多名；我目睹了她一次次的痛哭，一次次的失意，一次次寂寞地走在梧叶飘飘的小路上，满心的惆怅，满眼的悲凉；我目睹了她是怎样流着泪写下日记，又是怎样在大风的日子里，一页页地将日记扯下，扔进大火里；我目睹了她第一次逃课时的孤独和恐惧，蜷缩在并不明亮的路灯下，摊开揉皱的纸片，费力地辨认着，只是为了看清卓阳写下的五个字——那如同怜悯一样的给予；我目睹了老周是怎样小心翼翼地关注她，又是怎样委婉地劝慰着她，并那样谨慎地、注意措辞地与她的父母通电话； 我目睹了她的母亲在那么短的时间里新添了那么多的白发，在她熟睡时，她的父亲默不作声地坐在一边，一动不动地看着她；我目睹了她父母在辗转难眠的深夜发出轻轻的叹息，他们悲伤地望着日益疏远的女儿，却在女儿抬头的瞬间，强作出一张足以宽慰她的笑脸……我目睹了自己的爱，是怎样自私地抛弃了梦想、师友和家人，又是怎样一次次弄伤了自己和他人的心。我怎么能够继续这样的爱？我怎么忍心重复这样的伤害？爱不是错！难道，真的不是错？

在爱情面前，我们都太年轻了，十八岁对于漫长的生命历程来讲，也太短暂了。十八岁的我们，没有必要过早地担忧衰老；年轻的我们，也没有必要过早地经历爱情。

作者　2012年7月26日于曲阳

.1.

柔软碧绿的青色核桃，不知什么时候长了坚硬的痂。

我一直在想，如果一切都不曾发生过，那些美丽得让人心痛的日子将会盛载多少阳光般纯净的快乐，或许，到现在我都还是核桃那最初的姿态：温软的，青涩的，没有伤痕的。

我曾一度试图忘记，忘记自己是怎样变得坚硬起来的。但，当我发现所有的努力终归是徒劳时，我竟感到从未有过的冷静与轻松。或许，我真的应该在记忆里保留一块空地，缅怀我们共同的青春。

卓阳对我说："我还记得，你来嘉程的第一天，穿一条白色的背带裤，里面套一件浅蓝色的衬衫，头发短得一点型都没有。我当时还以为，你是低年级的学妹跳级到我们班的呢！"

"呵呵，是吗？我以为自己那天打扮得很大众呢。说实话，我对你可一点印象都没有。"

的确，我是在开学很久很久以后，才认识卓阳的。而真正的熟悉，大概是两年之后。

第一次见卓阳，是在卫生区。他穿着一件很好看的白色T恤，扛着一把扫帚，对着四五个学生指手画脚地说着什么。我很讨厌男生做那种姿态，一副很霸道的样子。我记得那时我还啃着一个梨，是那种体积很大汁水很多的雪花梨。我走过去，头抬得很高，因为这样才可以看到他的脸。

我问他："我干什么？"

他瞥了我一眼，冷冷地说："你知不知道自己已经迟到四分钟了？"

我瞪着他："你凭什么这样训我？！值日组长很了不起吗？"

说完之后，我把手中吃了一半的梨往下一摔，汁水溅了他一身，弄脏了他好看的白色T恤，然后头也不回地拿着工具，走到卫生区的一角，赌气般地狠命打扫，泪水噼噼啪啪地掉下来。

其实，我不是那种刁蛮公主，只是他不知道，我之所以迟到是因为和妈妈通了很长时间的电话。我是第一次离家住校，很想家，想妈妈，想爸爸，我的难过他不懂的！我看见他朝我走来，于是立刻站直身子，定定地望着他，准备面对他那张必定会愤怒得有些狰狞的面孔，然而，我看到的却是一张阳光般灿烂的笑脸。

"许妍，我叫卓阳。"他诡秘地笑着，"这个送给你。"

他递给我一张印有淡粉色花瓣的彩色信纸，然后转身走了。

我将纸展开，上面端端正正地抄着一首小诗，如女孩子一般娟秀的字体，每字每句都是同一种色调——游子的孤单与伤怀。莫非，他懂我吗？我看着他远去的背影，心突然变得很澄澈。

我慢慢地融入这个集体，慢慢地习惯这里的一切，后来，我居然也有了自己的死党——邱影。而我和卓阳，仍旧陌生得像两条平行线，没有交点。我对他仅存的一点印象，就是很高很高，高到我需要仰起头，才能看到他的脸。

转眼间半个学期已经过去，我换上了厚厚的羽绒服。邱影说，她不知道是和许妍做同桌，还是和一只熊做同桌。对于这类玩笑，我早已习以为常。我实在想不出什么话来回敬她，一方面是因为我在斗嘴上一直处于劣势，另一方面嘛，邱影实在是完美得无可挑剔。她很漂亮，身材也好，不但会唱歌，还是舞蹈特长生，朋友自然也比我多。我唯一比她强的就是成绩，可是，我又怎么能拿她的成绩开玩笑呢？我可不希望自己因为不小心伤害到她。嘿嘿，我只能傻笑。邱影和我比起来，她一直很强势。

我实在搞不懂，市里搞那种卫生突击检查究竟有什么用？难道就是为了给学校领导创造个争脸的机会，抓了学生当苦力，去做那些所谓的形象工程？那天的气温大概有零下四五度，我们组被分配到走廊西侧，而我的任务就是去擦那些该死的石柱子。还没干多久，手里的那块湿抹布已经冰得像被速冻过一样，我一边呵着冻得红肿的手，一边愤愤地抱怨着。

卓阳走过来，头都没有向我偏一下，嘴里却喊出了我的名字：“许妍，你干快一点儿行不行？”

“喂！”我把满腹的怨气全部撒向他，“你摸摸，多冷啊！”说着，我捏着那块湿抹布的一角，伸向他。

他笑了。我是记得这笑容的，好像在很久很久以前，曾被这笑容轻轻地暖过。

我怔了一下，仰起头，看着他的脸。突然，我感到指尖被一种温热的东西包裹住了，不禁失声叫了出来：“你干吗！”

卓阳挺无辜地看着我，同时很迅速地松开我的手。

我以为我表达得很清楚，可他还是误会了。周围的人迅速聚拢过来，唏嘘声很快把我淹没了。我看到卓阳的脸红一阵白一阵的，从来没见他这么窘迫过。其实，我真的不是有意让他陷入难堪的，只是被惊吓以后做出了本能的反应。我承认，我很保守。

嘉程的校园很小，可是，校长大人却毫不吝惜地规划出很大一片空地，种满了向日葵。南北两栋教学楼之间有一条露天的长廊，二楼的位置是看向日葵最合适的地方，我和邱影经常在那里聊天。嘉程的向日葵没有我想象中的高大，颜色也很旧，是那种很旧很旧的黄。我感到很不真实。但我说不清，让我感到不真实的是电视上的向日葵，还是嘉程的向日葵。

我对邱影说："有时间我们自己来炒一些瓜子好吗？"

她问："你说什么？"

我想她没有听清，或是没有听懂。我笑了，目光从远处那些向日葵上收了回来，落在她明亮的眸子上："影儿，你真好看。"

"嘻嘻，那当然了！"她在我面前从不谦虚。我感觉这样很好。

我觉得自己变了很多。嘉程的一切对我来说都不再陌生，事实上，我已经喜欢上了这里。我很爱我的班级，我的老师，我的同学，还有我们那帅帅的班主任"老郭"。当然，我还是一如既往地讨厌食堂做的那些"猪食"，讨厌每天都不可避免的晨练。

说到晨练，不由自主地，我再一次想到卓阳。我曾不止一次地考虑过自己是不是该讨好一下这位"英明"的体委，求他体恤体恤小女子的体质，不要每次看到我偷懒缺席，就毫不留情地上报"老郭"。每天早晨，我都要和卓阳打上一场游击战。我想，那两年之中，我和卓阳的联系，除了一起值日，便只剩下这种"猫捉老鼠"的游戏了。

我从来没有想过，我和卓阳，一个坐在教室第二排，一个坐在教室倒数第二排，这两个完全没有关联的人，会在两年后，跨越简单的同学关系，成为朋友。

原以为，我已经习惯了邱影在我面前的强势和骄傲。直到有一次发生争吵，我才发现，原来我也有一根非常敏感的神经，不容别人碰触，那就是尊严。可是，习惯了我的包容的邱影，恰恰忽视了这一点。我们对彼此说，还是分开一段时间比较好。直到邱影消失在我的视线中，我才恍恍惚惚地被一阵冷风吹醒——其实，除了邱影，我再没有别的朋友。

那段时间，我感到从未有过的孤独和空虚。我很后悔，我想，我本是可以原谅邱影的，但我没有那样做。

.2.

卓阳和我的故事，就是在这个时候，真正开始的。

那是升入初三之后第一次很重要的考试，由于需要布置考场，教室后三排的桌子全部搬到了小礼堂，然而晚自习还是要上的，许多同学还要抓紧最后一点时间临阵磨枪。所以，我们只能采用“拼桌”的方法照顾没有课桌的同学。

我不知道卓阳为什么会选择和我拼桌，在我印象中，高个子的男生是不喜欢坐在前排的。不过，当我走进教室时，他已经安静地坐在那里看英语笔记了。

教室里很乱，没有老师监督我们上自习，据说整个年级的老师都去开会了。在这很嘈杂的空气里，我和卓阳，竟显得异常安静。虽然我一言不发，看似从容而认真地进行着复习，可这并不代表在我内心深处也如此平静。心里莫名地突生一种兴奋感，让我不由自主地不断用余光打量坐在旁边的卓阳。我想我们那样安静地坐了很久，我一直在白纸上抄写一段根本不会考到的英语短文。

后来，他很突兀地开口：“许妍，聊会儿天好吗？我都快记不下去了，挺闷的。”

我呵呵地笑出声来，未置可否。我没告诉他，其实这句话我已经憋了很久了。

我们聊了很多，他告诉我，他有一个经常酗酒的爸爸，还有一个软弱却爱他的妈妈。他说，每次爸爸喝醉，都会和妈妈吵架，有时候还会打他。他明明能跑，却不跑，因为他不想惹爸爸更生气，然后去打妈妈。他告诉我，他家很穷，很穷很穷，他想他那个柔弱的妈妈一定在很费力地支撑着这个家，一定，一定……

我听着，忽然感觉特难过，我不知道，这个外表看起来阳光而坚强的卓阳，心里居然装着如此多的忧伤。

我看到卓阳的眼睛红红的，里面噙着泪却又拼命努力着不使它落下来。我说：“对不起，卓阳，我不该问你的家庭的。”

卓阳笑了，泪就不小心掉下来了：“没事儿。不知怎么的就全部讲出来了……”

教室忽然变得很安静，安静得好像只剩下我和卓阳。我本来还想再说两句安慰的话，只是感觉在这样的氛围下，简单的安慰其实挺滑稽，所以，我动了动嘴，却什么也没说。

卓阳用力地擦了一把脸，挺难为情地问我：“是不是男生哭挺没出息的？”

我拼命地摇头，泪，很自然地滑落。

我伸出一只手，若无其事地揉眼：“好像有沙子跑进去了。”确信脸上没有了泪水，我把脸转向卓阳，很认真地说：“卓阳，我们做朋友吧，很铁的那种。”

卓阳盯着我，半天不出声。

我挺尴尬，却装作很轻松的样子说："算了。"

卓阳冲我坏坏地笑了："我有反对吗？老大？"

我很开心地想，以后，我和卓阳就是哥们儿了。

其实，我一直不明白，自己当时为什么哭了。出自怜悯吗？我想不是，那些话卓阳是不会随便对别人讲的，我为有这种倾听的权力而深深地感动。那一刻，我觉得卓阳对我很真诚。

考试的时候，卓阳居然和我分在了一个考场，他很认真地帮我削铅笔，我看着他那样子，不知怎的，就想起了已过世的外公。我记得上小学的时候，每次考试，外公都会帮我把文具准备好，每支铅笔都削得很尖很尖。我感觉很幸福。

成绩表在考试结束三天后终于打印出来，我和卓阳并列年级八十九名。虽然相对于全年级九百多人来讲，这已经是个不错的名次了，可我对自己还是很失望，我原本打算进前五十名的。我想，卓阳大概也不会满意，平时，他的成绩比我还要好一些。

大概这一次，我们全班考得都不大好，老郭开班会通报成绩时脸色有些苍白。他竟然决定采用其他班主任的方式，按成绩排一次座位。听到老郭的决定，全班同学都唏嘘不已，而我却很开心，因为这样一来，我就会和卓阳同桌了。可事实上，卓阳实在是太高了，我们没能同桌，他坐在我后排的右侧。这是我和卓阳座位最近的一次。

我想我是突然间喜欢上值日的，开始盼望每个星期一的到来。其实我明知道这是因为卓阳，但我不想承认。

我依旧买大包大包的零食塞进课桌，像以前一样，几乎每个课间，我都用来吃东西。然而，现在的我不用再担心这些零食没有地方存放，因为卓阳的书桌已经成了我的小仓库，我把那些不常用的书全部塞进他的课桌里，需要的时候只要说一声，卓阳就会很快地帮我找出来。我固执地认为，这样做，我们之间就可以多一些联系。

我和卓阳，依然不常讲话，看上去我们仍旧像以前一样，保持着普通而又简单的关系。事实上我们有了许多眼神上的沟通，偶尔会偷偷地望对方一眼，当对方意识到时又很快地将目光移开，以为这样就可以巧妙地逃过，不让对方捕捉到被人窥透内心的尴尬。我想，我们对彼此来讲都不再是无足轻重。在对方的心里，我们开始变得很特别。

可是后来，我不再满足于仅仅是眼神上的沟通了。我想我和卓阳是哥们儿，就像我与邱影一样，很铁的那种。我开始用卓阳的杯子喝水，一点都不避讳。我把大包的零食分给卓阳，还不许他说谢谢。在我的记忆中，卓阳只从家里带过妈妈做的炒黄豆，仅此而已。我不想让卓阳觉得他在白白接受我的馈赠，这对于一个男孩子来讲多少有些伤及自尊，所以，每次卓阳带来炒黄豆，我都是第一个去分享的人。一直以来我都在以自己的方式小心地呵护着卓阳的自尊，也许，他永远不会知道，我从来对干果没有兴趣。不过，卓阳很快不再带炒黄豆了，而是带来很新鲜的红枣，他对我说："你的面色很苍白！"

我很喜欢听卓阳吹口哨，我觉得他吹得很棒。看着他边哼小曲边忙碌的身影，透着一种自然、青春和希望，我想年轻人就应该这样，男孩子就应该这样。

卓阳喜欢读一些名著，像《茶花女》。我们那个年纪的孩子，刚刚放下《格林童话》，都渐渐热衷于外国小说了，但大多只是看故事而已。可是卓阳说，他喜欢书里的语言，很精辟。还有，形形色色的人物，挺生活的。

"看一本书，可以了解整个世界。许妍，你该读一下。"

我接过他手中的《巴黎圣母院》，很认真地看完了，真的很好！

卓阳会用纸卷成笔杆，卷得很漂亮，他说这样既省钱又环保。他送了我许多根这样的笔。我把它们收藏在盒子里，用完了也舍不得丢掉。我想，也许很多年过后，当我们忘记彼此时，这些笔可以帮我想起卓阳。我缠着卓阳让他教我，他很认真地告诉我该怎么做，可是我好笨哦，卷了半天，也不如卓阳做得漂亮。不过，有些事情，不是为了结果去做的，只要过程就够了。

我在一步步地逼近卓阳，一点点了解他。可是，我说不清楚为什么卓阳给我的感觉一直很遥远。我不知道怎么会有这种距离感，或许是生活中多了对方的身影，我们还没有习惯。

· 3 ·

我和邱影终于言归于好，一切好像又回到了从前。可是，有些事情，注定还是回不去了——卓阳，在我的心里已经烙下了深深的印记。

后来，我们那亲爱的老郭大概觉得大家已经记取了教训，那次考试失利的惩罚也就到此为止。我们很快调了桌，我又回到了第二排，而卓阳，又混入那些高个子的男生中间，在倒数第二排最西端的位子上，临着窗。

搬家似的调桌让我觉得很沉重，我隐隐约约地感觉到，这是我和卓阳彼此疏远的开始。毕竟，走近卓阳缘自偶然。我看每一个人都显得那样忙乱和张皇，大家抱着各自的“行李”穿梭于滚着灰尘的桌椅间，表情却很兴奋。我想，也许我是唯一一个不希望这次调桌的了。可是，我错了。

我走到窗前，为获得足够的空气，使呼吸均匀，以确保我能够继续维持脸上强作的平静表情。我没有注意卓阳就坐在他的位子上，离我很近。

“妍妍！”他这样叫我。

我看看他，很想哭却没有哭。

他第一次这样喊我的名字，而且声音很伤感，有些沙哑，有些无奈。他叫了很多遍："妍妍，妍妍，妍妍……"然后，就再也没有说话。

直到调桌那天的前一晚，我才知道，卓阳和舒娜在一起。这好像在很久以前就是一个公开的秘密了，然而我得知时，却感到异常意外。我以为卓阳在我面前很透明，事实上，我对他一无所知。我很难过，但说不清为什么，只是胸口很疼很疼，很绝望的疼痛。我不明白卓阳那么优秀的男孩子，为什么这么早就谈恋爱呢？我觉得自己都快窒息了，便狠狠地咳了两声，后来，竟大口大口地呕吐起来。舒娜递给我胃药，很关切地问我是不是不舒服，我说没事，我很好。一扇门就这样悄悄地打开，而又无声地关闭了。

我很想问问卓阳，却一直没有勇气说出口。我很怕，怕卓阳会一脸轻松地承认这一切，然后告诉我他多么多么的爱她。我宁愿佯装什么都不知道，什么都不明白。舒娜是个很不错的女孩，可我想卓阳实在不该这么早就恋爱。我感到自己离卓阳好远，远到让我觉得很孤单。

卓阳和舒娜的恋情越来越公开化，我时常看见他们两个手挽手地走在一起。我很难过，我想卓阳有了女朋友，一定就不会在乎我这个哥们儿了。

麦子和卓阳是真正意义上的哥们儿，他俩几乎无话不谈。自从我和卓阳成了朋友，麦子看我的眼神里就多了些稀奇古怪的东西，我知道他想从我身上找出什么暗恋卓阳的痕迹。而我，完全不想证明些什么。我还是会有意无意地看卓阳一眼，偶尔，目光不小心被麦子捕到，麦子就会显出很得意的神情。这个可恶的麦子！我讨厌这种被监视的感觉。

我觉得自己很快被卓阳和舒娜排斥在外面，他们两个人组成一个小世界，我只有观望的份儿。我经常会留意他们，看他们牵手，看他们拥抱，看他们依偎在一起……我想自己这样很不好，像一个偷窥者，很不道德，可是，我无法控制自己，明明看到他们的甜蜜很难过，却舍不得将目光收回来。

同学们渐渐地喜欢拿他们两个开玩笑，可我觉得一点都不好笑，相反，我感到很不舒服。显然大家已经承认了他们的爱情，而我，还在慢慢地适应。

自从调桌之后，卓阳和我很少讲话，我想他大概完全沉醉在自己的爱情之中了吧，除舒娜之外的其他人，可能都不再重要了。

中午，我像往常一样，很晚才走进食堂，准备打一些剩菜残羹，将就着填饱肚子。我原以为，食堂已经没人了，不想却在那里遇到了卓阳。卓阳说，他去水房打水了，刚刚回来，只能打一些汤汤水水的凑合吃一顿。

他问我为什么也这么晚才来吃饭。我说："快三年了，一直是这样啊！因为中午在食堂吃饭的学生很多，食堂很嘈杂，也很拥挤，我不习惯排队时每个人身上散发出来的汗臭味，也很怕那些菜汤、油水弄脏了衣服，所以，一直以来，我都是最后一个来食堂打饭的。"

卓阳看着我，有点惊讶，我猜他无论如何想不到，我会有这么出人意料的理由。他说："这样吧，以后我帮你打饭好了。"

我原以为，那是一句玩笑话。可卓阳却当真了。每天中午，他都会端着两个饭盆在5号窗口那里排队，因为我说过，我很喜欢5号窗口卖的烧茄子。至于我，只要老老实实地坐在餐桌旁等他就行了。他会把打好的饭菜送过来，然后再去找他的舒娜。我开始像每个嘉程的学生一样，中午按时走进食堂，吃下整整一盆的饭菜。渐渐地，我发现，嘉程的食堂并不只是做些猪食了，实话说，伙食还是蛮不错的。

这样持续了很长一段时间，很长很长一段时间，大概是四个月？五个月？我记不清了，总之我已经习惯了让卓阳帮我打午饭，习惯到把这一切看得很自然。

我的面色渐渐红润起来，体重也一点点增加。爸爸来学校看我时，舍友们很夸张地把我开始吃午饭的变化告诉他，老爹很高兴，我想他大概觉得我已长大，终于可以让他放下心来了吧？我忽然觉得爸爸挺可怜的，我这个女儿，长这么大，一直没有让他省过心。甚至现在，爸爸满脸的欣慰，也都是卓阳替我写上去的。我觉得自己骗了爸爸，心里很难过。我不想这样的。

邱影终于忍不住问我："卓阳是不是爱上你了？"

我很吃惊，原以为卓阳和舒娜的事已经尽人皆知，无论我们走得多近，也不会再有人把我和卓阳扯上这种关系。没想到号称对班级八卦了如指掌的邱影却问了我这样愚蠢的问题。

我说："没有。卓阳和舒娜在一起。"然后，就是长久的沉默。

我真的已经习惯了卓阳每天帮我打饭的生活，如果有一天卓阳罢工的话，我想我一定无法适应。我从没有想过，卓阳是不是情愿这样做，日复一日，他会不会厌烦呢？终于有一天，卓阳说他有事，不吃午饭了，我"嗯"了一声，就下楼买了一包饼干。

卓阳很严肃地问我："是不是你真的连打饭这种几乎靠本能去做的事都做不来呢？如果没有我，你还要不要吃饭，要不要生活呢？"

我怔住了，他的话让我震惊。这真的是卓阳讲出来的吗？我确信自己没有听错。我明白，卓阳想教会我自立，不要依赖他。重要的是，卓阳，我依赖不得。

·4·

当春天刚刚跨进2007年的门槛时，我就有一个小小的愿望，我希望卓阳能够用柳枝为我拧下一截短笛，这样我就可以在阳光明媚的早晨吹醒一天的希望了。可卓阳对我说，还太嫩呢。于是，我一直等到炎炎夏日，再次提起时，卓阳说，已经太老了。我笑了，因为无心，所以有些东西是一定会错过的。

在卓阳的心里，我一直只是一个很傻很笨的小姑娘。我想我还不如麦子呢，或许在一开始卓阳承诺和我做朋友时，他就没有把我和麦子等同起来。仅仅因为我是女孩吗？现在，我反而很羡慕麦子了。

我告诉卓阳，我很想他。卓阳没有说话。

我想，也许我该离卓阳远一点了，因为我所做的一切，对于卓阳来说，都显得很多余。

偶尔，我会忆起与卓阳的点点滴滴，恍如隔世的美好。多么希望卓阳没有爱上谁，他应该单纯得像一张白纸才好，哪怕染上了色彩，也该是一道绚丽的虹啊。或者，我从不知道他与舒娜的事情，那样，我可以再多一分天真，继续被友谊的光芒所蒙蔽，永远不要看到友谊在爱情面前的萧条。卓阳总是说我很傻，像个孩子，其实，我倒真的希望自己永远不要长大。

原本以为，卓阳会生活得很开心，然而，我却时常看到他的眼里隐藏着淡淡的忧伤。多少次，我看见卓阳颓然地坐在座位上发呆，眼睛直直地盯着窗外，脸上没有一丝笑容。其实，我很想走过去陪陪他，给他些抚慰。可是，从第二排到倒数第二排，那是多么远的距离啊，我实在拿不出勇气跨出去。还好，我学会了沉默。我会躲在无人的角落里，默默地关心着卓阳，然后消失得了无声息。在卓阳永远不会察觉的地方，我静静地守望着。

那晚，宿舍都熄灯了，可舒娜还没有回来。听说，校长在前院儿抓住了好几对儿。我很害怕。我想，大概没有那么凑巧吧，怎么可能偏偏抓到卓阳他们呢？可是，事实显然就是这样的，最怕发生的总会发生。我刚刚洗过头发，水滴答滴答地顺着发梢落下来，宿舍安静得有些异常，我听到水珠摔落到地板上的声音，和手表秒针的节奏刚好吻合。我真的很怕，怕得要死。我还从没有想象过早恋被校长发现会受到什么惩罚。我不敢设想，卓阳和舒娜现在正面临怎样的窘境，我想他们此刻一定很难过。

厕所里的灯总是整夜地亮着，发出昏暗的光。窗子大开着，夜风冷冷地吹进来，我感到一种阴森森的古怪。宿舍里的女孩儿们都没有睡，但谁也不说话。我们都在静静地等待，或许，一会儿舒娜就会回来的。我们必须要有人醒着，等着为舒娜开门。我没有换睡衣，头发也一直没有擦，我只是抱着小熊维尼坐在床边，坐了很久，直到头发不再滴水了。手表上的分针轻轻松松地转了两圈，宿舍里接二连三地发出哈欠声，已经有人困得坚持不住了。

我对她们说："你们睡吧，我来等舒娜。"我想舒娜回来了，卓阳也就平安了。

可是，舒娜竟一夜未归。

第二天，大家议论纷纷：卓阳和舒娜昨天夜里已经被遣送回家了。据说还叫来了家长，卓阳被他爸爸打得半死。我忽然想到卓阳的母亲，那个柔弱的女人。她把全部的希望寄托在卓阳身上，可是，在离中考不到一百天的时间里，卓阳却发生了这种事，她怎么接受得了呢？卓阳该怎么办？他将如何面对母亲那失望的眼神、苦涩的泪水、恨铁不成钢的心痛？还有，那所谓的"遣送回家"究竟是什么意思？劝退了吗？开除了吗？不再回来了吗？

我真害怕再也见不到卓阳了。

好在，没过两天舒娜就回到了学校。从舒娜平静的表情里，我读到了她的压力，她是一定要考上十一中的，那是本市最好的高中，以她现在的成绩，似乎很难。但是她要和卓阳在一起，我懂！舒娜正以她的努力，诠释着她与卓阳的坚定和不渝。我忽然觉得，自己已经习惯了她和卓阳在一起。我祝愿她，真心地希望她与卓阳可以永远走下去。

但是，我却一直没有见到卓阳。这让我感到很不安。

我是想过亲自打电话给卓阳的，不过最后还是放弃了，毕竟，我不应该对卓阳太过关心。我悄悄把麦子叫了出来，希望他能够帮我。麦子什么也没说，从口袋里掏出手机却递给了我。看着我熟练地按下卓阳的号码，麦子多少有些惊讶。不错，卓阳从来没有告诉过我他的电话，可是，只要想知道，就不会太难啊！

电话那头传来卓阳的声音，有些嘶哑，有些沧桑。泪，突然间就朦胧了我的双眼。我强忍着内心的激动，把手机交给了麦子，静静地站在旁边听他们讲话。我很想跟卓阳说说话，是的，我等待了好久，也忍耐了好久，可是我不能。我只能把对卓阳的牵系和挂念深埋在心里，不然又能怎样呢？难道把电话抢过来，告诉卓阳，我很想念他吗？

我想麦子是真的不懂卓阳，聊了半天，居然没有提到舒娜。我示意麦子把话筒捂住，对他耳语："告诉卓阳，舒娜已经返校了，让他不要牵挂。"麦子照做了。

我嘱托麦子："千万不要告诉他，是我让你打的电话。"

麦子对我露出灿烂的笑容："放心吧。"

我看到麦子的眼神里有一种很柔和的东西，不是怀疑，不是猜测，不是嘲笑，不是胜利者的骄傲，而是，一种同情与理解，甚至还有几分感动。我不知道自己这样做到底是不是对的，只是突然感到自己很疲惫，一种近乎虚脱的疲惫，仿佛心被掏空了。

卓阳终于在二模考试的前一天回到了学校。见到他时，我正吃力地扶着足足可以高过头顶的一摞书等着邱影。我想他一定在我身后注视了我很长时间，因为当我意识到时，他很尴尬地笑了。卓阳好像又长高了些，不过，也消瘦了不少，我看得出，他也很疲惫。我冲他微笑，看着他。我想，那一刻，是这段时间以来，我最最开心、最最轻松的时候了。我们就这样对视了很长时间，我一直微笑着。卓阳终于朝我走过来，很自然地接了我手里的书，稳稳地抱在怀里。我跟着他，朝第二自习室走去，每次考试，我们班的书都会搬到那里。

卓阳问我："你好吗？"

我说："我很好。"

.5.

二模成绩揭晓的那天晚上，舒娜失眠了。我知道舒娜是努力过的，可她努力得太晚了，初三的学生，都知道了什么叫用功。舒娜的成绩，仍旧排在班里四十多名，这样的名次，是无论如何考不上十一中的。我陪舒娜聊到很晚，很自然地我们谈起了卓阳。

她问我对卓阳的印象如何，我说："他很好啊！"

显然，舒娜并不满足于我这样简单的回答，她一定要我说出卓阳好在哪里。我说："不知道。"

我是真的不知道。从认识卓阳到现在，我都只是觉得他很好而已，至于好在哪里，我从未思考过。因为真的没有这个必要。在感情面前，思考成了最多余的东西。

舒娜问我："卓阳是不是认你做妹妹了？"

"没有。"我说。

我感到很抱歉，对于舒娜。

我一直在想：是不是真的有一种亲切，除了亲情和爱情，还可以属于友情呢？

三模前，十一中组织了一次实验班选拔赛。每班的前十名都有机会参加，我和卓阳都去了。那天天气很热。中午的时候，卓阳买来一大份柠檬草冰淇淋，与我坐在临时改作休息室的小教室里分着吃。我第一次吃这种口味的冰淇淋，味道很独特。我们面对面，坐得很近，各自拿了小勺只顾埋头吃着，谁也没有说一句话。直到我吃下最后一口，一抬头，才发现自己与卓阳竟这般贴近。可我竟一点也没觉得尴尬，只感到有种久违了的亲近，暖暖地包围着我们。我默默地望着他，看了好一会儿，然后突然地笑了。

卓阳问我笑什么，我说："一直没注意，你居然还是双眼皮男生耶！"

卓阳的脸红了，手高高地举起来装作要打我的样子，可最终还是轻轻地落在了桌子上。我笑得更加放肆了。

下午，领队带我们参观了十一中。十一中的校园的确很漂亮，花池里种满了月季，红的、粉的、黄的、白的，一大片一大片，开得很绚丽。可是，此时的我却想起了嘉程的向日葵。那种很旧很旧的黄，在我的脑海里竟渐渐变得鲜艳起来。

我问卓阳："你是喜欢嘉程的向日葵，还是喜欢十一中的月季呢？"

卓阳想了一会儿，才缓缓地说："可能，我比较喜欢怀旧……你呢？"

我笑了，因为我也是。可是我没有告诉他。

大约三天后，选拔赛的录取名单下来了，我没有考上，虽然物理拿了满分。其实我一点都不沮丧，只是有一些担心，因为我不知道，卓阳的名字有没有在名单上。我很怕，他不久就会作为实验班提前招录的学生离开嘉程。也许，他不能陪我一起中考了。

事实上，我的担心是多余的。卓阳和我一样，在选拔赛中落榜了。

很快，有几个同学离开了我们班，免去了中考，直接走进十一中的校门。他们走的那天，学校里隆重地举办了一场欢送会——他们，是嘉程的光荣和骄傲!

那天是我第一次作为礼仪队的成员，为老师献花。我记得，整整一天，天都是阴的，大会结束的时候，淅淅沥沥地下起了小雨。全年级的老师合唱一首《朋友》，歌声混着雨声飘满了整个操场。起初，我还能清晰地分辨出歌声和雨声，后来，雨越来越大，歌声里也隐隐地带了哭腔。我感到眼前的一切变得越来越模糊，歌声、雨声、掌声、抽泣声，嘈杂地混合在一起，汇成一股强大的气流，几乎将我冲倒。直到欢送会结束，我才发现，自己的脸湿漉漉的，不知是雨还是泪。看着那些熟悉的身影随着校车的驶远而慢慢模糊，我心里忽然感到很伤感。这场欢送会，让我提前嗅到了中考分别的气息。

当天晚上，我一个人站在二楼走廊的一角，静静地望着那片向日葵。黑夜中，它们显得异常高大，黑压压地遮住了大半块天空。我想象着它们的色彩，金灿灿的，像太阳一样发出耀眼的光芒。我忽然意识到，这片向日葵是那样地特别而丰富，它们是属于嘉程的，属于我们的，属于快乐和青春的。

从楼梯上走下来时，我看见卓阳坐在最后一级的台阶上，望着天空出神。我朝他走过去，步子很轻，没有发出一点声音。在他身后，我停住了。他好像突然感觉到了什么，惊讶地转过头来看着我，问：“你也在啊？”

我没说话，静静地在他身边坐了下来，顺手递给他一块金丝猴红豆奶糖。那晚的月亮不是十分明亮，我想他一定没能看清糖纸上画的新鲜的红豆。我告诉卓阳，红豆又名相思豆。他很安静地听着，没有说一句话，我也没有再继续讲下去。其实，我并没有想暗示他什么，只是简单地想起很小的时候就背过的一首诗："红豆生南国，春来发几枝。劝君多采撷，此物最相思。"思念，是多美的一种东西，它让我们心里多了梦一般的迷离。

其实，卓阳并不知道，我买了很多的红豆奶糖，每天都在吃，吃许多许多。不知什么时候，我开始喜欢上了这种腻腻的甜，因为它的浓郁，可以盖过我嘴里的苦涩。不知道，这种糖是不是真的可以替我化解深埋在心底的那一缕思念。

不管我向上帝如何祷告，中考还是如期而至。很巧的是卓阳和我被分在同一个考点。然而我们并没有过多的交谈，只是在往返的途中并排坐在车上，静默地看着对方而已。两天，很快就过去了。当最后一场考试结束时，我从考场中走出来，并没有感到考试过后的轻松，心中反而积聚着一种无以言表的沉重。我想，我与卓阳的一切将随着中考结束而点点消逝，再也没了踪迹。

爸妈把车停在嘉程的门口，我是班里唯一一个在中考结束当天离开学校的学生。其实我很想参加当晚的告别晚会，我并不情愿就这样悄悄离开，可是，我发了高烧，额头滚烫。我已经没有力气再去面对分别了。

在父母的陪伴下，我去办公室向老郭告别，老郭说我是个很灵秀的孩子，将来一定会有出息的。我喜欢这样的评价，"灵秀"这个词比"聪明"更接近内在的气质。爸妈似乎很感激三年来老郭对我的悉心照顾，他们在办公室门口长久地握手。我静静地看着他们三个，出神了好长时间，就像我中考最后十分钟，望着窗外发呆一样，思绪飘得很远很远。

我在打开车门那一刻，抬头向卓阳座位旁的窗口望了最后一眼。就在坐进车里的一刹那，我发现他正巧探出头来，我还没来得及看清楚他是否注意到了我，身子便已经因惯性重重地陷进座位里。妈妈帮我关了车门。等我透过车窗再去寻找时，卓阳已经不见了踪影。路旁的树越来越快地向身后移动，嘉程在我的视线中很快浓缩成一个黑点。我想象过几万种分别的情景，大都是浸泡在泪水中的拥抱，或者是送别的歌声里一张张肃穆的脸。可最终，我竟是这样安静地离开了。我把脸贴在妈妈凉凉的臂弯里，无声的泪浸湿了眼眶，模糊了原本已因为高烧而不大清晰的视线。妈妈问我怎么了，我摇摇头："没什么，有点头痛罢了。"

然后，就是漫长的两个月的暑假。其间有一次去嘉程填志愿，我没有去，大概是有意躲避吧。美好的结局总不是圆满的，某些人物一定会在关键的时候决定不再出场，我看看手中的毕业照，觉得有它也就够了。

可是，妈妈替我去嘉程填志愿回来后，我却歇斯底里地痛哭了一场。中考六百一十多分，我想我没有拿到令自己满意的成绩。尽管如此，妈妈却根本没有机会考虑别的学校，递到她手中的不是一张志愿单，而是十一中的录取通知单。虽然我的成绩超过十一中普招分数线二十来分，却终究以一分之差与实验班无缘。

我听说卓阳考了六百三十多分，他终于通过中考证明了自己的实力，轻轻松松地弥补了选拔赛中被淘汰的遗憾，与实验班提前招录的同学重聚在一起。我实在无法接受这样的事实，我原想，如果自己没能考上十一中那也就罢了，原本这一切就应当这样了结的，可偏偏让我和卓阳走进同一所高中，却又进入不同的班级。这像是上帝给我开的一个大大的玩笑，我一时不知道该怎么面对这样的事实。我和卓阳之间的友谊甚至于暧昧，究竟该如何收场呢?

.6.

在这个很多人都期盼已久的假期里，父母把旅游的行程安排得很紧凑。我也终于实现了自己与大海的第一次亲密接触。海水没有我想象的那样蓝，不过也好，天是灰蒙蒙的，这样一来，海天反而浑为一体，找不到界限了，大海也因此变得异常广阔起来。

海滩上是很厚的沙，被游客踩得已看不到海浪抚摸的痕迹。我没有找到期待中许许多多的美丽闪光的贝壳，只看到了被骄阳晒得滚烫的泥沙上它们那破碎的影子，还好，我已经走过了提着篮子捡贝壳的年纪。我走在海滩上感受着阳光的炽热、细沙的温软，还有脚踩在贝壳尖锐的残骸上留下的痛。细细的浪花拍打着我的脚面，我感觉很幸福。我坐在沙滩上，认真地垒一座城堡，圆一个童年的梦。涨潮的时候，海浪一个接一个地涌来，一次又一次将我的城堡冲毁，只留下一摊细软的沙，湿漉漉地，流着眼泪。我记得自己很小的时候，曾经幻想长大后在海边拥有一座小木屋，和家人住在一起，快乐地生活。我想，那真是一件美好的事情，仿佛这个世界上只剩下三个人：爸爸、妈妈还有我。我的心在海风的吹拂下，渐渐变得宁静而透彻……

其实，两个月真的是很短的一段时间。感觉上，好像自己前脚刚迈出嘉程，后脚就要踏进十一中了。

开学那天很热，天空晴朗得没有一丝云。大约中午的时候，我和爸妈拖着行李赶到学校。校门口的广告栏上记录着每个班新生的名字，大批的学生和家长聚集在那里，努力地在上面寻找着各自归属的班级和宿舍。人流潮水一样涌动，找到的从缺口涌出去，刚到的又不断涌进来。我随着人流很费力地挤进去，在名单上一个班一个班地寻找“许妍”这两个字。当时真的是混乱极了，我觉得自己被别人推来推去，像漂浮的绿藻，没有了根基。灼热的太阳毫不留情地炙烤着大地，强烈的光线让我感到了眩晕，我觉得整个身子都在慢慢融化。这时，一个很熟悉的声音从我身后传来，遥远却清晰。

“许妍，别找了，我替你看过了，你在六班呢！”——是卓阳！

卓阳微笑着站在阳光下，强烈刺眼的光线在我的心里一下子变得柔和了许多。我们愣愣地站在那里浅浅地笑着，任由人流推挤着我们，忘记了周围的嘈杂。

我没想到在开学第一天就遇到了他，这让我感到很惊讶。不，应该说是惊喜。我本想问问卓阳几点来的，分在了哪个班。可是我没有来得及问，甚至连句“你好吗”都没说，因为我听到妈妈正在很焦急地喊我。我匆匆收敛起笑容，丢下一句“先走了”，便慌乱地拨开人群，飞快地跑了。

爸妈很快帮我安顿好一切，我把他们送出了校门。临走时，妈妈仍然不停地唠叨着。我很肯定地向她保证一定照顾好自己，她才稍稍放下心来，关上了车门。我望着爸爸的车越驶越远，心里忽然变得很难过。环顾四周，感到一切都是陌生的：陌生的道路，陌生的建筑，陌生的学校，陌生的老师和同学……所有的新鲜与好奇、期待与憧憬，顷刻间统统化为乌有。取而代之的是无边的失落与孤寂，让我脆弱得直想哭。

我怀着压抑和惆怅的心情走进教室。教室前排的座位上已经坐满了学生，叽叽喳喳地说个不停。我在倒数第二排挑了一个靠窗的位子坐下，我想这大概就是卓阳在嘉程时的位置吧。我把双手交叉着环在颈前，头深深地埋在臂弯里，闭上眼睛，静静地等待班主任的到来，时不时地也听一下他们闲聊的话题。其实我的内心充满了不安，我不知道自己将要面对什么，就像一个刚刚开始的新生命，不知道该怎样面对眼前的世界。对于未来的不可预知，让我感到非常的恐慌和沉重，还有，极度的空虚。

我想我大概要睡着了。然而就在这时教室突然安静下来，甚至可以用“鸦雀无声”来形容。我挺直了身子四处打量，才发现周围已经坐满了人。讲台上站着一位男老师，个子不高，但看上去体重应该可以达到80公斤，坦白地说，他显得有点肥胖。

“大家好，我姓周，是你们的新班主任。”男老师微笑着向我们做了自我介绍。

说实话，他给我的第一印象不是很好，他的形象与我记忆中的老郭实在是相差太远了。来十一中之前，我曾想象过新班主任的样子，我希望是位男老师，而且至少要高高瘦瘦的才好。

老周的开场白很简短，除了必要的介绍外，没有过多的渲染，只是在结尾时很随意地说了一句：“以后我们就是一家人了，大家都要努力啊！”

“一家人”？恐怕太快了吧！我觉得他的话多少有几分煽情。不过，我看到老周眼神里的真诚，就像很久以前，卓阳对我讲他的故事时，眼神中流露出的一模一样，干净而纯朴。这让我竟有了一丝感动。

事实上，老周一点都不老，他看上去很年轻，虽然不帅。据说，他是师范刚刚毕业的新老师。这一点，让许多同学都很失望，大家来十一中，不过是因为仰慕那些有经验的资深老师，谁会看上一个初出茅庐的新手呢？不过于我来讲，这倒是无所谓的，我觉得好老师是不分年长年幼的。

是不是每个校纪严格的学校都会制定出几百条的校规呢？至少十一中是这样的。晚自习的时候，老周把那著名的《必背280条》分给大家，让我们利用军训这几天背熟。紧接着，他又将紧凑的日程表、军训期间课程表一一发了下来。我有些茫然了。先前也曾听人说过，高一会像初三一样紧张，可是，我怎么也没想到，高一比初三更让我窒息！学号是按照中考成绩排名制定的，我是02号，可我一点也不感到轻松，我总觉得一切都难以把握，在这块未知的天地里，三年后的我，究竟会变成什么样子呢？

在宿舍里度过的第一晚，我至今仍记忆犹新。那天回到宿舍后，我们只是简单地通报了一下姓名，就开始各忙各的，再也没有多说一句话。我看得出大家都很疲惫，不只是身体，还有精神。每个人心里似乎都有压力，脸上堆满了掩饰不住的失落、苦闷、烦躁，甚至沮丧。

我不由得回忆起在嘉程的第一夜，虽然那是我第一次住校，可我觉得很轻松，完全感觉不到一个人离家在外的孤独与不安，绝没有现在的这般压抑，即便是害怕与孤单都不曾有过。那个时候我们只是感到一切都很新奇，所以整个宿舍的人都很晚才睡。我们坐在一起唱歌、聊天，分享彼此的零食，讲述儿时的趣事，谈论自己曾经暗恋的某个男生，或者干脆公开几封收到过的无聊情书，就这样一直闹到值班老师敲我们的门。可是现在，好像谁都没有心情，我们只是安静地躺在各自的小床上，想着各自的心事。也许，这样才像一个高中生的样子吧！进入青春期的我们都已褪掉了满身的稚气，从胸无城府的单纯少年，变成了独自承担、学会隐藏的小大人。

已经熄灯了，宿舍里一片寂静，偶尔有人利用翻身的机会发出一声压抑着的低低的叹息。我躺在黑暗里努力地闭着眼，却怎么也不能入睡，绷紧的神经一直无法松弛下来，头脑里不停地闪过各种混杂的画面，模糊而虚幻。我已经很累了，真的很想睡。然而眼前总有一片驱散不开的光明，仿佛无数的萤火虫点亮了我紧闭的双眼。即使我用被子蒙住了头，还是感知不到黑暗。索性我把眼睛睁开，定定地盯着屋顶，倾听时光的流逝。手表的秒针嘀嗒嘀嗒地旋转了一圈又一圈，像在重复着一支简短的曲子，一遍又一遍，在寂寞的深夜里越发显得清晰。不知这样过了多久，我实在是太累了，终于恍恍惚惚地走进了梦境。这一晚，我睡得很沉。

第二天，起床铃是在5点钟准时敲响的。我们踏着昨晚残留的几分夜色，匆匆忙忙地奔向教室。十一中的校园是蛮大的，教学楼在最南端，宿舍楼在最北端。我觉得自己跑了很长时间，才终于气喘吁吁地赶到，这让我不免怀念起嘉程那小小的校园。以前一直觉得嘉程太小了，不够气派，可现在想来，小小的校园其实也没有什么不好。抬头望一下周围，同学们都在翻看那几张“280条”，一副副挺无奈的样子。这时老周走进来，手里拿着几页纸。他把纸在空中扬了扬，高兴地向大家说：“昨天晚自习的时候，我向大家征集了班级口号，大家写得都很不错，可见是用过心的。尤其是许妍这条，我想把它定为我们的班训，不知大家意见如何？”说着，他在黑板上把我的那条口号抄写下来。

周围响起热烈的掌声，我很欣喜于大家对我的认可，腼腆地低下了头。在我身后，忽然冒出一个不和谐的声音混在整齐的掌声里：“哼，还不是因为学习好，有什么了不起，有本事别上普通班啊！”虽然只是小声地嘟囔，可我却听得格外清晰。我没有回头去看，是谁说的已经不重要了。重要的是，我知道，在这个陌生的班级里，我还没有找到嘉程让我感受过的理解与关怀。

.7.

军训的第一天，阳光不是很强烈，这让我稍稍好过些，一切都还算顺利。教官把我挑出来，为大家做侧转动作的示范。

老周在旁边一直在盯着我看，我想他大概有话要讲。“许妍——”终于，在解散口哨吹响后他叫住我，“你，愿不愿意当班长？”

我拒绝了。虽然在开学后这么短时间内就得到班主任的青睐是一件很令我兴奋的事，可是我从来没有想过要当班干部。事实上，我也的确缺少这方面的能力，能够把自己管理好就已经很不错了。再说，刚来到一个新的环境，我还没有完全适应，心里的压力真的很大，已经没有力气再去承担其他。看着老周惋惜不已的表情，我很歉疚，我答应他，在找到新的合适人选之前，先帮他担负起班长的责任。

在这个新的班级里，我再也找不到那些曾经熟悉的身影了。邱影没有考上十一中，但通过关系，我仍然在这里遇到了她。她被分在了十四班，和我所在的六班，处于两个不同的楼层。

军训的第三天，我曾到十四班找她。也没有别的事，只是想去看看她，好像有满肚子的话要讲给她听。可是，见到她，我却不知道该说什么了，她也没有找到合适的话题，我们只是握着彼此的手，很满足地笑着。以后，我没有再特意地找过她，她也从来没有到六班来看过我。怎么说呢？其实我很孤单，我很想邱影的，可是一个简单的楼上楼下，便把我们阻断得面对彼此无法开口了。也许，在这个陌生的环境里，我们还没有找到一种足以令自己感到安全的稳定状态。在如此的不安和惶恐中，理解、体贴和默契都是十分奢侈的。

年轻人之间相互熟悉似乎是很容易的一件事，我和我的新同桌莫小可很快成为了好朋友。

莫小可长得黑黑瘦瘦的，个子比我高一点，拥有一双漂亮的修长的腿。我从小就被同学们冠以“白雪公主”的雅号，和莫小可站在一起，便形成了鲜明的对比。然而不只是肤色，她常穿黑色衣服，而我的箱子却被各种白色衣服占据着。同学们开玩笑地把我们比作“黑白双煞”，我和小可也就欣然接受了。

白天休息时，小可偶尔会装作很惊悚的样子，指着我的头顶喊：“虫子……”把我吓得哇哇大叫。然后，小可就会跑得很远，因为如果被我抓到，我一定会挠她痒，直到她求饶。

我很高兴有了新朋友，和小可在一起，日子渐渐变得轻松起来。可是，我的脑海中经常闪现出那些曾经熟悉的身影，我会想起邱影，想起卓阳，想起舒娜，还有麦子……许许多多的往事在我的心中无法挥去。

在后来的许多天里，阳光一直很好。军训似乎也因此显得更为残酷了些。而我呢？迅速由白雪公主变成了非洲小姐。小可倒很高兴：“这样一来，我们走在一起你就不会很抢眼了。”

我可没有小可那么乐观，晒成这样还那么轻松地调侃。我已经感到相当的疲惫了。

中午的时候，我买了一份大杯的柠檬香草冰淇淋，坐在操场外围的一角，一个人静静地吃着。那里种了许许多多的洋槐树，枝叶荫翳，成为一处绝妙的避暑胜地。太阳仍吐着骇人的火舌四处挑衅，然而躲在树荫下的我却没有受到丝毫打扰，独享着这份阴凉与清静。我多想就这样美美地睡上一觉啊！远处一个晃动的人影在我的视线中渐渐清晰，我恍恍惚惚地站起来，心怦怦直跳。白色短袖衫，旧得发白的牛仔裤，是卓阳，没错，真的是他！这是我开学以来第二次见到他，心里有说不出的激动。他显然没有看到我，于是我高声喊着他的名字。

卓阳很吃惊地望着我：“天哪，我都认不出来了！怎么，芭比娃娃去非洲旅行了吗？呵呵……”他这样笑着。

我问他要去哪里，他说舒娜来了，就在校门口。舒娜没有考上十一中，她直接升入了嘉程的附属高中，那是一所口碑不大好的学校。我真的很想和卓阳说几句话，可我不能把他留下。

卓阳对我说：“我在三班呢，有事找我啊！”然后就跑开了。我看着他的背影，愣了好一会儿神，忽然觉得皮肤火辣辣地疼，不知什么时候，我已经从树荫里走了出来，而我却全然不知。

没想到，卓阳居然还把我称为芭比娃娃。那么，关于芭比娃娃的往事，他是否还记得呢？那个时候我还不知道卓阳和舒娜在一起，如果知道的话，我就一定不会开那样的玩笑了。那天，我指着书皮上的芭比娃娃很认真地对卓阳说：“如果以后你要交女朋友的话，低于这个标准的可不能要啊！”

麦子在一旁嬉皮笑脸地说：“许妍，你这个标准就很适合他啊！”

我狠狠地瞪了麦子一眼：“你有完没完啊！”麦子冲我吐了吐舌头，噤了声。

卓阳拿过那本书，放在桌子上，对着芭比娃娃端详了半天，终于慢吞吞地开了口：“这，这……怎么这么像一个人啊……”他抬头望着我，坏坏地笑着。

我被他吓了一跳：“你看我干什么！”

卓阳一脸无辜：“你真的很像她啊！”

我的脸一下子变成了红透的柿子，半天说不出话来。麦子笑着，阴阳怪气地咳了几下。

从那以后，卓阳常叫我芭比娃娃，他会说：“瞧，芭比娃娃又在吃呢！”然后善意地向我微笑。我已经很久没有听到他这样叫我了，刚刚卓阳突兀地提起，竟让我感到一种久违的亲切。不过，也只是那一瞬间罢了。卓阳要找的女朋友和芭比娃娃是没有关系的。

其实，这一次见卓阳让我觉得很难过。我看着卓阳奔跑的背影，好像为了舒娜真的可以不顾一切。卓阳和舒娜虽然相隔很远，可是他们却拥有两颗贴近的心。而我与卓阳即使身处同一所学校，也终究无法走近。我并没有嫉妒舒娜的意思，只是为自己感到悲哀。我想我早该明白，友谊到底是没有资格和爱情争宠的。然而就在我目送卓阳离开的时候，我还在心中默默期待他的转身。

军训终于在我的诅咒中画上了句号。放假那天，刚好是教师节，初中的同学们聚在一起，计划着去看看老郭。

我终于又看到这么多熟悉的面孔，一时间竟感动得几乎落泪。我觉得大家都很亲切，不管以前关系是近是远，也不管是否有过争执有过矛盾，现在见了面，都是一样的热情。我忽然觉得在十一中，我们这群人对彼此而言都是一个坚强的依靠，更是对每个人过去三年青春的相互见证。在这个熟悉的群体里，我和邱影又找到了可以讨论的话题。我们挤在一起很放肆地笑着，时光似乎迅速倒流，一切回到了中考之前。我想，大概只有在这样的环境中，我和邱影才能找到那份足以有勇气亲近对方的安全感吧。

老郭见到我们很高兴，他把自己刚出生的儿子的照片拿给我们看，大家都很热心地帮着老郭给儿子取名字。我看见老郭已经有些微微发福，整个人看起来成熟了许多，也许这是因为老周同他比起来太过稚嫩的原因吧。老郭又带了一批新学生，继续当着班主任。教师这个职业就是这样，总是送走一批又来一批，然后一切重新开始，坚持着某一种轮回。看看那群初一的新生，我不禁哑然失笑，他们看上去真是一群毛孩子，我实在想不起来，自己是怎样从那个年龄走过的。

从嘉程出来时，我没有看到卓阳。他一定是去后面的附属高中找舒娜了，其实他们两个也蛮不容易的。和大家分手后，我一个人拖着行李向车站的方向走去，心里完全没有了刚刚放假时想到可以回家了的欣喜。我猛然意识到这样的相聚实在是太少太少，每个人都将开始新的生活，而过去的，大概慢慢就变得不再重要。过不了多久，我们对彼此的现在就会一无所知，脑海中仅存的印象，不过是一些琐碎的记忆罢了。而记忆的寿命究竟有多长呢？如果记忆老去，那么过去和现在对于未来的我们，还有什么意义呢？其实，我是真的很舍不得让这份可贵的感情随着时光的流逝慢慢淡去，可我已经隐隐地感觉到，这终将成为一种必然的结果。

回到家时已经很晚了，妈妈准备了丰盛的晚餐。放假前，我照着镜子，练习了几百种微笑，可是踏进家门，我咧咧嘴却掉下泪来。这时，我才明白，一直以来自己那坚强的外表，不过是一层面对亲人最失败的伪装。

.8.

再次走进十一中的校门，对于我来说，已经成为一种被迫的面对。不管怎样，从报到那天起，我就接受了要与十一中相伴三年的事实。学习生活很快步入了正轨，莫小可在我的举荐下成为班长，而我呢，老周也终究没有放过，糊里糊涂地被他安排为语文课代表，不过这一次，我倒是欣然接受了。语文，总能带给我一种诗意的享受。

日子在各种紧张进行的课程中不知不觉地加快了节奏，我们每天都有大量的作业要完成。练习册堆在书桌上足足可以高过头顶。与此同时我越来越感觉到时间的吝啬，往往一天中的事情还没有做完，天空便已悄悄拉上夜的帷幕。于是，我们常常在熄灯后打开手电筒，创造属于自己的一点点光明，挤掉那原本已被克扣了的睡眠时间，来弥补白天未完成的功课。其实，后来我很后悔，当初面对这种矛盾时，我没有通过提高效率来解决，反而以牺牲睡眠为代价求得暂时的平衡。提前透支了体力和精力，便注定无法完美地走向终结，这一点，我早该明白的。

高中的学习显得更加深奥而乏味。我们常常用一节课的时间，听物理老师分析“力的合成与分解”这种简单而又不易掌握的问题，然后，带着满脑子的混沌等待下一节课数学老师的到来。然而，十一中的学生大都听话而坚忍，我们一丝不苟地重复着“预习、听课、复习、作业”的循环，笔记本上的内容详尽得几乎可以出版。在这个冷酷得没有笑容的地方，谁都没有抱怨，只是默默地忍受着日复一日的无聊与单调。当然，也包括寂寞。

而我，在各种压力中拼命求得生存。

偶尔，在繁重的学习中抽得一点时间偷闲，我会静静地思考一下生活。其实我并没有像其他同学一样，已经心甘情愿地接受了高中生活的种种。在这种紧张的氛围里，内心的焦躁和不安一直被我努力地压制着。我很苦闷，多年来求精求细的学习习惯，使我一下子无法适应当前快节奏的课程。我觉得，自己一直吃力地挣扎在一种与我完全不相符的模子里，然而我必须熔化自己，在这块模子里锻造出另一个自我。这让我很痛苦，也很无助。

卓阳的身影已经很少出现在我的视线中了。我有许多话想说给他听，可是偶尔遇见他，满心的惊喜都快要把我淹没了，除了几句简单的问候，我却什么也讲不出来了。有时候，我一个人走在路上，会忽然间想起卓阳，想得入了神，忘记了一切，甚至是自己原本要走的方向。失落囤积在胸口渐渐地演变成心痛，我想卓阳一定不会这样想念我，他有那么多朋友，怎么会在乎我一个呢？对他而言，我是那么地渺小，那么地卑微，他的新生活，大概已经不需要我去涉足了吧！我望着眼前熙熙攘攘的人群，不知道自己的下一步该迈向哪里。忽然记起卓阳问过我的一句话：如果没有他，我还要不要生活呢？

其实，小可和我一样的寂寞。她初中时有很多朋友，其中有一个和她拜了把子的好姐妹，小可叫她“辰辰姐”。她们在一起很快乐，就像我和邱影一样形影不离。可是，中考的结束把这一切美好的往事都化作了回忆，就像鲜活而真实的故事被压缩成了厚厚的画册。小可一遍遍地翻看，在感受亲切与美好的同时，不得不承担着独自一人的落寞和孤单。事实上，小可的痛苦在我的心中也积淤了一道伤痕。她是一段柔曼的藤，需要依附在友谊的长竿上才可以存活，任何一个能够洞察她内心的人都会感到一种莫大的压力和责任感。我不想她难过，因此，要求自己一点点习惯与她亲密无间的日子，习惯她的习惯……我是真的想付出真心，付出所有，可无论怎样，都还不够，我始终不是她的“辰辰姐”。其实，我明白许多东西无法代替，就像当初，虽然我重拾了与邱影的友谊，可卓阳已经无法再走出我的心。我理解小可的无奈，于是，我常常很认真地听小可讲述她与辰辰姐的故事。既然她不可避免地要翻看过去，那么我唯一能做到的，就是让她在被回忆和思念淹没的时候，不是一个人。

我还是经常会想起卓阳。我想，小可没有了辰辰姐，她还有我，我没有了邱影，还有小可，虽然没有谁可以代替谁，但感情的缺口终究可以弥补。可是，我没有了卓阳，该怎么办呢？我不知道。我想我不能没有他。

我一直没有勇气去三班找卓阳，但我渐渐发现，如果想要遇到他，其实也并不是一件难事。生活中，许多巧遇并非只是上天的冥冥注定，它还可以掺杂进某些刻意的安排。我知道卓阳经常走的那条捷径，于是，我常在那里徘徊；我知道卓阳一日三餐的大致种类，于是，我甘愿忍受拥挤在食堂窗口前耐心地等待；我知道卓阳会在空闲的时候打篮球，于是，从宿舍楼到教学楼，我会选择绕过篮球场的那条路，虽然远一点……渐渐地，我已经把刻意变成了习惯。

与卓阳的见面，慢慢成为我每天的期待。我觉得只要有了卓阳，再枯燥的生活也可以变得生动起来。虽然每次见面我们只讲很少的话：“你好吗？”“还可以。”“吃饭了吗？”“马上就要去了。”……就是这样。或者，我们只是很远很远地望见彼此，他会向我打个响指或吹声口哨，而我，微笑或点头以作回应。我觉得这就够了，至少知道，他并没有忘记我，我已经很满足了。然而，渐渐地我发现，自己开始由见到卓阳后很兴奋，变成不见卓阳就会很失落。我想我完全输给了卓阳，连心情都不得不交给他主宰。其实，我真的不想这样，我知道自己终究有一天会离开卓阳，总会在某个时刻，我们踏上驶向不同终点的两列火车，奔向属于自己的生活，从此再也没了交点。那些因卓阳而生的快乐，总会慢慢地磨灭掉吧！我很怕，时间会让卓阳忘记我，我更怕，当卓阳忘记我时，我还没有忘记他。

那是许许多多晴天后的第一场雨。一直到正午，太阳还在一如既往地照耀着大地。阳光通过黑板的反射，形成一片白茫茫的混沌区。仿佛只在刹那间，太阳就收敛了它的嚣张，周围一下子暗了下来，细细的雨丝突兀地赶走了原本明媚的一切。吃过午饭，我从食堂出来，一路走得很慢，这场小小的雨带给我一点点惊喜。视野中的一切都变得温润而细腻，有微风吹过，凉凉地，晃动着我的裙摆。我正想好好地享受一下这份惬意，忽然听到卓阳喊我的声音从上面传来，一抬头，才发现自己已经走到了教学东楼的门口。卓阳所在的三班教室，正对着二楼一个观景的平台，现在，他正站在平台的窗前，向我微微地招手。

我笑了，我想，那一刻我的笑容一定绚丽如虹。卓阳示意我上去，我犹豫了一下，咬咬牙跑上了二楼。他并没有在楼梯口迎接我，而是依旧站在那里，安静地望着窗外。我在离他不远处站定，看着他，觉得他身上有一种说不出的忧伤。卓阳沉默着没有说一句话，但我知道，为什么他不想告诉我发生了什么，却依旧希望我能够上楼来。就像我知道他的眼睛盯着窗外，其实什么也没有看，只是不敢把目光投向我罢了。他明白，我会敏感地从他那忧郁的眼神中洞悉一切。他本想在我面前掩藏所有的失落和伤感，却又忍不住要我来陪。我了解，所以我也没有发出一点声音，只是站在他身边，和他一起沉默。

终于，卓阳开口了，他说："下雨了。"

我回应着："是的。"

他把头转向我，愣了一下，然后用手拍拍我的肩膀，这时我才意识到雨水已经把我的肩头打湿了一大片。

卓阳垂下眼睑，喃喃地说："我有一点难过。"

我把双手搭在他的肩膀上，很认真地告诉他："一切都会好起来的。"

卓阳笑了，虽然笑容很苍白。

卓阳表现出的沮丧，让我感到很惊讶，他在我面前一直树立着一种很坚强、很乐观的男子汉的形象，我从来没有想过有一天他会脆弱到需要我的安慰。在嘉程的时候，我也看见过卓阳的忧伤，但无论有多么苦闷，他始终在一个人扛。我想，他一定和我一样，身上太过沉重了，压力、孤单、不安、焦躁、无奈、苦楚、思念……种种难以言表的复杂情绪，积压太久了，支撑不住，便要找一个缺口通通发泄出来。我和卓阳都是一种人，在月季和向日葵中选择后者的人，我想我是可以懂他的。

.9.

我和小可的关系越来越好，渐渐变得无话不谈，成为大家公认的一对儿。我对小可讲起我的初中、卓阳、邱影，还有嘉程的向日葵。

小可笑嘻嘻地追问我是不是喜欢卓阳，我敲着小可那笨笨的小脑瓜拼命为自己辩解：“哪有？！我和卓阳是哥们儿，哥们儿，懂吗？那叫死党！呵呵，本小姐大学之前是绝对不会谈恋爱的！”

小可点了点头，很认真地对我说：“那好吧，我们做个约定，大学之前都不谈恋爱，一定要遵守哦！”

我很坚定地和小可拉了钩钩。

小可告诉我，初中时她认了一个哥哥，是和辰辰姐一起拜的把子，那个男孩儿名叫林落，是学美术的，现在在十四班。十四班？我想起了邱影，这么说林落和邱影是在同一班了！我暗暗地想，如果我再去找邱影，一定要看看那个叫林落的男孩儿，因为，从小可的口吻中，我感觉得到，林落对于小可，就像卓阳对于我一样，非常重要。

我再也没有找过邱影，不过我却可以常常在校园的某个地方碰到她。然而，每次我与邱影不经意地碰面时，总有小可陪在我的身边，而邱影的手，也挽着一个我不认识的女孩子。我与邱影客套地打着招呼，简单表达一下对彼此的关心，然后，很快地分手。我觉得这样的见面枯燥而乏味，我想不通，那么深厚的友情，最后怎么会是这样的结局呢？应当承认，我经常惦念邱影，不过，我所惦念的，是初中时的她、初中时的我们。我忽然觉得自己离邱影很遥远，遥远到仿佛置身于两个不同的世界里，没有关联。起初，面对邱影我不知该如何表达思念，我以为，那是因为缺乏一种安全感，在惶恐和不安中无法组织语言。可是，我渐渐发现那不过是一种借口，实际上我们已经慢慢地疏远了彼此，因陌生而无话可谈。我很痛苦地面对着这样的现实，内心感到无比的悲怆与凄凉。我和邱影用三年光阴建立起来的友谊，竟敌不过这短短几个月的时间的蚕食，这是多么可怕，又是多么可悲！

小可小心翼翼地问我：“怎么感觉不到你们有多亲密啊！”

我愣愣地望着她，脸上强装的笑容一点点变得僵硬，然后散开。我使劲地摇着小可：“为什么会这样？为什么……”其实我知道为什么，我只是想问小可我该怎么做。

后来我发现，身边的每个人都交了新的朋友，融入了新生活。起初，我天天在食堂碰见卓阳，他常和麦子在一起。麦子总会把我叫过去，我就在卓阳的对面坐下来，有时，也和他们一起评价评价某个班的班主任。我觉得这样美好的时光总是很短暂的，所以格外珍惜。但是很快，卓阳身边就不再是麦子了，而是一个女孩子。

我看得出她和卓阳关系非常好，吃鸡蛋的时候，她把蛋清夹给卓阳，蛋黄留给自己。我想，连一个鸡蛋都要分享，她和卓阳一定是格外亲近的了。碰到卓阳和那个女孩子在一起，我的第一个意识就是躲开，其实我并非害怕面对什么，而是，我担心自己在他们面前无法伪装起对那个女孩的疏远和反感。有时候，我还没有来得及离开，就被卓阳抓到了。

“许妍！过来坐。”他这样招呼我。

我只得在他们身边坐下来，不过，我从不说一句话，抑或说，我根本没有说话的机会。卓阳和她所谈论的一切都围绕着三班，他们会谈到许许多多的人，而我一个也不认识。所以我总是一言不发地埋头吃饭，然后在他们吃完之前匆匆离开。我想，卓阳需要的是现在的生活而不是过去的回忆，他的“现在”里有那个女孩儿，而我，无论如何也无法走进去。他们的世界对我来说好陌生，陌生到我在旁边看着身体就会慢慢僵冷。

卓阳问我，为什么这几天一直见不到我的影子，我说，最近常和小可在一起。他问小可是谁，我告诉他，是朋友。其实，正如我不了解卓阳的生活一样，卓阳也不了解我的生活。我的朋友、我的快乐与伤悲，对于卓阳来讲，也是一样的陌生。我想，我们慢慢地就要分清彼此，融入属于自己的生活中了。就像当初我放在卓阳课桌里的书一样，中考结束时，终究被卓阳挑拣出来，物归原主。也许，卓阳可以把我从他的生活中剔除，而我，却永远不能剔除他，因为，没有卓阳，我的生活就不再完整。

我不想表现出对那个女孩过分的注意，所以从始至终，我都没有主动向卓阳提起过她，更没有打听过她和卓阳的关系，甚至，一直没有问过她的名字。但是，卓阳在我面前总是提到她：“喻婷跟我说过，豆腐吃多了也不好，许妍，以后你少吃一点豆腐啊！”“喻婷比你大一岁，属羊的，可是，跟你一样，单纯得犯傻。”……喻婷，喻婷，喻婷，这个女孩子的名字我是多么地想忘记，可是一次次强迫自己忘记，不过是一遍遍提醒自己想起。

卓阳说:“喻婷是个很傻的女孩儿，傻得让人心疼。”

我冷冷地笑了一下：“是吗？”我记得卓阳也说过我很傻很傻，我记得说这种话时，他也曾是这个表情，无奈的、嗔怪的，而又充满了怜爱。我禁不住想要问问卓阳，是不是对他好的女孩儿都够傻的，但我终究还是没有问出口。我不想从卓阳口中确认，一直以来我的付出，不过是一种犯傻。

我想我差一点就要怀疑卓阳是不是已经和舒娜分手了，是不是因为卓阳和喻婷的现在，舒娜就和我一样，都已成为了过去呢？然而就在某一天——我清楚地记得，那是一个星期五，因为我和卓阳虽然分在不同的班级，但仍旧非常有缘地被各班的卫生委员划分在同一天的值日组里，更加巧合的是，三班和六班所负责的是两块相邻的卫生区。我记得那天，我们班的垃圾袋被一个调皮的男同学撕开了线，没办法，我们只能和三班共用一个。就在我把垃圾袋还回三班的时候，忽然间意识到周围少了卓阳的影子。

三班的一个同学指着远处对我说：“喏，在那边呢！有个女生找他。”

我顺着那个同学的手指望去，看到了远处有两个晃动的人影。我盯着他们看了很久，直到两人的轮廓在夕阳的余晖中渐渐变得鲜明。是舒娜，没错，是舒娜。顷刻间，心若一丝薄薄的云，澄澈而轻盈。

舒娜看到我，很灿烂地笑了起来，她对我说：“许妍，好久不见了，你好吗？”

我走过去一下子拥抱了她，不知怎么的，就掉下泪来。

舒娜怔住了，她很生硬地抱了抱我，慌张地问：“怎么了？许妍，发生什么事了吗？”

我不好意思地把脸埋在她的肩上，低声说：“没有，只是好想你……”

我表现得如此激动，是连我都没有想到的。舒娜的出现，让我觉得很踏实也很心安，我想，喻婷不过是卓阳的朋友，关系再近，也越不过“知己”这两个字，而舒娜，依旧陪在卓阳的身边，我觉得这样很好。我已经习惯了他们两个在一起。从来没有一次，我这般殷切地祈盼，卓阳和舒娜可以一直走下去。

我觉得自己很孤单。我的身边，只有一个和我同样寂寞的小可。我们都觉得很冷清，甚至，没有足够的热量相互取暖。

.10.

日子过得很快，期中考试伴着秋风比我想象中来得更早了一些。虽然一切都在预料之中，可我还是很难接受自己由第二名一下子滑到第十六名的现实。我感到很难过，因为我不得不承认， 这个名次对我来讲还算公平，我想自己真的没有用功。很长时间了，对于每个人来讲都极为重要的晚自习，被我用来写很长很长的日记。很长很长的日记里面，洒满了为卓阳流下的泪滴。

我消沉了很长时间。这一次，终究是有些不同吧！享受过太多鼓励的我，竟不能迅速调整心态，变得乐观而坚强。我把成绩汇报给爸妈的时候，他们没有表现出一点惊异或愤怒，相反，他们很平静地安慰了我。电话里，爸妈小心翼翼地斟酌着语言，生怕哪个字、哪个词说重了，被我误解成指责。我很内疚，原本我是可以做得很好的。许多繁乱的心事，在我的心头积压，积压，积压成一片消散不开的阴霾。面对父母关切的询问，我强忍着泪水没有说出口。

晚自习下课后，我一个人坐在空旷的教室里，看着黑板发呆。眼前，一直是卓阳的影子，飘来飘去，把我的心绕得好乱好乱。我疯狂地摇着头，试图挣脱这一切，可是做不到，往事的一幕幕像过电影一样，在我的脑海中闪现，一遍又一遍。我趴在桌子上失声痛哭起来，肩膀剧烈地颤抖着，挂在墙上的钟表，在我的哭声中轻轻打起了鼾。过了很久，很久，夜风吹凉了我的脊背，“咣当”一声，墙角一把破旧的椅子，因不堪忍受几摞废纸的重量，终于倒下。我惊慌地抬起头来，却发现罗宁正站在门口。

他看到我那诧异的眼神，立刻显得局促不安起来，紧张地解释道：“我去了趟厕所，回来……看见教室还亮着灯……就……过来看看。”

我盯了他一会儿，然后垂下头，重重地靠在椅子上。罗宁，一个我从未注意过的男孩子。只记得他也是由嘉程考入十一中的，这大概是我对他唯一的了解吧。也许，我们根本没有说过话。其实，这个班的男生对我来讲都很陌生，我很少同他们讲话，除了日常职责的关系，毕竟我是课代表。事实上，到现在为止，班上大部分的同学的名字我还没有记清，发作业时经常搞错。在这个班里，我想我只有小可一个熟悉的人。

罗宁并没有马上离开。原以为我的冷漠，会让他丧失继续待下去的勇气，然而出乎意料的是，罗宁径直向我走了过来。我想，他一定看到了我哭得红肿的眼睛，因为他的声音一下子变得很柔软。

他对我说：“教学楼快要锁门了，赶紧回宿舍吧。”

我望了一眼窗外，黑夜在路灯交错的光辉中显出一点猥琐和浑浊。此时，挂钟的分针不偏不倚地指着数字6，已经十点半了。

我猛地站起来准备离开，不料眼前一黑，身子失去平衡向后倾倒过去，我下意识地把手伸向罗宁，却又在半空中停了下来。我靠在后面的桌子上，大口地喘息着。罗宁看着我，想说什么，却终究没有说，伸出的手同样停在了半空中，他尴尬地笑笑，四指微曲着，悄悄背在了身后。我觉得罗宁看我的眼神里，有一点点惊讶，一点点好奇，还有一点点心痛。我想，男孩子的确是见不得女孩子伤心，更加见不得女孩子失魂落魄。看着罗宁不知所措的样子，我竟感到很滑稽，不由得笑出声来。

等我们匆匆地跑到楼下时，楼管已经把门锁住了。我记得自己当时都快吓傻了，一个劲儿地问："怎么办？罗宁，怎么办？我们出不去了。"

罗宁安慰我说："不要急，我记得楼梯右侧还有一个侧门，一般会给值班老师留着，我们去看看。"

谢天谢地，侧门没有上锁，我很庆幸当时罗宁没有马上离开。那晚我和罗宁都很狼狈，因为，我们都在不经意间让另一个人闯进了自己的视线。

第二天早晨，收作业时我路过罗宁的座位，他递给我一支棒棒糖，是阿尔卑斯的，同学间很流行的一款。我本来没打算接受，可当我看到包装纸上标着的"柠檬香草口味"时，不由得愣住了，罗宁乘机把那支棒棒糖塞到了我的手里。

我很尴尬地说了声谢谢。

罗宁笑了，指着手中的笔记本对我说："许大小姐，我行贿可是有目的的。昨天语文课上的笔记我没有记全，今天老师要检查的，能不能帮帮忙，让我看一下你的？"这个借口听起来真的相当拙劣，但我仍旧把笔记本借给了他。罗宁很感激地对我点了点头。

期中考试的阴影终于消散得干干净净，我开始为下一次考试投入百倍的努力。身边的小可也格外用起功来，她对我说，身为班长而成绩平平，实在是讲不过去。我知道她心里的压力也不小。

秋的色彩变得越来越浓重，常常有冷冷的风吹过，叶子便摇摇晃晃地从枝头跌落下来。自从知道卓阳和舒娜仍在一起之后，我在心里就慢慢地接受了喻婷。看到卓阳和喻婷走在一起，我也不再躲避，而是很坦然地和卓阳打招呼。我仍然像以前一样，吃饭时坐在卓阳的对面，然后和他一起从食堂回到教学楼，食堂和教学楼之间的两点一线留下了我那么那么多的记忆。我知道从教学楼到食堂有多远。我每一次孤单地跑过去，不敢稍有停歇，可是还是那样漫长，那样遥远，路旁法国梧桐凋谢了，纷飞的叶子缠绕着我的孤单。每每这时我会想起卓阳，回忆我与卓阳共同释读的每一个秋天。我知道从食堂到教学楼有多近。当我和卓阳肩并肩地走过，踏过每一寸土地时，我多想一直走下去，走下去，永远永远地走下去，从朝阳东升走到夕阳西下，从春风和煦走到白雪皑皑，从今年走到明年，从这个世纪走到下个世纪，走向没有尽头的尽头。我已经不知道食堂和教学楼之间究竟是远还是近，我只知道自己每一次走过那条路，小小的心里便只剩下卓阳的影子。

卓阳对我说，他现在的座位仍旧临着窗。下课的时候，他喜欢一个人静静地看着窗外，看窗外的一切，树啊，风啊，花啊，草啊，还有各种各样的人，外面的嘈杂反而会让他收获一颗平静的心。我想卓阳也是孤单的。

我很冒昧地问他："你快乐吗？"

卓阳愣了一下，目光很快暗淡下去，继而他笑了。他说："许妍，其实我很怀念嘉程的日子，想念老郭，想念我们的207宿舍，想念舒娜，还有你。"

卓阳一定看到我落泪了，这一次我没有掩饰。我红着眼睛对他笑，卓阳扭过头去，轻轻叹了一口气，他对我说：“许妍，对不起。”

我摇着头：“没关系，真的没关系！其实我也是，我也一样的。”

我们都怀念从前，因为我们的从前的确值得怀念。初中三年的岁月里，我们慢慢脱去满身的稚气成长起来，嘉程教会了我们如何去爱，如何去给予，如何去感激。我们都怕触及过去，因为我们知道，有些东西再也回不来了。于是我们努力地不使自己孤单，到头来，却发现，自己还是喜欢着过去，一直不曾改变。我们都很脆弱，我们都想掩饰，只不过卓阳的演技比我好一点，我的悟性比他差一点。

我开始常常出现在三班门口，带着大包的零食和水果。我想像从前一样照顾卓阳，告诉他其实他并不孤单。因为至少他身边有一个小小的我，一个永远都会陪伴他、支持他、相信他的哥们儿。卓阳仍旧像以前一样，不会拒绝，但永远说着“谢谢”，我渐渐地怀疑，这一切在他看来是否只是一种交易，以我对他的好来交换他的感激。偶尔，我会在门口碰到喻婷，她很热情地跟我打招呼，而我，不过是笑着点一下头而已，我想，我没有和她讲过话，一句也没有。

. 11 .

我不记得自己是如何与罗宁一点点建立起了联系，总之，我们变得越来越熟悉。记忆里我们只是多说了一些话，多碰了几次面而已。然而，我得承认“我的世界从此以后多了一个你”。罗宁和我谈起嘉程小小的校园，窄窄的走廊，还有那片颜色很旧的向日葵，他说，那是他生平第一次看到真的向日葵。刚入学的那一阵子，他很兴奋。我很高兴地听着罗宁回忆过去，那个过去，我是了解的。我想，罗宁从一开始就看懂了我，他知道我在想什么，怀念什么。

罗宁给我一种亲切感、一种熟悉感，这种感觉是没有在嘉程生活过的小可所不能给予的，我很珍惜。在这个班里，罗宁成了联系我的过去和现在的一根纽带，所以我别无选择地拉近了和他的距离。我们讲很多很多的话，很多很多。白天的时候，我们仍像往常一样，好像从不认识，实际上，我们会在晚上长时间地打电话，直到手机发烫为止。

每天晚自习结束后，我都不会马上离开，而是坐在座位上整理笔记，所以，我总是最后才走。罗宁不知什么时候也有了这个习惯，我知道他是为了等我。在这一点上，我和罗宁都很默契地保持沉默，谁也不曾讲明。罗宁和我一起走的时候，他的步子很慢，就像我和卓阳一起走时，有意地放慢脚步一样，我明白，罗宁很珍惜和我在一起的时间。偶尔，我们会到操场旁边的看台上，保持一个合适的距离并排坐下来。那里很黑，晚上的时候没有灯，所以不会有人注意到我们，我们说很多话，有时会开心地笑出声来。我觉得和罗宁在一起很快乐，至少，他不会像卓阳那样，让我感到若即若离。有罗宁做朋友真的很不错，他让我觉得很踏实，也很安全。

其实，罗宁身上有许多卓阳的影子。也许正是因为如此，我们才这般迅速地成为了朋友。罗宁和卓阳一样，瘦瘦的，喜欢穿白色的T恤或外套，搭配样子简单的牛仔裤，看上去干净而青春，给人一种阳光般的温暖。只不过卓阳的衣服大都很便宜，而罗宁总是一身的名牌，然而，这些都是无所谓的。罗宁和卓阳一样，会唱很多很多好听的歌，我难过的时候，罗宁就唱给我听。他唱很忧伤的曲子，声音婉转而清澈，带着一种特有的磁性。我说不要听歌词，文字这东西容易让人变得太脆弱。罗宁就改为吹口哨，吹得和唱得一样动听，我听着听着就掉下泪来。

罗宁紧张地看着我，我慌忙地抹着泪：“没什么，没什么，一会儿就好了。”我不想告诉罗宁，我流泪是因为想起了某个人。

罗宁和卓阳一样，走路时有一点轻微的驼背，轻微到几乎无法察觉。我想卓阳这样是因为他太高，而罗宁这样似乎就没有什么道理。我很认真地对罗宁说：“你应该长得再高一点，最好高到我需要仰起头，才能看到你的脸。”

罗宁非常无辜地向我解释他的个子已经不算矮，可我还是很执拗地认为他的身高与我理想中的标准相差太远。

罗宁无奈地开玩笑说：“许妍，你将来可一定要找一个个子很高的男朋友哟！”

我听了有些生气，背过身去不理他。罗宁的话让我感到了心痛，我突然明白，卓阳的形象已成就了我心目中的完美，他虽然不帅，可是在我眼里刚刚好。

很巧的是，老周调桌时，把罗宁安排在我后排的右侧。我很敏感地想起来，曾经的卓阳就在同样的位置上占据了我所有的生活，而我与卓阳的开始，也正是缘于这样一次巧合。或许我就是从那个时候渐渐地冷淡了小可，每个课间，我都会转过身去，和罗宁谈得热火朝天，而忽视了小可的存在。我和他仿佛有说不完的话，虽然只是一些无关痛痒的话题，却能带给我们莫大的兴趣和快乐。我真的很自私，沉浸于自我的快乐中，完全忘记了小可。原以为小可除了我还有其他朋友，事实上，就像我觉得只有小可一样，小可真正的朋友也只有我一个。只是一直以来，我完全没有意识到自己对小可的重要，在我的印象里，小可的心中只有辰辰姐一个人，只有辰辰姐才能那般理解她、体贴她、呵护她，而我真的不算什么。于是，我为自己对小可的疏远找足了借口，心安理得地把原本应该陪伴小可的时间拿给了罗宁。

后来，隐隐地有了闲言碎语，说我与罗宁如何如何。

小可很关心地劝我：“妍妍，你能不能别和罗宁走得太近，否则你会受伤的！”

我很生气，甩开小可的手，大声地质问她：“是不是你也觉得我和罗宁有什么？现在连你也不相信我了，对吗？”

小可很吃惊地盯着我，她没好气地解释说：“我只是担心罗宁误会了你的意思，对你产生非分之想。我还记得我们之间的约定，如果你不在乎，那么我无所谓。”

小可说完之后转身就走了，留我一个人愣愣地站在那里，良久才缓过神来。

我很想找个机会向小可道歉，也很想把我和罗宁的关系好好地解释给她听，可是小可好像真的生了气，她对我始终冷冰冰的，甚至不给我任何说话的机会。我很难过，我不知道该怎样做才能让小可原谅我，也许我真的再也无法弥补对小可造成的伤害了。因为我看到小可有了新的朋友，她们看上去很亲近，也很快乐。

小可不再和我说话，她不要我了，真的不要我了。我忽然间体会到小可遭我冷落时的心情，她一定也像我这样伤心，她一定也很孤单，她一定感到很委屈却连个倾诉的人都找不到，因为，最懂她的那个人离开了她。

我感到很对不起小可，这么久以来，她都是一个人孤零零地生活着，痛苦没有人分担，快乐没有人分享，喜怒哀乐统统成了她一个人的事，没有人关注她，没有人听她说话，也没有人陪她一起哭一起笑。而我呢？我是理解她的，我明明知道她是那种没有朋友就不会快乐的女孩儿，我明明知道可以给予她快乐的辰辰姐已经不在她身边，我明明知道自己是唯一一个可以贴近她的朋友，可是这样懂她的我，又对她做了什么呢？那段日子里，我丝毫不体贴她的心情，面对她的寂寞和失落无动于衷，完全忽视了她的存在。我为自己找了那么那么多的理由和借口，只是为了让自己离开得心安理得一点罢了！我痛恨自己，为什么会像着了魔一样只顾和罗宁谈天说地，而忘记了在感情上那般空虚的小可呢？现在小可不再需要我，她离开了，带走了我的快乐。这难道是一种惩罚吗？精神上的惩罚往往比肉体上的惩罚更令人痛苦，没有小可，我会很难过。可是，我又有什么权利难过呢？是我先抛弃了小可，是我在自己快乐的时候忘记了朋友。我想，有时候友谊真的很脆弱，就像一扇薄薄的玻璃，破碎的时候总是扎人的，可是，为什么一定要等到破碎时，我才懂得呵护和珍惜呢？太迟了，不是吗？我不再笑了，没有小可的日子对我来说真是一种折磨。

罗宁很关心地问我发生了什么，我冷冷地丢给他一句“与你无关”，泪珠儿就啪嗒啪嗒地往下落。

罗宁用一只胳膊环住我的肩膀，很认真地问：“是不是与小可有关呢？”我本想甩开他，可是我好虚弱，甚至连挣脱的力气都没有。

罗宁开始很卖力气地为我搜集笑话，他常能把我逗笑，只是因为，我知道这是他想要看到的效果。我很感动于罗宁为了让我快乐而做出的一切努力，于是极力地配合着。渐渐地，我开始接受小可离开我的事实，我不能再让罗宁受我情绪的影响，成为第二个无辜的莫小可。然而，每当我不小心触到小可那双清澈的眼睛，在她看我的眼神里，我都会读到失望、愤恨、恼怒和不信任。我常常感到突然的心痛和悲伤，因为小可。

.12.

流言以近乎光速的速度四处传播。很快，罗宁和我作为男女主人公成了大家在茶余饭后谈论的话题，甚至连我们说话的时候都会有许多人停下手中的事，屏声凝气，像看电影一样地盯着我们。这让我觉得很不舒服。其实，我很怕听到这样的议论，在我的认知中，早恋是一件绝不光彩的事情。我开始拼命地解释，一遍遍地解释：我和罗宁只是朋友，真的没有什么所谓的恋情……然而，没有人相信。他们“哦——”地发出怪叫，相互传递着各种复杂的眼神。这让我清楚地认识到，我所做的一切努力都不过一场徒劳。白天在教室里，我和罗宁只要有任何接触，不管是因公还是因私，那些滋事者总会阴阳怪气地干咳几声，引起大家的注意。晚上一回到宿舍，我就会遭遇舍友们的围攻，她们总是穷追不舍地盘问我与罗宁的进展如何。我在永无休止的辩白中愈加疲惫，看看罗宁，他却是一脸的平静与轻松。

我开始有意地躲避罗宁，不和他说话，希望在长久的冷漠之后，所有的闲言碎语都可以渐渐被大家遗忘。然而刻意的疏远并不比过多的解释更起作用，大家对这段谣言的兴趣似乎永远不会消减。他们依旧热烈地讨论着我们，偶尔还会有人笑嘻嘻地问我："是不是小两口吵架了？……"面对这种与预期截然相反的结果，我几乎崩溃！

晚上躺在床上辗转不能入睡，我气急败坏地发短信给罗宁："干脆，我们真的交往算了！"

等了好久，罗宁才一字一顿地回复我："乖乖！你不会发烧了吧？"

我猛然意识到自己是真的被气昏了头，怎么能说出那么冲动的话？还好罗宁没有当真。我赶紧回答："你怎么知道的？哈哈！"

罗宁啪啪啪发过来一连串笑脸，他说："你还真幽默！"我呵呵地笑了起来。

我和卓阳并没有因为罗宁的关系受到影响，我们依旧天天见面。我想如果委屈的泪能够在心中汇成一片浩瀚的海，那么每一次涨潮，必定是因为卓阳的出现。然而面对卓阳，我仍伪装出一张足以掩盖所有悲伤的笑脸。我很需要卓阳的安慰，可我却不愿向卓阳提起有关罗宁的一切，我不知道如果我把这些事通通告诉了卓阳，他是不是真的能够给予我理解和信任。或许，我在他心目中那个清纯美好的形象会在顷刻间轰然倒塌。他会生气吗？还是，还是像小可一样干脆地离开呢？我决不能让卓阳离开我，决不能。没有他，我的生活就没有色彩了。

卓阳很随意地问我："嗨！许妍，最近过得怎么样？"

泪水一下子充盈了我的眼眶，我极力地压制着心中汹涌的浪潮，然后看着卓阳灿烂的笑容，艰难地从牙缝中挤出两个字："很好。"继而补充道："真的很好。"

卓阳看看我苍白的脸，点点头不再说话。我注意到了他眼睛中流露出的那几分怀疑的神情，可我只能像他一样沉默着，装作不曾觉察。

小可冷漠地看着我因流言而遭遇的种种尴尬无动于衷。即使是在我被围困于他们七嘴八舌的询问中显得异常窘迫时，小可也没有再挺身而出，为我说过一句话。我感到一种莫名的心痛，是不是所有破碎了的友谊都要在彼此的伤害中走向终结呢？小可一定恨透了我。难道仅仅是因为在她看来，我违背了我们之前的约定吗？这么久以来我一直在努力弥补，试图得到小可的谅解，可是，从始至终小可没有和我说过一句话。我承认我伤害了她，只是我不明白，我所犯下的错难道就真的这样不可原谅吗？在各种流言蜚语的包围下，我几乎要窒息了。我想，小可现在一定觉得很得意了，我终于受到了惩罚。因为没有听从她的劝告，所有的后果都是一种咎由自取罢了——她会这样想吗？真的会吗？

慢慢地，我发现连老周看我和罗宁的眼神都有些怪怪的。有一次，我转过身去要和罗宁说两句话，刚扭过头，老周就从后面走过来，很严肃地看了我一眼。我吓得出了一身冷汗，整整一节课，都没敢看老周的眼睛。我感觉老周可能已经听说了什么，因为他的眼神中闪烁着愤怒，这是我很少见过的。

一天晚自习下课后，我像往常一样待在教室里，罗宁也在后面忙忙碌碌，没有要走的意思。不知什么原因，老周并没有离开。他在教室里随意地转悠，看着我们几个还没有走的学生各忙各的事情，偶尔在某个同学的座位旁停下来，聊几句闲话。

罗宁的成绩一直是班里四五十名，他在这个人群中显得有点特别。老周站在一边，微笑着问他："怎么，你也不回去？在教室里用功啊！"

罗宁尴尬地笑笑，眼里明显地就有了些慌乱的神色。

"不错，不错！很难得啊！"老周赞许地说，语气里却分明隐隐地藏着些别的什么，让人觉得意味深长。

这时，一名同学不分时机地开起了玩笑："人家罗宁在等人呢！"

我听了心里一惊，小心翼翼地用余光窥视老周。还好，老周没有看我，也没有再继续说什么，就好像压根儿没有听见一样。其实，我知道老周听得一清二楚，我很感谢他没有追问下去。我确信他一定是听到了那些流言，只是不曾声张罢了。我疑惑了，究竟是什么原因，让老周在这些闲话面前宁愿装聋作哑？实际上，越是这样的沉默，越让我产生一种莫名的恐惧。

我感到压力很大，舆论的力量真是无可估量的。我的一再解释，也终究因他们的一句"解释就是掩饰，掩饰就是事实"，而变得毫无价值。

上微机课之前，我故意在教室里磨磨蹭蹭地不肯走，没想到罗宁还是一如既往地耐心等我，使我不由得从心底涌上一股无名之火。这么久以来，我被这些闲言碎语搞得疲惫不堪，而罗宁却一直置若罔闻。我真的想不通，他怎么可以表现得那般无所谓呢？还是正如小可说的，这一切就是他所期待的结果？

一路上，我不断地向罗宁抱怨我在宿舍里所受的种种攻击，而他，只是带着平静的微笑一言不发地听我大声地发着牢骚。我忽然想到，当初我和卓阳关系那么好，却没有引起如此轩然大波，不过是因为舒娜的存在。而现在的罗宁和我，都是"单身"，所以才会被各种流言所围攻。若是……我心里忽然有一种顿悟的欣喜。

我有点儿兴奋地说："罗宁，不如你交个女朋友吧！那样一来就没有人再说我们的闲话了。"

不料，罗宁听后陡然变了脸色，他愤怒地咆哮起来："你这个胆小鬼，自私鬼！你为什么只考虑自己，而不替我想想呢？你以为只有你受到攻击吗？你知不知道每天晚上我一回宿舍就会被他们盘问得透不过气来。为了你我一直默默承受着，从来没有过抱怨，而你呢？好哇，你要我找女朋友是不是，我无所谓，可是你能保证我有了女朋友这些流言就会自行消失吗？你为什么要这样在意别人的看法呢？”

我听着罗宁的训斥，吓得愣在了那里，过了好半天，才缓过神来，“哇”的一下哭出声来。我从没见罗宁发过这么大的火，事实上，也从没有人向我发过这么大的火。我感到很委屈。这时，上课铃缓慢而悠长地响了起来，这意味着，今晚的最后一节课，我和罗宁都要迟到了。

罗宁看了我一眼，眼神中写满了心痛和抱歉。我想，我的样子一定很可怜。罗宁的声音再次恢复了原来的那般柔软，他小心翼翼地对我说“sorry”，然后轻轻帮我拭着眼角的泪。

我猛地甩开他的手，疯狂地对他大吼：“你走开，我不用你管！”

短暂的沉默让空气变得凝重起来。罗宁呆呆地愣了片刻，然后用一种几近乞求的语气对我说：“是我不对，你赶紧去上课吧，我走了。”然后一个人头也不回地朝着与微机楼相反的方向走去。

我一时不知所措：他要干什么，难道不去上课了吗？我很想喊住他，或者追过去阻止他，然而我没有那样做。我只是很赌气地站在原地，呆呆地望着罗宁远去的背影，感受着他离我越来越远而逐渐模糊的脚步声。直到罗宁于某一个拐角处消失在我的视线中，我才渐渐从恍惚中清醒，周围混浊的空气在刹那间变得明朗而清晰。

上课铃已经哑了许久，罗宁和我都没有去听课。我一个人孤独地站在那里，看不到卓阳，看不到小可，也看不到罗宁。

我忽然感到了恐惧。

夜色在亮得刺眼的灯光下流露出冷漠的神情。上课已经很长时间了，如果现在赶去微机教室，一定会被老师抓到，我实在编不出理由来解释自己的迟到。我很怕，除了逃课我已别无选择。这是我有生以来的第一次逃课，我朝着罗宁离开的方向拼命地跑过去，希望能够找到他。然而，在那个拐角处，我看到许许多多的岔口，每个岔口都通向不同的方向，也许在深处的某个地方，还会有许许多多的小路纵横交错地伸向更加未知的远方。我没有料到会是这样。

完会失去依靠的我在十一中偌大的校园里徘徊了很久。我想，也许自己应该找一个安全的地方躲起来，毕竟，我是在逃课。如果被哪个熟悉的老师看到，那么等待我的将是更加悲惨的结果。我首先想到的是厕所。然而，我刚刚踏进厕所，就被一股难闻的气味熏得头昏脑涨，接着就一阵阵地恶心起来，这时我才想起，今天下午学校一直停水。接着我又想到了教室，或许，我可以先回那里上一会儿自习。教室的灯亮着，我在很远的地方就听到了老周大声诵读英语课文的声音，很明显，他正在教室里备课。这么大的校园，竟没有一个可以让我容身的角落。我感到很沮丧，一个人漫无目的地走着，不知不觉地来到了操场。在这片空旷的场地上，只有我一个人孤零零地站着，这让我感到既安心，又难过。我真的只是一个人了，没有人再愿意陪我。

我找了一处干净的地方坐下来，靠在旁边路灯的水泥柱上，抬头看着天。夜空中悬挂着许许多多闪光的星星，它们在黑色的底板上绘成一幅绚丽的彩图，宁静而祥和。然而，这么诗意的画面在我眼中却怎么也美好不起来。

我忽然想起了卓阳，思念迅速在心头蔓延。我摸摸衣兜，那张纸还在，这是白天与卓阳碰面时，他悄悄塞给我的。我把它拿出来，小心翼翼地展开，也许是因为太多遍地翻看，不到一天的时间，那张纸就已经变得皱皱巴巴，几处磨破的边角处留有我粘补过的痕迹。

一直以来，我和卓阳就靠这些小东西带给彼此些许安慰，虽然只是几个字，却让我们感到很温暖。

我在昏暗的路灯下艰难地辨认着那几个小小的字，尽管纸上写的什么我已经烂熟于心，可还是想靠眼睛再一次地确认。我不知道是因为看得太过费力，还是因为伤感，总之鼻子一酸，泪就扑簌簌地落下来，浸湿我手中的纸，弄脏了那美丽的蓝色墨迹，简简单单的五个字“别怕，有我在”也因此变得模糊起来。我很紧张很小心地把它放在嘴边轻轻地吹，祈祷它快快风干。可是，更多的泪水，不受控制地掉下来，落在那张本已浸湿的纸上，蓝色的墨汁混着泪在那薄薄的纸上滚动起来，渐渐地汇成了河，渐渐地汇成了海。我已经完全无法辨认那些字的模样，因为在那张快要烂掉的纸上，只剩下了一行浅浅的写过的印痕。

一阵风吹来，灌进我的脖子，我打了个寒战，蜷缩成一团。快到冬天了，夜风真的很冷。我好怕，可是卓阳不在。

我握紧了手里的那团烂纸，开始怀疑那五个字是不是一种虚幻的假象。我想不是的，因为我哭了，我是看到那些字才流泪的。对于我来说，这节微机课真的好漫长，秒针似乎在以一种比平时缓慢几百倍的速度旋转着，永无休止。我在这漫长的挣扎中快要睡去了。

终于，一阵清脆的铃声打破了所有的沉默，我感到从未有过的兴奋，从未有过的疲惫。我试图站起来，可是努力了好几次，最终还是重重地跌坐在了地上。我想，我是真的一点力气都没有了，双腿软绵绵的，还伴有轻微的头痛和眩晕，大概是哭了太久的缘故。

我听到许多同学奔跑的声音，他们欢呼着、说笑着，像一支乐队高奏着嘈杂的乐章，旋律紧促且扣人心弦。我感到他们离我越来越近，继而又越来越远，直到一切嘈杂声戛然而止，我的脑海中还不断地冲荡着那些声音的残留。我感到很不真实，我不知道自己究竟是睡着还是醒着，到底是上课呢还是真的已经下课了，那些声音我究竟有没有听到，还是，所有的一切，不过是一种梦境，一种祈愿罢了。我觉得自己真的很悲哀，甚至连逃课都不能做得完美而精彩。

那一晚终究永远地过去了。此后我每每见到罗宁，都会觉得很委屈。正是他的离开，将我推进了那孤单的沼泽里，可我还是原谅了他。

他没有错，小可和卓阳也没有错，真正犯错的只有我。如果自己足够坚强和勇敢，那么即使是独自一个人，又能怎么样呢？无论谁放开了我的手，我都不会再这般难过了吧！然而，我做不到，真的做不到。我很认真地恳求罗宁，以后不要抛下我一个，不要把我一个人丢在路上不管。

.13.

卓阳曾说过，他喜欢《悲伤·逆流成河》中的一句话：什么是快乐，快乐就是掩饰自己的悲伤，然后对别人微笑。

我常常想，在卓阳明媚的笑容深处，究竟隐藏了怎样的悲伤呢？我总在黄昏的时候，坐在篮球场旁边的石阶上，静静地看卓阳打篮球。当我已经在线衣外面套了一件藕荷色的长款大衣时，卓阳仍旧穿着薄薄的白色外套，拉链敞开，露出里面那件米黄色的低领衬衫。冬天的寒冷对于卓阳来说真的不算什么。那条很旧的牛仔裤被卓阳合体地包在腿上，随着他的每一个转身、跳跃，舒开一个个压得死死的皱褶。

初冬的夕阳像季节一样，看上去苍老而衰迈，但它仍旧很努力很努力地挣扎在高高的房檐上，不肯干脆一点地落下来。树上的叶子都掉光了，只剩下光秃秃的枝干。落日那几分残损褪色的光芒，透过稀疏的树枝，无遮无拦地投射在宽敞的篮球场上。卓阳快乐地笑着。我似乎嗅到血液的味道，但不腥，反而混着甜，还有一点暖，一点点汗味，以及他喘息时薄荷牙膏的清香。我好像看见，一股股在卓阳身上流淌着的代表着青春、生命力和幸福的分子散发在空气中，随风肆意地飞扬，大朵大朵的向日葵从他身后钻出，映得他那般耀眼。大滴大滴的汗珠从卓阳的脖子上淌下来，弄湿了他的领口。

看着卓阳疲惫而快乐的样子，不知道此时此刻的他是否还有需要掩饰的悲伤。我想，大概许多人的外表和内心都没有太大的关联，我们只要试着接受他们希望展现给别人的那一面就好了。纵使他们拙劣的演技无法蒙蔽我们的双眼。这是一种尊重，也是一种理解，更是我们这个年纪的人需要达成的默契。在我们单薄的青春里，各种各样的掩饰和伪装，到底要延续多久？

我开始学着装作很快乐。一个看上去灿烂而真诚的笑脸，无论何时何地都会带给别人明媚的心情，毕竟，没有人会拒绝快乐。我面对小可的冷漠努力地微笑，是那种近乎讨好的微笑。然而，无论我做出怎样炽热的表达，依旧不能融化小可心头的那一层冰雪。我想，到了春天，一切都会自然地消融吧。

冬天来了，春天还会远吗？我等待着，热切地等待着。

为避免下雪造成的安全隐患，学校把安排在大课间的跑步变更为做操，我终于摆脱了跑步对我的折磨。

年级主任在安排队形时，要求以三个班为一个单位组成方阵，每两个方阵相对而站。意想不到的是，三班正好站了在六班的对面。卓阳是体委，我是领队，我和卓阳就这样面对面站在了一起。我很珍惜这样的见面机会，卓阳也是。然而我们从不说话，只是相视很久，很久，带着浅浅的微笑，用只有我们自己才能读懂的方式，传达彼此的关怀和问候。

偶尔，我会有一种想和卓阳牵手的冲动。然而，犹豫终究会将勇气埋葬。我怕卓阳不懂得，手心里那润润的冰凉，是我对回忆中纯真情谊的渴望。其实我明白，自己是真的怕了流言，怕了传闻，怕了误会。我不知道，我的思念和亲近，在卓阳眼里，是否还简单得一如它最初的模样。

很久没有见过麦子了，不知道他现在过得怎么样。听卓阳说，麦子有了一个瘦瘦小小的女朋友，叫作什么倩，长得很漂亮。我很惊讶，不由得想象，高高大大的麦子，和他那瘦瘦小小的女朋友站在一起，究竟会是怎样的一种搭配。

校园中的恋情终究是这样轻易地萌芽了，他们简单地说着爱，简单地期许对方未来，在日复一日的甜言蜜语中体味着那一点点温存和关怀。也许，他们以闪电的速度开始的恋情，仍旧会闪电般地走向终结——很快地相爱，然后，很快地分开。

日子，像是进入了冬眠，大家都开始很安静地生活、学习，重复着一天又一天。我偶尔会在自习课上走神，盯着窗外明亮却不刺眼的冬天的太阳，头脑空空的什么也不去想。渐渐地，习惯了在随笔中写下许许多多和心情有关的文字，交作业的时候，我会很自然地把它放在语文老师的办公桌上。随笔中的无数个“你”，代表着无数个“卓阳”，意味着无数次深深的思念。这个秘密，语文老师和我心照不宣，这个“你”，我们谁也不曾提起。友谊、叛逆、孤单、晦涩、空虚……我相信，所有青春的潜台词，她都懂得，毕竟她也年轻过。

这一年的雪，来得让我们始料不及，就像每次短暂的见面后卓阳匆匆远去的背影，给我带来突然的冰寒。大雪纷纷扬扬，渲染着冬的寒意。路很滑，卓阳看着我艰难而小心地走过最后的斜坡，然后和我说再见，转身离去。每一次的见面，都要在这里分手，我躲在卓阳看不见的地方，目送他的远离。

晚上回去的时候，罗宁依旧走在我的左边，像是重复着某种习惯。室外楼梯上的积雪，在无数人的踩踏下结成了细碎的冰碴儿。尽管我每一步都迈得小心翼翼，可还是在最后一级台阶上打了滑，罗宁在我即将摔倒的那一刻，从身后稳稳地托住了我。

他说：“知道为什么我总是走在你的左边吗？因为我觉得右手比较有力气，可以随时保护你。”

我忽然想起了卓阳，想起他看着我走过斜坡时忧心的模样。不同的是，罗宁一心要保护我避免摔倒，而卓阳总是在我摔倒后再伸手拉我起来。我还是会疼，但我竟甘心这样疼着。

晚饭的时候突然停了电，我想大概是昨天那场出人意料的大雪惹出的麻烦。食堂里黑压压的一片，时间仿佛凝固了，就像正在播放的影片被叫了暂停，顷刻间，所有人都沉默着。夜，真的静极了。然而，瞬间的寂静后，接下来的却是一阵漫长的骚动，短短两秒的沉默被从天而来的喧杂所代替，如层层海浪簇拥着我，如条条细柳缠绕着我，我就在这此起彼伏的涌动着的吁叹声中摇曳着。熙熙攘攘的人群向门口挤拥而去，仿佛要逃离这片黑暗，走到广阔的外面，在浩瀚的夜空下接受星与月的安抚。黑漆漆的食堂里，桌椅凌乱地摆放着，这场可怕的躁动把我吓坏了，我被许许多多看不清的黑影推搡着，磕磕碰碰地向前艰难地移动。我找不到卓阳了。刚刚我们还在一起吃饭，只是，卓阳去刷饭盆的时候，我们分开了一小下，然而，偏偏就在这时停电了。

我在心里暗暗地责怪卓阳，干吗那么古板非要用自己的饭盆啊，如果用食堂的公用餐具，就不必这么麻烦了，那样的话，我们就不会失散，在这疯狂的人群中，我也就不会如此地紧张了。我正想着，忽然有人拉住了我的手，他叫了声“许妍”，我听出是卓阳的声音，很轻柔，却很坚定。

我高兴极了，小声地责怪着他："你快吓死我了，我以为找不到你了！"然后紧紧地挽住卓阳的手臂，好像生怕他溜走似的。

我们终于挤了出去，眼前似乎一下明亮了许多。月亮看上去格外的大，格外的圆，柔柔的月光像水一样地流下来，像天上嫦娥的书信，密密麻麻地写满了失意与相思。

我问卓阳是如何找到我的，他指指我胸前的十字架，上面因涂了荧光粉，闪闪地发着微弱的光。我笑了，自己竟疏忽到忘记了它。

卓阳说："我记得在嘉程的时候，有一次停电，楼梯里连应急灯都没有，我拉着你下楼，那天的情况跟今天差不多，特别拥挤。你说你怕黑，我就买了这个送给你，没想到都上高中了，你还像以前一样怕黑，胆子一点都没长啊！"

我听着听着，渐渐地变得沉默。我很怕卓阳提起曾经的我，很怕感受卓阳对我的熟悉。这一切明明都是我所渴望的，但越是渴望就越怕触及，怕自己不懂得满足，怕一发便不可收，怕坠入沉沉的回忆，怕把熟悉误解为在意。

我很矛盾！看着卓阳为我轻轻地叹息，在寒冷的冬夜里升起一团团乳白色的哈气，我想象着那是一抹淡淡的云，在我的心头萦绕，萦绕……

. 14 .

我和罗宁依旧每天打着电话，我们告诉对方许许多多关于自己的事情，包括家庭。罗宁有一个有钱的老爸，还有一个喜欢上网的老妈。他说，他爸爸有许多的应酬，每天都要喝得醉醺醺的才回家。而妈妈呢，用罗宁的话说，是个不懂得生活的女人，除了上网，她对一切都漠不关心。她没有很好的厨艺，常常把剩菜热热然后和新菜扣在一起，阳台上晒的衣服总是隔上一星期才记得收进衣橱，更要命的是，她从不化妆，也不会搭配衣服，整个人看起来又老又土。罗宁说他希望自己可以有一个时尚而又高雅的妈妈，尽管这一切都是无法选择的。

其实，我很不喜欢听罗宁这样批评自己的母亲，在我心中，每一个母亲都是美丽的。

相比于罗宁，我想我有一个更加美满、幸福、和谐的家。我的爸爸是个很普通的公司职员，他善良、温和、绅士而且体贴，从小到大，我没有挨过爸爸的打。他总是心平气和地教育我，偶尔，甚至会纵容我犯一些小错误。他不酗酒，也不抽烟，更没有打牌的嗜好。他没有那样多的应酬，因为他真的很普通，没有地位，也没有权力。他只是每月拿着属于他的那份微薄的工薪，靠自己的才华，业余创作，挣些稿费，然后尽心尽力供养这个他深爱的家。依我看来，在爸爸的心里，家永远是第一位的。而妈妈，似乎是整个家的核心，她勤劳、智慧、美丽而脱俗。她会做很多很多可口的饭菜，还会做各种可爱的小点心，给我们在正餐之外添些意外的惊喜，属于那种“上得厅堂、下得厨房”的完美女人。妈妈只比我大二十岁，我们像姐妹一样亲近，无话不谈，当然，那是我初三以前。我的爸妈一直很相爱，他们很少争吵，在这个家里，每个人都是平等的，包括我。我一直生活得很自由，也很快乐……

我突然说不下去了，声音有点哽咽，我对罗宁说，以后，晚上我们不要再打电话了。罗宁很紧张地问我怎么了，我说没事儿，只是忽然很想家。

我想我没有说清楚就匆匆地挂了电话，罗宁一定不会理解，我的想家和打电话究竟有什么关系。他不知道，因为他的缘故，我已经很少给家里打电话了。

曾经，我以“给家里打电话影响爸妈休息”为借口安慰自己，获得某种自我谅解，然后心安理得地遗忘我亲爱的爸爸妈妈。其实，我明明知道，为了等我的电话，他们每天都要把休息时间延长到夜间十一点以后，长久以来，这已成为了他们的习惯，也成了我们之间无须言明的约定。然而，我总是很“忙”，忙着在自习课上走神，忙着和卓阳碰面，忙着与罗宁在深夜煲电话粥。我把自己的空闲全部给了别人，却忘记了我最不该忘记的人。

我觉得自己真的很过分！我想我不该这样，我有那样美满的家庭，却不懂得呵护和珍惜，就这样轻易地忽略了最容易得到的最最深厚的家人给予的爱，我真的是太自私、太任性、太不懂事了。

我记得自己每次回家，妈妈都会满心欢喜地为我做满满一桌丰盛的饭菜，然后很专注地看着我吃，直到我再也吃不下。

我问妈妈：“你为什么这么爱我啊？”——好俗的问题。

妈妈总是很认真地说：“爱，没有理由。”——好俗的回答。

可是这一切，都让我觉得特别的美好。他们的爱，从未犹豫过，这种爱，是一种本能，没有理由，没有原因，爱，就是爱，真的不曾为了什么。这是最单纯的爱，也是最长久的爱，从下一代生命的开始，一直延续到上一辈生命的结束，超越了友情的地久天长，苍白了爱情的海枯石烂。

我很怀念家的味道！为了那些爱我的人，我觉得我不能再这样随心所欲地生活了。生活，应是有目标有准则的，至少，绝不是这样日复一日的混沌与颓靡。

罗宁一直在追问我：“为什么晚上不要再打电话？”

他这个人真的很笨很笨，连这么简单的问题都猜不透，一定要刨根问底才可以明白。我不想解释什么，宁愿让种种矛盾的心绪在胸口积压，积压，独自承受那沉默中窒息般的痛苦。

事实上，少了罗宁的电话，我真的很不习惯，总觉得生活中缺了点什么。原来我总认为，我的思念只会留给卓阳一个人，可是现在，我不得不承认，我有点想罗宁了。

寒假终于在大家的期盼中悄然而至，我本想在期末考试的成绩单中找回一点自信，没想到，成绩一如平常，没有进步，也没有退步。但我没有过分地失望，因为对于我来讲，这是公平的。放假本该是一件令人兴奋的事，可是我的心结没有打开，所以我笑不出来。小可至今仍不肯原谅我，我不知道，相隔一个寒假，再次见面时，小可还会认得我吗？

然而，我要面对的远比想象的要多。回家的第一天，妈妈就表现出一副欲言又止的样子，我看得出她有心事。

晚饭后，妈妈端来水果，很自然地跟我提起："听说，你和你们班一个男孩子走得很近，对吗？"

我吃惊地瞪大了眼睛："你怎么知道？！"我告诉妈妈，那个男孩叫罗宁，我们关系很好。

妈妈很平静地说："前些日子，你们班主任打来电话，跟我说班里有许多同学传言你和罗宁在交往，关于你和他的绯闻在班里传得沸沸扬扬。有同学向老师打小报告，说你们天天晚上打电话，有时，还会在操场旁的看台上约会……"

我不敢抬头，一言不发地听着妈妈坦言她所知道的一切。

妈妈很认真地问我，这些，到底是不是真的。我没有否认我和罗宁所做的一切，我的确和罗宁在夜里打电话，我们下了晚自习常常一起走，有时会躲在无人的看台上聊很长时间，罗宁总是送棒棒糖给我吃，还有，还有……可是我们没有恋爱，我们只是朋友。

"妈妈，你相信我，我们的确很要好，可是我们没有谈恋爱，真的没有。"

妈妈没有表示出怀疑，只是给我讲了一个故事，一个有关爱情的故事，一个真实的故事，那是妈妈的初恋。当然，那个男孩儿不是我的爸爸。同样是简单的友谊，在众说纷纭中变成朦胧的情事，同样的否认和辩解，同样的误会和偏见，带给母亲的最终是辍学的命运。

妈妈很明白地告诉我，在这个世界上，异性之间没有绝对纯洁的友谊，而我，之所以称罗宁为朋友，不过是因为理智在告诉自己——早恋是枚青涩的果子，我们不能在果子不成熟的时候采摘。然而感情已经产生了，我们不得已才会冠冕堂皇地说那是什么纯洁的友谊，这会让我们心里好受些。

妈妈温和的声音中透着一种令人难以抗拒的力量，她认真地看着我，说："你跳出自己的角色，以局外人的目光审视你与罗宁之间发生的一切，这些难道真的就只是单纯的友谊吗？"

"不，我不相信，为什么？为什么没有绝对纯洁的友谊？为什么！"我倔强地摇着头，泪，顺着面颊疾速地滑下来。

我糊涂了，我不清楚，自己和罗宁算什么？和卓阳又算什么？

妈妈抱着我，吻着我的头发，柔声地说："给罗宁打个电话吧，说明这一切，和他做回普通同学，好吗？留些时间给自己，也给他，让彼此都冷静地思考一下，时间会告诉你许多你现在还不明白的道理！"

我知道我会按妈妈说的做，因为我知道她是爱我的。从小到大她教给我的一切，实践证明，都是正确的。我没有理由不信任她，更没有理由质疑那份爱。可是我好难过，心里很痛很痛，我放不下，也舍不得。

我躺在床上，一字一字地写着短信："晚些时候打给你，等我电话！"然后，输入那个烂熟于心的号码，艰难地按下"发送"。我看到手机"嘀咚"一声显示出"已发送"的字样，鼻子一酸，禁不住用被子蒙住头呜呜地哭了起来。

我想我哭了很久，用那种压抑的低低的声音不住地抽泣，直到我累了，渐渐止住了哭声，昏昏沉沉地睡着了，梦里依旧是罗宁留给我的背影。

这一夜，我睡得很沉，竟不曾发觉手机屏幕重复闪烁了十二遍。

第二天我醒来时，太阳已经爬得很高了，床头的闹钟正正地指着九点半。这时，我才注意到手机上记录的十二个未接电话，同一个号码，满满地占了整个屏。

我疯了似的按着电话键，连着按了三遍才按对那串长长的数字。平日里一直很喜欢的那支彩铃沙哑着在我耳边唱响，扭曲的旋律让我感到异常的烦躁与不安，甚至连握着手机的手也不住地颤抖起来。然而，听着罗宁的声音从那头传来，我的心竟突然归于平静。

我很抱歉地对罗宁说："Sorry，昨晚我睡着了。"

罗宁打着哈欠问我怎么搞的，昨夜他站在阳台上等我电话一直等到一点多。

因为信号不好，罗宁总是站在阳台上接我电话，这我是知道的，我还知道冬天的夜晚风很冷，罗宁等电话的时候多冷也不会记得加衣服，他没有这个习惯。

我一遍又一遍地说抱歉，声音慢慢变得哽咽了。

罗宁赶忙哄我："傻丫头，哭什么，我又没有怪你！"

我说："罗宁，对不起，以后我们不再是朋友了，我必须要离开你。"

我很想马上就放下电话，但我欠罗宁一个理由。罗宁会不停地问我为什么，我该给他一个答复，哪怕不是原因，只是一个绝情的借口。

结局将注定延期，如此单薄的我怎么承受得起？

我想我最终还是语无伦次地说明了这一切，因为罗宁没有再问什么，只是沉默了好久，然后轻轻吐出两个字：好吧。我猜他一定流泪了，因为我一直哭着，他会心疼的。这时，门开了一道小缝，从门缝中透出一双忧郁的眼睛，关切而探询的目光惊扰了弥漫在整个卧室里的悲伤。短暂的迟疑后，那双眼睛悄悄匿于门后，门紧闭着，仿佛不曾打开过，卧室里仍弥漫着浓郁的悲伤，仿佛不曾被惊扰过。我知道那一定是妈妈，她一定明白我在做什么。

我对罗宁说，用这个寒假忘记我，就当一切不曾发生过。

忘记，谈何容易，明明发生过怎么可以骗自己？我的心很痛，痛到没有力气装作毫不介意。一边是理智的选择和告诫，一边是情感的痛苦与纠葛，我在中间，任由它们撕扯。不管我向哪一边靠近，另一边都会无情地牵紧我欲裂的心，我感到很疲惫，除了忍受，我别无选择。我不知道这一切是对了还是错了，真的爱了还是不曾有过，我觉得自己很混乱，罗宁、卓阳，究竟是我的朋友还是我的恋人，我们是怎样走近了彼此，又将怎样仓促地走向完结？我给罗宁的那个电话，究竟是朋友之间的绝交，还是恋人之间的分手？我到底是失恋了，还是不过丢了一个朋友？

我一向很听话，可是这一次的听话，却让我的心在残酷的挣扎中破裂为碎片，尽管小心地粘补，也无法回归那最初的完整。

.15.

我开始流许许多多的眼泪，装进日记里。我的痛苦，我的混乱，我的挣扎……然而这个唯一让我感到安全的地方，竟被我最最亲爱的人毁掉了。

当我发现日记被人动过后，我感到的是惊骇和恐惧。我不知道，在这个世界上，还有什么地方可以安放我那颗破碎的心。

我拿着日记本去质问妈妈，没想到，她竟一脸轻松地承认了，还振振有词地说："如果不偷看你的日记，我怎么知道你心里在想什么，怎么知道如何帮助你？你不对我坦诚，明明痛苦着却努力装得轻松，你让我……"

没等她说完我就转身跑开了，泪水模糊了双眼，朦胧了背后母亲那张失措的脸。

我不理解，也不想去理解妈妈的那份良苦用心，我只知道这一切让我很难过，我心中仅剩的那根支柱也倒塌了。而摧毁它的，竟是我的妈妈！从小到大，我的日记从未上过锁，在此之前，爸爸妈妈确实也从未动过我的东西。长久以来，我一直认为家就是一个最安全的保险柜了，可是这一次……

我还是原谅了母亲，因为我看到了她鬓角处新生的许多白发，还有盯着我时，那怜爱而又心疼的眼神。

有几次起夜，我看到爸妈的卧室还亮着灯，从虚掩的门缝中望去，映入眼帘的是妈妈在窗前独立的背影。我记得史铁生的一句话："儿子的不幸，在母亲那儿总是要加倍的。"我想，我的痛苦，在母亲那里，也一定是加倍的。

她已经够难过的了，我真的不忍心再去伤害她。

我觉得这个寒假，于我来讲，是最无聊的一个假期了。白天，竟不像以往的冬天，无故变得漫长起来。我很闲散地过着每日的生活，吃饭、睡觉、看电视，漫不经心地写作业。仿佛就在突然间我对未来失去了方向感，也不再有目的性，只是简约而单一地重复着无数个昨天、今天和明天，从清晨一直到黄昏。我开始每天保证十四小时的睡眠，说很少很少的话，常常莫名地生起气来，以拒绝吃饭作为发泄。我知道我真的很过分，然而却无意收敛，我宁愿，宁愿就这样肆意地挥霍青春。

终于有一天，当我又一次因莫名的烦恼找碴儿闹气时，妈妈一直隐忍的情绪终于如山洪一样暴发了。她冲我大嚷道："才多大的事就把你打击成这样，将来你还能承担些什么？难道你打算就这样浑浑噩噩地过一辈子吗？"

我忽然觉得，妈妈竟变得不可理喻了，她对我的体贴呢？理解呢？全部没了吗？

爸爸在一旁劝妈妈："孩子正在过感情的坎，从一份恋情中挣扎出来是很不容易的，我们该多些耐心才是啊。"

“恋情？”我冷冷地笑着，不顾妈妈的气愤和爸爸的劝解，夺门而出。

他们不知道，正是他们的诚实击碎了我美丽的梦。一直以来我所信任的感情，竟是自己撒下的一个天真的谎。而如今，我所放弃的，也并非只是罗宁一个朋友，还包括我长久以来的坚持和信仰。这一切的一切，叫我如何去接受！

我一个人在街上乱逛，街上的人很多，空气混着人体淡淡的热，表现出少有的温存。可我还是觉得好冷，仿佛身体里的血液都僵住了。

沿街的店面都张灯结彩，贴了红艳艳的大“福”字，每个人脸上都流动着幸福、欢乐的光彩——快过年了。

我想起小时候，自己曾是那样热切地期待着过年，因为“年”意味着好看的衣服、可口的食物、包成红包的压岁钱，还有和同龄伙伴疯玩而不受约束的快乐。然而，随着年龄的增长，“年”对我的意义已越来越微不足道。人总要变的！推而广之，在这个世界上，又有什么是永恒的呢？我想，生活总在继续，一些人，一些事，不管多么美好，总会随着时光的流逝，渐渐烟消云散，变得不复存在了吧？

我是什么时候开始有了这么成熟而萧然的心境呢？是从心里装了不该装的秘密开始吗？我想是的！

其实，我并没有真的怪爸妈。从他们故作轻松的脸上，我读到的是一份极力隐藏着的压力和忧虑。因为怕我受伤害，他们对我说的每一个字都很小心。有些话他们不敢说，却又不得不说。我看得到他们斟词酌句时的良苦用心。我想，“父母”这个角色，大概是世界上最不容易担当的角色了。

我努力地忘记，忘记自己的伤心，也忘记那些快乐的回忆。

除夕那天，妈妈嘱咐我晚上的时候给班主任打个电话拜个年。我冷漠地应着，迅速编好一条短信发给了老郭。我想，十一中给我的印象真的不是很多，甚至连妈妈说“班主任”三个字时，浮现在我头脑中的，也只是老郭。我把最美好的记忆都留给了承载我许多梦的嘉程，对于十一中，终究还是缺少一份情感上的依恋，因而，感觉太遥远。

可是，不管怎样，我都不该忘记老周的。毕竟，他为我做了很多。

老周是不得已才在寒假前打电话到家里的。他希望我父母可以利用这个假期和我好好聊聊，解决一下感情问题。从妈妈那里得知，老周对于我的事一直很自责。我是以班级第二的身份进入十一中的，一直是老周的希望之星，现在成绩却下滑了这么多，老周认为，实在与他没能及时发现和阻止我与罗宁的交往有关系。其实，妈妈和老周并不了解，即使没有罗宁，我的成绩也必然会下滑。因为，早在认识罗宁之前，我的心就已经被卓阳搅得七零八乱，失去了最初的那份单纯与沉静。

对于老周的好，妈妈念念不忘，说他在处理我与罗宁这件事时，懂得呵护和尊重这份感情，而并非简单粗暴地“兴师问罪”。能做到这一点，在早已习惯了中国教育模式的老师中也算是难能可贵了。青春期的孩子或多或少都要经历些感情最初的萌动，妈妈认为那是长大的标志。她是经历过这个成长过程的，深知得到理解和尊重的重要性，所以很担心老周会一味扼杀，伤害了我和罗宁清纯、脆弱的心，最终在青春期逆反心理的作用下，把我们推向理性的边缘。妈妈告诉我，直到与老周谈过之后她才发现，老周实在是个善解人意的好老师，他也在担心这个问题。对待我和罗宁的事，他一直在小心地把握着分寸，不干涉不行，却又怕说多了，做过了，弄巧成拙起了反作用。

我不曾想过，这么久以来，老周在关于我的各种流言中沉默，竟是为我脆弱的心灵苦心营造的保护所。夜里，我坐在窗台上，看着窗外竞相绽放的烟花，随着美丽的破碎走向消亡。我想，罗宁就像这绚丽的烟花，在我的生命中绽放过，可是很快，就凋谢为满地的失落和伤感，美丽的东西总是短暂的，不过，拥有过，就已经很难得。

.16.

再次看到罗宁的时候，彼此的眼神里都多了一种刻意的回避。我们都表现得很冷漠，好像真的什么都不曾发生过。

看到罗宁有意在躲我，虽然知道为什么，可我心里依旧很难过。一直以来，我都深信卓阳在我心中的地位无人能及，可是直到真的失去时才发现，罗宁对我而言也如此重要。我想，我差一点就要爱上罗宁了，如果没有卓阳的话。

我承认，看见罗宁炽热的目光时我会脸红，可我一直死死地抓着卓阳，怕自己会一不小心掉下去。我不能爱上罗宁，更不能接受自己的心里同时装着两个人。我告诉自己，这不是爱情。如果对我来说，友谊不过是一种借口，那我宁愿带着这种借口离开，哪怕用一生的时间来遗忘这段感情。

我问卓阳："我们会做一辈子的好朋友，是不是？"

卓阳笑着说："当然。"

然后，我们两个一起沉默着。我觉得周围很安静，薄薄的空气有一点发涩。遥远的空中，一架飞机完美而柔和地画着弧线，然后在团团云雾中渐渐隐去。

我很喜欢卓阳的回答，它让我有勇气在明显的暧昧中，汲取那一点点单纯的残留。我想我需要的只不过是一些简单的东西，如果罗宁和我注定走到了友谊的尽头，那么，我愿付出一切努力，去守候卓阳给我的这一点承诺——做一辈子的好朋友。我想，卓阳和罗宁终会有些不同吧，我和卓阳都知道，丘比特的箭永远不会射穿我们的心。

年前，新闻频道一直报道着南方的雪灾。想不到，梦幻而浪漫的雪，对南方过分的青睐竟也酿成了一场灾难。看着电视上许许多多的人被这场百年不遇的大雪所困，缺粮断水，愁苦而无助，我想，无论多么美好的东西，都不该过度，否则，太过厚重，就丢失了感受美好的心情。

南方大雪成灾，而对于雪的老家——北国来说，雪似乎有点厚此薄彼了。整个冬天，这里只下过一场雪，我没想到，那第一场雪，竟是这个冬季唯一的一点浪漫。没有雪的冬天，看上去异常单调。无论在这个寒冷的冬季，发生了怎样唯美而动听的故事，哪一种开始或结局，都不能掩盖缺少雪花装点的不完满。

我一个人，在这个意趣索然的冬天里走着。似乎有一双手，把属于我的那一点温暖夺去了，我觉得很冷。路，蜿蜒着，从我的脚底穿过，一直延伸到视线所不能达到的尽头。周围很昏暗，似乎是冷色调的陪衬太过拥挤，无形中已经扩大到整个生活的版面。舌尖有一点微微的苦，我走到那家熟悉的冰淇淋店，点了一份大杯的冰淇淋。

不等我开口，店主人就把一杯新做好的冰淇淋递给了我，笑着说：“柠檬香草！还是老样子。”

我也笑了。店主人是位年轻的妈妈，有一个很小的女儿。我和这家店很熟了，很高兴看到店里生意如此兴隆，即使是在冬季。总有一些顾客，禁不住诱惑，来这里寻找些刺激，试图与这个季节相抗衡，我相信，他们有足够的勇气和快乐武装自己。很少看到，店里有像我这样一个人来的，我很感谢这里，可以收容孤独寂寞的我，对我从来没有过挑剔和嫌弃。

数学课上，一名同学答错了一道如同“1+1等于几”一般的简单问题，大家哄堂大笑起来，可是我没有笑。

其实在这种情况下，我从来没有笑过。不管是哪一个同学，不管他答错的问题有多么简单，也不管他的回答如何稀奇古怪、不着边际，我都没有那样笑过。我懂得他们的沮丧、尴尬和局促。我想，无论是多么地无意，这都是一种伤害。我记得，我那脆弱的自尊，就曾被这样无意地伤害过。罗宁曾因此赞扬过我的善良。我倒不觉得这有什么值得赞扬——不知是这个世界上的善良太过贫乏，还是由于习惯让我低估了这个细节的价值与意义。我回头看看罗宁，他安静地坐在那里，低头看着笔记，也没有笑。

我不知道是罗宁和我没有默契，还是他明明知道我会看他，却舍不得丢给我一个眼神。似乎曾经的一切都离我们太过遥远了，我注视着我们伪装给彼此的冷漠，一种痛尖锐地划破我憔悴的心。

夜晚贮存着我最忧伤的寂寞。冬天的夜，来得是极早，往往第一节晚自习结束后，窗外就黑得如浓墨泼洒过一般了。我常常在放学前的最后几分钟，盯着窗外，为即将结束的一天做最后的祷告。没有星星，也没有月亮的夜，是不是寂寞的呢？我想不是的。她只是摘掉了珠宝，褪去了晚装，裸着身子狂奔在自由的广场上。那，应是潜藏着更加放肆的喧嚣吧！夜自由了，而我却被禁锢着。我觉得冥冥中，有一张无形的网，牢牢地套住了我，我越是挣扎，周身就越是疼痛，我很累，可是心却无法静下来。

我时常会不由自主地想起罗宁，想起许多和他有关的往事。

生活中到处都留有他的影子，那些美好，我想忘都忘不掉。喝水时，我会想起他。罗宁常常利用午饭时间去水房打水，然后趁我午休的时候，凉凉满满一杯白开水，悄悄放在我身边。他笑着告诉我，多喝水，可以美容呢。洗衣服时，我会想起他。冬天的水很冷，罗宁说，如果你要洗衣服，吩咐我一声，我帮你提热水，小心凉水冻了手，那样的话我真的会心疼。下雨的时候，我会想起他。罗宁总记得在多雨的季节里为我备上一把伞，然而自己却常常被淋感冒，这时的他仍不忘打着喷嚏对我说："离我远点，我可是感冒源，小心被传染。"我想，罗宁真的对我很好很好。可惜，这些终究都已成为了遥远的过去，只剩一些破碎的影像残留在我的记忆里。

老周很快为我和罗宁调了桌，罗宁坐在很靠后的一个位子上，我们之间连某些不可避免的交流都没有了。可是，我已经不会再因孤单而哭泣，渐渐地，我懂得，流泪不是发泄情绪的唯一方式，有些痛，是可以隐隐地表达的。

偶尔，我会一个人跑到看台上静静地坐着，怀念一下过去。那里的风很猛，以前，罗宁常脱下外套，搭在我身上，因为我冷的时候不会伪装，一受凉风就抖得厉害，连说话也带着颤音。然而现在，我只有蜷缩着，在冷风的刺激下，逐渐变得清醒，希望借此收获一点勇气，来面对周围无人相伴的寂寞与冷清。我不曾想过，有一天，我会在这个老地方遇到罗宁。

看到罗宁的时候，我感到很意外。我没有喊他，只是想尽快离开这里，悄悄地不致惊动他。我并非没有勇气面对罗宁，只是在这个时间、这个地点碰到他，实在是一种尴尬，我不知道若是见了面，我们究竟该说些什么。可是我逃得太急了，转身时竟撞上了身后的柱子。我想，我的头一定被什么尖锐的东西划到了，因为我捂着伤口的手竟沾满了某种黏稠的液体，湿湿的带着一股难闻的腥。

罗宁听到我的尖叫声，飞快地跑过来，扶起我，焦急而惊慌地问：“怎么了？许妍，你没事吧？”

我吓得都快哭出来了，把手伸给他。罗宁看到了血，显得很紧张，但他很快镇定下来：“别怕，许妍，我带你去医务室。”

血流得不多，我渐渐地稳定了情绪，走到医务室门口时，我推开罗宁的手，说：“我自己进去。”我想罗宁明白我的意思，他既没有反对，也没有问原因。还好，只是划破了点皮，大夫给我上了点云南白药，然后用胶布和绷带护住了伤口。我看着手心里残留的那一点刺眼的红，不由得神经性地嗅到弥漫在空气中的一股令人作呕的血腥。

回宿舍的路上，我和罗宁一直沉默着。直到快分手的时候，我才随意地问了一句：“你怎么会在那儿？”

想不到，罗宁竟像受了刺激一样，疯狂地摇着我，情绪激动地反问道：“你呢？你为什么也会在那里？许妍，我们都别再自欺欺人了！我们骗得了别人，骗得了自己的心吗？”

我甩开他的手，喊了一声：“疼。”

罗宁轻轻撩开垂在我伤口处的几缕发丝，很心疼地说：“对不起，许妍，对不起。我努力过可我忘不掉你，原谅我，原谅我无可救药地爱上你！能不能告诉我，是否我们真的没有机会在一起？”

我愣了一下，但很快反应过来，后退了两步，直直地盯着他。我看到罗宁痛苦的表情，还有眼神中的无限真诚与渴求，以及那双刚刚扶着我肩膀的手，仍保持原样地停在半空。我没有料到会是这样，面对这意想不到的追问，我不知该如何回答，只得表情僵硬地站在那里。

喉咙有些发涩，我咽了一下口水，准备说些什么打破这眼前的尴尬。可是我终究什么也没有说，因为就在开口的一刹那，我忽然忘记了罗宁的名字，脑海中除了“卓阳”这两个字以外，什么也不存在了，包括思忖了很久后要说的那些话。我被自己吓了一跳，还没等罗宁再说什么，便飞也似的逃回了宿舍。

我很奇怪，自己当时为什么会想到卓阳呢？难道仅仅是一种偶然吗？

那一晚，我躺在床上久久不能入眠，我想了很多很多，想着罗宁、卓阳还有爸妈，以及他们所有人对我的好，心里难过极了。我承认罗宁说爱我的时候，我不是完全没有感觉，可是，除了那一点点的欣喜与惊讶外，留给我的更多的是困惑、矛盾与无奈。我的脑海中不断浮现罗宁那炽热的目光、卓阳那温暖的笑容，还有爸妈那细心的叮咛。如此多的画面混乱地交织在我的大脑里，伴着尚未平稳下来的咚咚的心跳声，连同绷紧的神经，一并撕扯着，折磨我那不知所措的灵魂。我想这便是现实吧，或者说，这便是属于我的现实，我终究不能像别人一样，简单地说着爱，随心所欲地荡舟于爱情的湖心。周围的尘埃渐渐散去，然而事实所展现出来的清晰的脉络，却使我陷进了更深的愁绪里。

我约卓阳在篮球场见面，把我和罗宁的故事讲给他听。这个时节的篮球场显得比任何时候都更加萧条和冷清。冬天已经过去，春天还遥遥无期，人们经过一冬的萧瑟与颓靡，耗尽了最后那一点激情，却一时找不到新的补给。在这块寂寞的土地上，零零落落地走过几对相偎着好像从不知道寂寞的情侣，篮球场周围的那一圈栅栏，被涂染成雪白的颜色，在阳光下显得分外刺眼。

我想我没有说太多，卓阳就了解了这一切。他说，他是听说过那个男孩儿的，只是不曾问过我。

“不曾问？”

卓阳和舒娜刚刚开始时，我也有过“不曾问”。只是我的“不曾问”，与卓阳的“不曾问”到底是有些不同吧？我叹了口气，把目光移向别处。过了好久，才缓缓地问道：“我到底应该怎么做？”

卓阳很认真地回答说：“这是你的事，你应该自己做出选择。”

我很诧意地看着他，嘴唇动了动，却没能吐出一个字。

然而他竟没有发觉我眼神中的失望和难过，依旧用刚才那种坚定的语气继续说：“你长大了，不要遇到什么事都问我，我只是你的临时住所，总有一天你会找到属于自己的永远的家。不管那个家是不是罗宁，你都终将走向一个与我无关的未来，到时候我真的帮不了你。你确实应该自己飞了，让我站在地上看着你，默默地祝福你，好吗？”

我不曾想过自己会从卓阳口中听到这样的话，难道，他要放手了吗？真的不管我了吗？还是他对这一天早已期盼得太久，而现在终于有一个男孩子肯心甘情愿地把我从他手中接走了呢？卓阳怎么能够那样地肯定，我的未来与他无关？我觉得心里很痛，这个支撑我很久的肩膀，终究感到疲惫了。

. 17 .

2008年的春天，迈着慵懒的步子，终于在无数人焦急的期盼中，款款地走来了。在我的记忆里那是很特别的一天——早晨醒来时，窗外竟不同于往日那般素裹着夜色的朦胧，而是布满了分外明亮的太阳的光泽，世界一下子暖了起来。我眯起那双在晦暗中蛰伏太久的眼睛，细细地打量这个非同寻常的清晨。似乎过去的一切冰寒都被这温暖的新升的太阳吞噬了去，取而代之的，是光明、希望、纯净和甜美。大地温柔地哺育着她的儿女，无数的新生命从泥土里探出头来，好奇地四处张望着。我看到光秃秃的枝头上裹了一层毛茸茸的绿，像是墙角的苔藓，脆弱的身躯，却无比骄傲地张扬着生命的绚烂。操场上成片枯萎的黄，竟也掩映不住那星星点点令人心动的惊喜。我想，许多事，大概就和这春一样，发生得太突然。只是不知，这急匆匆的开始，是否预示着仓促的结局?

我和罗宁似乎真的走在了一起。其实我们从没有正式地说过开始，也不曾郑重地许诺过永恒和未来。日子，只是像寒假前那样静静地流淌着，相比于从前，我们反而收敛了许多。唯一不同的是，对于同学们并非恶意的玩笑，我们也坦然地接受，不再费力地辩解什么。我想我们已经默认了这种关系，不再去计较流言的是与非、对与错。抑或说，那所谓的流言在事实面前已不再是流言，还有什么辩解的必要呢？

然而，我并没有品味到想象中恋爱时应有的那种特别的滋味，酸酸的？涩涩的？还有一点甜？或许有过吧，只是我不曾用心体会过。真正地决定去爱了，感觉却依旧停留在初始的状态，我不知是自己太过理想，还是爱情本身就很简单。没有轰轰烈烈，也没有山盟海誓，更没有什么罗曼蒂克的色彩装点这青涩的爱，有的只是难以释怀的负罪感和无法排泄的压抑。

独自一个人的时候，我常常问自己：到底从哪里开始错了？还是从开始就一直错着！

有人提醒我，记住向爱情缴械投降的日子，以免错过每一个浪漫的周年纪念。听到这些，我却愕然——我根本不清楚我们是什么时候开始的。或许在很久以前，或许只是在前几天。这份爱，实在出乎我的意料之外，以至于身陷这场爱情游戏中的我在很长一段时间里都无法完全进入角色，只是生硬地配合着。然而，罗宁看我的眼神里已经有了含情脉脉。他常常整个课间一动不动地盯着我的背影出神。至于我，却只能在快被这炽热的目光融化时，才对罗宁投以一个过分妩媚的微笑以作回应。或许，是因为这段感情并非我所期盼，心中流涌出的点点柔情的温热，竟无法达到爱情之火的燃点。

和罗宁走在一起的时候，我总是很小心，比以前更加刻意地保持那一段足以装下完美借口的距离。

我很怕会撞见初中时的同学，然后在他们惊异或怀疑的目光中感受尴尬与窘迫。我想，这个季节的青涩爱情实在是没有声张的理由，甚至，相比于奢侈的阳光下的绽放，它反而更适合躲在不为人知的阴暗角落里默默生长，不管开出的花是香还是涩，都不必成为别人茶余饭后的谈资或笑料。其实低调点蛮好。我承认，在我的潜意识里，这份爱是罪恶的。我既然已没有能力摒除，那么唯一能做的就是尽量躲开别人异样的目光，即使无法顾及所有，至少，不要破坏了自己在老同学心中那单纯美好的形象。路上，我和罗宁总是相隔得很远很远，似乎这一米开外的距离能隔断所有人对我们关系的猜想，可中间旷远的空白却寂寥得令人悲伤。我们说话的时候，头依旧面向前方，无论谁遇到了熟人，另一个都会装作毫不相干地径自走开，然后在前方的某个拐角处静静等待对方。这成了我们之间一种无须言明的约定，看上去似乎很默契，实际上，不过是一次次滑稽而无奈的掩饰和躲藏。

只有晚上，在夜色的掩映下，我才有足够的勇气走近罗宁。我们的第一次牵手，也是在一个没有月亮的晚上。

那天，我和罗宁走一条很窄的小路，漫不经心地晃动着的手，不时地打在对方的手背上。我想，我们的手应该是这样不小心地碰撞了很多次，我想，罗宁下决心的时间一定用了很长很长——他终于握住了我的手。我没有回应，也没有反抗，手指仍像刚才一样半曲着，恰与罗宁握我的弯度形成一道刚好吻合的弧。我们的手严丝合缝地扣在了一起，手心合成一间紧闭的密室。渐渐地，有些细密的汗珠渗出来，潮湿温润得如同桑拿房里的蒸气……然而，我却完全没有怦然心动的感觉，甚至于，起初的时候，我都没有察觉到这种距离间的变化。

我无法理解，“牵手”这样一个具有重要意义的动作，在我心中，为何竟没有激起半点涟漪？是我从未对这突来的亲昵有过期待，还是我的心太过沉重，已无力体味这刹那间的动情。

天气渐渐暖了起来，卓阳又开始常常出现在篮球场上。篮球场周围的栅栏居然被染成了草绿色，我兀自把它看作一种季节的陪衬。

卓阳问我，有关罗宁的事，我到底做了怎样的选择。

我犹豫着，支支吾吾地告诉他结果，然后急急地解释，是罗宁对我的好让我无可奈何——我的心太小，哪怕是一个微笑、一个眼神，都承受不了！

我小心翼翼地盯着卓阳，注视着他微扬的嘴角。我暗暗下定决心，如果能从卓阳的脸上读出些许难过、失落，哪怕只有一点点，我也愿为他放弃这刚刚开始的爱情。可是，没有。

从始至终，卓阳一直表现得很平静，目光幽幽地望向远方，甚至连语气和声音都没有变化，他没有看我，只是说："我理解并尊重你的选择，祝福你啊！"

祝福？一种痛楚的感觉一点点在身体里膨胀，我知道自己期待的并非他的祝福！

我忽然想问：叶子离开究竟是因为风的追求，还是树的不挽留？其实，我一直为卓阳保留着自己的心的空白。等待，不是为了让卓阳留下，而是为了给自己找个理由不离开。

春雨在某个有风的早晨，斜斜地飘洒，打湿了我的头发，也弄伤了我的心。我隔着透明的玻璃门，看见小可站在远远的地方，和一个穿着蓝格子衬衫的男孩儿说话，我想，那大概就是林落吧！小可和他很开心地聊着什么，笑容在雨中轻轻地荡漾起来，那样的轻逸，那样的甜美。我仿佛看到小可的快乐被雨丝穿成了项链，晶莹剔透，简单而清晰。我不自觉地笑了，眼前的一切仿佛幻化为一个美丽而斑斓的肥皂泡，带着春天新生的欣喜和年轻的清纯与感动，摇摇晃晃地坠落。然而我还没有来得及细看，肥皂泡“啪”地落地，梦便碎了。我的笑容僵在了唇边，就像刚刚小可的快乐，荡开一圈圈涟漪，慢慢向整个世界扩散，唯独到了我这里，便僵住了一样。我注意到她瞥向我时眼神中的不屑与轻藐，还有她拉起那个男孩转身离去的背影透出的决绝与匆忙。

泪，滑到嘴角，有一种苦苦的涩涩的咸咸的味道。从开学到现在，小可面对我从未那样笑过。我想，冬天都过去了，南方的雪都化了，可是为什么，小可心头的阴霾就不能快快地散去呢？

班上评选优秀班干部的时候，我投了小可一票。不是因为旁的什么，作为班长，小可真的做得很好。

唱票时，小可帮着整理选票，她一定认出了我的字迹。看着我端端正正地写上去的三个字：莫小可——她的名字，小可的眉头一皱，哑着嗓子喊了一声：“弃权票！”我心里一惊，泪潸然落下。

为什么？小可，这是为什么？我到底做错了什么，你要这样惩罚我？我对小可的忍耐已达到了极限，我实在没有能力继续隐忍和赔笑。胸前的笔记本被风翻乱了页码，本子的扉页上仍保留着小可娟秀的笔迹。“赠挚友”三个字，在我的眼泪中泛滥成洪水，一点点吞噬着我凌乱的心。我愣愣地望着它，猛地伸手，把那页纸从本子上抓扯下来，用尽全身的力气，仿佛要把它捻碎在掌心一般。然而，终究是无力的啊，毁灭和拯救一样毫无意义！右手紧扣的四指渐渐僵硬，终于疲惫地松开，揉皱的纸团就这样轻巧地滑落到地板上，没有发出一点声响，却在我心中留下长久的回音。

放学后，我把小可拽到一边，不顾她的挣扎和反抗，硬硬地将她堵在墙角，然后以一种绝望而平静的声音诘问道：“为什么？为什么把我的选票视为弃权票？”

小可瞪着眼睛，奋力推开我的手：“不要再假惺惺了，你当真不知道原因吗？那么，请你告诉我，是谁跟别人说，班长这个职务是你让给我的？看你多清高，不屑于当班长，才把它给了我，我是不是还要对你感恩戴德啊？我到底哪里比你差，你凭什么这么看不起我？”

小可把头偏向一边，不肯看我，表情是惯有的冷漠，可是，她那清澈的瞳仁，却早已蒙上了一层厚重的雾水，盈盈地，快要溢了出来。

她停了一下，大口地喘息着，然而很快又仰起头，继续说下去：“更可恶的是，你还挑拨我和同学们之间的关系，说什么我是班主任的密探，什么事都是我告发的。你有什么证据，这样说我！我把你当成朋友，而你呢？不只背弃我，还伤害我，甚至利用谣言让所有人远离我。你有什么权力责问我？”

我听着小可带着哭腔的控诉，惊得半天说不出话来。

我想过这件事没有那么简单，可不曾料到竟会有这么多无中生有的是非曲折。我泪如泉涌，目光变得憔悴而暗淡。

“小可，难道……难道你真的就信了吗？这么容易就能被识破的谎言……真的可以骗过你吗？”

我忽然觉得自己受了极大的侮辱和委屈，一直以来对小可的愧疚和歉意顷刻间烟消云散。我不顾愣在墙角的小可，决绝地转身，夺门而出。

我是哭着跑出门的。记得那天，自己跑了很久很久，直到再也没了力气。我瘫坐在台阶上，仰起头失神地望着天空，太阳将它明亮的光斑散落在我苍白的脸上，泪水，闪闪地执着着寂寞的辉煌。过路行人好奇的目光，时不时投在我羸弱的身上，没有人懂得我的悲伤。从小到大，我从未恶意地伤害过谁，更何况是小可？如此卑劣的流言，怎么会是我所传播的呢？我原以为，我和小可已经对彼此了解很深了，甚至到了可以把心事托付给对方的地步，我们都对彼此坦白过秘密。可无情的事实告诉我，曾经的友谊竟如此脆弱，我与小可之间是那么的缺乏信任和理解。失望带来的痛苦开始在我的身体里蔓延，我知道，我对友谊的期望已超出了它的承受能力。

. 18 .

三月份的十一中，已经被各种各样的花草装扮得美丽而斑斓。柳叶弯弯，正在经历着走向成熟的蜕变；长长的枝条，随风漫舞，已初显了婀娜的身姿——在三月明媚的阳光下，一排排垂柳妩媚地摆着pose。墙角里，几株玉兰开得正艳。我说，这个世界真美！

罗宁揉揉我的头发："那是因为美，存在于你的内心。"

我直直地望着他，问了一个明知没有答案的问题："为什么爱我？"

罗宁沉默着，许久没有说话。其实，我并非像所有恋爱中的女孩一样蠢，或者像她们一样用这样的问题故作娇媚，我只是很想知道答案，很想知道，我们从哪里开始错了。

我打开一瓶绿茶，一口一口地喝着，然后递给他。他接过来，咕咚咕咚咽了几口，再还给我。我记得，罗宁是不喝绿茶的，他只喝红茶。比较而言，我更爱绿茶的苦的芬芳，他更爱红茶的甜的醇美。然而，不过是口味不同罢了，我们只是随意说说，过后，他依旧喝他的红茶，我依旧喝我的绿茶，谁也不受谁的影响，谁也不因谁而改变。

我对罗宁说："其实我们没有什么共同的爱好啊。"

罗宁笑了："是吗？我已经爱喝绿茶了。"

我想，一个人肯为另一个人改变自己的习惯，那，一定是用过心了吧！然而，并不是所有的"用心"都会有收获，这个道理，罗宁懂吗？

卓阳已经开始有意地躲避我了。我再也没有在食堂见过他。更准确地说，是再也没有在我们常去的第一食堂见过他。

卓阳说，第二食堂的饭菜做得很好吃，价格也合理，他最近常去那里。

我明明知道，这是他搪塞我所找的借口，可还是装作很相信的样子笑着点点头。

我们很少见面，也很少说话，我真真切切地感受着卓阳对我刻意的疏远，却连挽回或阻止的能力都没有。我不能追着卓阳去第二食堂，也不能毫不掩饰地表达自己的思念，更不能拉住卓阳求他不要离开……我不能做太多太多的事，因为，现在的我已经不是一个人了。我不会给任何人误会我和卓阳的机会，包括卓阳自己。那无疑是给罗宁的巨大打击和压力。

面对一个人的孤单，我伪装得很坚强，骗卓阳，也骗自己。

可是，我伪作的坚强，终究输给了我的心。我不明白，是不是在卓阳看来，我的身边有了男友，就不再需要朋友呢？或者是有人代替他悉心地照顾我，卓阳就会很放心，不再担心我苍白的面容、毫无血色的唇？难道，有关红枣的记忆，真的被遗忘在过去？也许，他也只是为了避嫌而已吧！可是，我很想他，真的真的很想他。

我总是不由自主地提起卓阳，在罗宁面前，一遍又一遍。他是知道卓阳的，从一开始就知道。在我和罗宁还只是朋友的时候，我就告诉过他，有一个男孩，对我来说很重要。我给他讲过许许多多我和卓阳之间的故事，罗宁只是默默地听着，从不打断我，也不曾插过一句话。现在，我仍旧常常说着卓阳，每当我想起他。我错误地以为，罗宁那颗宽厚的心，无论何时，都会理解我对卓阳的思念。我想，我滥用了罗宁的理解与宽容。

罗宁终于在我一句句的“卓阳”中显出了疲惫。他开始三心二意地听我说话，目光显得格外游离。在我谈论卓阳的时候，罗宁总不合时宜地扯一些无关的话题，几次打断了我。

我觉得很不尽兴，不由得嘟囔着：“我还没说完呢！”

不料，罗宁竟和我吵了起来：“没说完？谈起卓阳来你什么时候都说不完！我们之间除了卓阳之外就没有别的可谈吗？为什么你的世界里只有卓阳，而我的感受你根本不做考虑！你难道没有觉察出，你说卓阳的时间比说我的时间还多！”

我垂下头，向罗宁粗鲁地摆摆手：“够了，你不要说了！”

“不！我偏要说。我一直在忍耐。你讲那些与我无关的事情，你讲你的卓阳，即使我不喜欢，我都在很努力地装作认真在听，可你从来没有意识到，那些事情与我不相干，我不关心！我只关心你，我只关心我们。我不想让我们的时间全部被卓阳占据，这样对我不公平！”

我看看罗宁愠怒的表情和眼神中的埋怨与委屈，心里像打翻了五味瓶，不是个滋味。我明知是自己的错，可仍想解释些什么。我想告诉罗宁一切不是他想象的那样，我和卓阳没有什么，我不是不在乎他，我只是，只是……我不知该如何组织语言，这一切又怎么能凭一两句话解释得清呢？

罗宁的眼睛红了，他哽咽着说：“我初中时有一个很铁的朋友，她叫楚佳琪。我们关系很好，一点都不亚于你和卓阳。可是，自从有了你，我的心里就装不下别人了，我和佳琪基本上已经断了联系。我为你冷落了她，你就不能为我牺牲点什么吗？我在三班的初中同学，常看见你给卓阳送东西。你知道他对我说什么吗？他让我管好你，别出墙。就算我信你，别人呢？你能堵住别人的嘴吗？难道你真的就一点都不在乎我的感受吗？”

我听着罗宁无休止的抱怨和责怪，心，一点点冷下来。

我觉得自己很委屈。直到现在我才明白，这么久以来，罗宁对我一直都是忍耐和包容，而并非理解。他只看到了自己的委屈和无奈，而我的呢？

我转身要走，罗宁从后面抱住我，我用力地掰扯着罗宁紧紧抱我的手，奋力地挣扎。我冲罗宁大喊：“你诉完苦了没有！难道我不在乎你吗？难道我没有为你做出牺牲吗？因为你，我对爸妈食言了，我是一个两面派！你知道我内心的矛盾与苦楚吗？因为你，卓阳故意远离我，而我，更是因为怕引起误会才不敢去找他，我已经多长时间没有见过他了你知道吗？我想他！我就是想他！”

罗宁紧紧地抱着我，我在他的怀里泪如雨下，整个身子都瘫软下来。

远处几个散乱的人影正一点点向这边靠近，我拼尽最后一点力气推开罗宁，踉跄几步，栽倒在草坪上。空气竟是这样稀薄，怎么连呼吸都这么困难？我坐在那儿歇了好久，才渐渐恢复了平静。罗宁怯怯地走过来扶我，我甩开他的手，艰难地站起来，头也不回地独自向教学楼走去。

这个春天，似乎成了雨季。在我的印象中，已经下过了N场雨。然而，这还是第一次，云朵在黄昏时化作了泪滴。傍晚时分的雨，最是诗意。夕阳那一点点余光，残褪在飘雨的暮色里，润湿了我的记忆。周围的空气带着潮，扑腾着几丝阴冷的寒气。深深地呼吸，嗅出一点甜，鼻尖上滑过一分微微的凉意。天，莫名地衰老了容颜，傻傻地呆滞在那里，不再流动。窗外的花却开得绚烂，大朵大朵的玉兰，很矜持地静默着，本不想招摇，却在这暮雨中摇曳生姿，尽显了万种风情。许多新生的月季，张开含苞的小嘴，吸吮着云做的泪滴，在幽暗处愈显得明媚而清晰。我和小可坐在一起，偷得晚饭时的一点清闲，在我熟悉的那家冰淇淋店里，吃着大杯的冰淇淋。

小可问我，为什么常来这里。

我说，除了让我钟情的柠檬香草冰淇淋口感的诱惑，还有这家店名——“0℃青春”——是我喜欢的感觉。化学告诉我，0℃时，冰水共存。那将是一种怎样的惬意！化学中的临界点，总是很有趣的。青春也该是0℃的吧，我知道我的青春是冰水的混合，冰水的简单，冰水的纯净。

小可看着我，出神了好久，然后不好意思地笑了，她说：“许妍，对彼此，我们都犯过错。我承认我的不信任伤害了你，可你的疏远也伤害过我，我们算扯平了。真正永恒的友情，都是经历过磨难和坎坷的。我们不要再继续冷战了好吗？我觉得很累了，我们和好吧！我需要一个真正的朋友，我需要你！”

我笑了，握住小可的手：“傻丫头，那是当然了。”

我知道，这家店里，从此以后，将少一个孤单的身影，多一份相依的甜蜜。

.19.

开学后的第一次月考，我的成绩很不理想，班级名次居然排在了第二十二名。我看了罗宁的成绩，也不尽如人意。

周日晚上，开完班会后，老周把我叫了出去。他装作毫不知情的样子，绝口不提寒假前打给我家的那个电话，只是问我最近状态不好，是不是有心事。我知道老周这样做，是不想说得太明白，怕伤害到我。可是，我真的没有勇气对他坦白，更何况，我相信我和罗宁的爱情发展得很慢很隐秘，老周一定还被蒙在鼓里。所以，我只是支应着，推说一些客观原因，而对于我和罗宁的事，只字不提。

老周也没有逼问什么，只是说："你父母很爱你，他们也很不容易，你要理解大人的苦心，好好学习，不要辜负了他们。"然后，摆摆手，示意我回去。

我觉得老周这一番话很有分量。他知道我是个聪慧的孩子，有些话不用说破，一点就能会意。老周，也的确是个精明的老师，他谈及我的父母，直接抓住了我的软肋。这些看起来悉如平常的话，说给我听，就如同巨石压在我的身上，让我感到沉重得将要窒息。他的话虽不多，但字字句句，却像黄蜂尖尖的尾针，将我刺得千疮百孔。我觉得心很疼。

我很难过。老周说得不错，我的父母很爱我，他们为我付出了很多。我明白，一切的一切，我都明白。我理解他们的苦心，理解他们的无奈，我也清楚地了解早恋的危害。然而，就在我正视这一切是非对错的前提下，我仍不能战胜自己，而是敷衍着所有爱我的人，任性地去摘那枚青涩的果子。我不知道，自己究竟怎么了，为什么变得如此不可救药。

晚上回宿舍的时候，罗宁问我："老周找你谈了些什么？怎么把你打击成这样了？"

我垂着头，叹了口气："还能是什么！不过是想打听到咱们之间的事，然后教育我，鼓励我，让我好好学呗！"

"噢，别放在心上，打起精神来啊！"罗宁拍拍我的肩膀，安慰我说。

"罗宁……"我忽然站定，很伤感地看着他。

罗宁惊异地瞅着我："宝贝儿，怎么了？"

我说："你别这样叫我。我心里很难过，罗宁，我们是不是做错了？"

罗宁忧伤地看着我："你是不是后悔了？"

"我不知道，我到底该怎么做？我不想就这样结束，可我真的很难过。我一想到我的父母，就会有深深的负罪感，我背叛了他们，我是在利用他们的信任和爱实施欺骗啊！"我很痛苦地蹲下去，轻轻地啜泣起来。

罗宁攥住我的手，很认真地对我说："许妍，你不要自责，这一切都怪我。你听我说，他们要的只是成绩，我们在一起相互鼓励，好好学习，把成绩提上去，将来考上好大学，有一个美好的未来，他们就会满足的。只要能搞好学习，谈恋爱又怎么样，他们不会怪你的。相信我，我没有骗你！”

“真的吗？”我推开罗宁的手，心里苦闷极了。

我不知道，他们在乎的是否只是成绩，只要不影响学习，爸妈就会原谅我的欺骗吗？可我清楚地记得，妈妈曾不止一次地对我说过，他们要找回的是那个阳光、快乐、积极向上的女儿。在我的印象中，学习好坏似乎不能成为他们爱我的筹码。更何况，我们又如何能够做到心无旁骛，专心学习？我不知道。未来很遥远，一切都是那样的不确定，我究竟能够把握多少呢？

为了不引起注意，避免老周的怀疑，我开始天天和小可泡在一起，形影不离。在外人看来，我和罗宁根本没有独处的机会，甚至连话都很少说。然而，事实上，我们每天都会讲很多很多的话，当然，不是说出来，而是写出来。我们常常利用课间，写很多的小纸条，然后拜托中间的同学，做我们的信差。罗宁送那些同学的雅称很诗意：“天使”——即“天天传信使”。大家竟对我们表示相当的理解，谁也没有因为我们的打扰，表现出嫌恶——除了小可。

小可没好气地“埋怨”我：“你把我当成什么了？我都快成了你们的掩体了！你违背了我们的约定，到头来还要‘利用’我，我冤不冤啊？”

其实我知道，就算是真的冤，小可也愿意一直冤下去，因为我们在一起时真的很快乐。

周日休息的时候，我和小可常常去逛街。我们买了一样的水杯、一样的饭盒、一样的手链，甚至，一样的指甲刀、一样的护肤霜、一种牌子的香皂。我很喜欢这种感觉，一些细小的东西就可以把我和小可联系得很紧密，让我无论做什么，总能想起小可——我的朋友。它们就像闹钟一样，时刻提醒着我身边的幸福，小小的快乐，如同甘洌的蜜汁一般，滋润着我疲惫的心。提醒所拥有的，是多么地美好，然而，提醒所失去的，又该是一种怎样的残忍！

我已经有二十多天没有见过卓阳了，真不知道，他究竟打算躲我到什么时候。

不过，我倒是常常看见小可的哥哥，那个叫林落的男孩常来找小可。他给小可送来很多的零食，小可全部拿来和我分享了。每逢小可值日，林落总会帮小可买好饭，送到教室时还是热的。我觉得，林落对小可真好，有一个哥哥，真的很不错！我不免会想起卓阳，卓阳从来没有到教室找过我，哪怕一次，都没有。我想，如果当初，真的如舒娜的猜测，我认卓阳做了哥哥，而不去幻想仅仅依附在友谊上的那一种亲切，是不是卓阳也能像林落对小可一样悉心地对我呢？或许，我所渴望的那一份贴近，只有站在亲情或爱情的高度上，才能俯瞰得到吧！

中午，我和小可一起去吃饭，走到教学东楼的时候，正巧碰到了刚刚下楼的卓阳。他看上去清瘦了不少，整个人干瘪瘪的，好像失去了水分。我没想到会在这里与他仓促地碰面，心里忽然变得很紧张。

“卓……卓阳！”

他愣了一下，回头望着我。

小可拿了我的饭盒：“许妍，你们聊，我帮你把饭捎回去。”

我觉得眼角有一种亮晶晶的东西正在一点点地积蓄着。

卓阳很不自在地笑了：“许妍，好久不见了。”

我几乎咆哮起来：“为什么这么做？为什么躲我？你要放弃我了吗？因为有罗宁的存在，你就不要管我了吗？难道我在你心中，真的一点分量都没有吗？……”

我一口气吐出心中无数个大问号，然后把脸偏向一边，极力地压制激动的情绪，强忍着不让自己哭出来。

卓阳愣愣地看着我，像在看一个怪物。他沉默了许久，才说：“妍妍，不是这样的，我这么做是为了你好，你应该好好珍惜与罗宁的感情。我没有要放弃你，没有要不管你，你怎么会觉得你在我心中没有分量呢？你知不知道，你对我来说很重要。”

我完全没有料到卓阳会说出这样的一席话，泪，扑簌簌地落下来。

卓阳拍拍我的肩膀，继续说：“傻丫头，哭什么！你要明白，感情是需要经营和珍惜的，否则，很容易就失去了。我现在都不知道，舒娜和我还能走多久……”

“你和舒娜怎么了？”我急急地问。

“没什么，一点小问题，你不用担心我，不用安慰我，也不用为我做什么，我自己会处理好的。”卓阳装作很轻松的样子，对我说。

我不知道在卓阳的生活中，到底发生了什么，我只是看到，卓阳收起了自己的疲惫和颓丧，在我面前装作很坚强。他总是这样。

很久没有见过这样的晴天了。天，湛蓝湛蓝，有云，半透明的棉。我喜欢这样的天空，好高好高，好淡好淡，是自由的、飘荡、旋转、够不着的遥远。模糊的云影，露出最妩媚的笑靥，似一辈子的璀璨，绽放在这一刻，短暂，却心甘情愿。我感觉不到风，但是云在走；云感觉不到阳光，可是我很暖。

我问小可，喜欢晴天还是雨天？

小可想了想，回答说：“晴天，带给人温暖；雨天，带给人浪漫。二者各有千秋，我也不知道自己更喜欢哪个。”

我很欣喜地望着天：“雨，是云流的泪，它总是让我感到忧郁和伤感。下雨的时候，天是阴的，灰蒙蒙的一片，天地没有清晰的界限，混沌而令人窒息。事实上，我不大喜欢雨天。我喜欢晴天，就像现在，明朗、清晰、纯净、灿烂。”

小可看着我，过了许久，才缓缓地说：“许妍，你望着蓝天白云那神往的表情，让我觉得好感动。”

我笑了，幽幽地说道：“小可，你看懂了，那是对快乐和幸福的神往啊！”

六班和一班的体育课总被安排在一起。每到自由时间，我都会和小可走进属于我们的二人世界里，这个世界除了我们没有人可以走进去。我们就像两个我行我素的坏小孩一样，坚持着自己不被理解的信条，对抗所有虚伪的友好。我们总相信自己比别人更懂得感情，于是怀着“独善其身”的心态拒绝所有伪善的笑。没有人可以走进我们的内心，可我们并不孤独，因为能拥有彼此就已经很幸福了。我们常常坐在一起聊天、听音乐，偶尔还会围着操场一圈圈地跑，对着空旷的墙壁大声喊：“十一中，我讨厌你！”罗宁呢，似乎并没有因为我的遗忘而寂寞，我常常看见他和一个一班的女孩子坐在一起聊天。

我是认得那个女孩的，罗宁说过，她就是楚佳琪。

小可对我努努嘴：“喏！瞧见没有，你的罗宁还蛮招女孩子喜欢的。看他们说得那么热烈，早把你忘了，你就不吃醋啊！”

我揪着小可的耳朵：“臭丫头，乱讲什么！是我忘了他好不好！要不然，谁陪你啊？得了便宜还卖乖。”

其实，我真的一点都不吃醋。我听罗宁讲了许多和她有关的往事，我觉得，罗宁对于她就如同卓阳对于我，我很理解她，甚至同情她。我深深地体会过，卓阳有了舒娜而冷落我时，带给我的伤痛和失落。我想，罗宁为了我而冷落她，她也一定很难过。罗宁原本是属于佳琪的，可我却把罗宁从她身边抢走了，这算是一种伤害吗？对于佳琪，我总是充满了负罪感。我宁愿让罗宁多陪陪她，以此减轻我内心的愧疚与歉意。

然而，罗宁对我好像并不理解。他常常有意在我面前提起佳琪。而我，始终如一地耐心倾听，时不时还会露出真诚的笑容，鼓励他继续讲下去。我甚至会把罗宁买给我的零食分出一半，要他送去一班。我所做的一切，并不是伪装一种大度，我是真心愿意把罗宁的好分一些给孤单的佳琪。我以为，罗宁看到我的理解和支持一定会感到轻松释然，然而，事实却恰恰相反。

罗宁很生气地问我："你怎么一点都不在乎我？难道你真的不介意我对佳琪的关心吗？"

我感到很惊讶，难不成罗宁所做的一切，只不过是对我的一种试探？

我很难过地说："其实我是多么地羡慕佳琪啊，她能遇到这样的你，这样的我，该是多么幸运的一件事啊！而我呢？当初的我，被谁理解过，被谁包容过？我心里的痛苦又能对谁说？罗宁，你不懂的……我受过的伤，忍过的痛，不想再让别人品尝了。"

我始终相信，每一个女孩的生命中，一定出现过这样一个男孩；每一个男孩的生命中，也一定出现过这样一个女孩。不错，一个就够了！他可以不英俊，她可以不美丽，他（她）可以普通得像一粒尘埃，卑微得让人心疼，但是，他（她）身上一定有某一点，轻轻拨动了你的心弦，让你感到相知恨晚。你会称他（她）为知己，视他（她）为唯一。你愿意与他（她）保持暧昧的关系，然而，或许一切与爱情无关。我始终相信，并且，始终理解。

.20.

麦子找到我，很神秘地问："卓阳告诉你了吗？"

我听得糊里糊涂："告诉我什么啊？"

"卓阳和舒娜分手了！"

"什么！"我心里一惊，"怎么会呢？"

"真的，分手是卓阳提出来的。"

"为什么？为什么要分手呢？"我急急地问。

"那谁知道！傻丫头，等了这么久，总算熬到头了……"他拍拍我的肩膀，像是为我舒了一口气。

我疑惑地盯着麦子，看到他嘴角那隐秘而诡异的笑，一下子就明白过来了。

一直以来，麦子都在怀疑我对卓阳的感情并不像我说的那么单纯。他并不知道罗宁的存在，一味地以为我为爱，坚守到现在。麦子不会明白，我听到这一消息时的惊愕与痛苦、疑虑与担忧。我只在乎卓阳的感受：他会不会难过，在无人的夜里，他的眼角，会不会有泪珠儿闪过？我不知道，分手，对于卓阳和舒娜，究竟意味着什么。

我心里忐忑极了，不顾麦子的阻拦，疯了似的奔向三班。我只希望，自己能生出一对翅膀，快快飞到卓阳的面前，安慰他，告诉他："无论怎么样，要坚强，至少，还有我在你身旁。"可是，我跑着跑着，最终还是停了下来，我痛苦地弯下腰，靠在墙上，大口地喘着气。

我知道，我什么都做不了，在这个世界上没有谁可以代替谁。

晚饭的时候，罗宁在门口截住我，他对一旁的小可说："能不能在晚饭这四十多分钟的时间里，把许妍让给我？"小可呵呵地笑着："没问题啊！不过不能白让，可是要收租费的，明天的午饭你请啊！"

罗宁也笑了："OK！"

我一脸的诧异："罗宁，你究竟想干什么啊？"

罗宁把我拉过来，神神秘秘地对我说："我要带你去见几个朋友。"

我吃惊地问："朋友？"

"是啊，"罗宁满不在乎地说，"初中时有几个要好的同学，考到八中去了，今天他们放假，过来看看，都说想见见你，一定要我把你带过去。"

"什么！"我一下子站定了，"他们怎么知道我？"

罗宁愣住了："你是我女朋友，他们怎么会不知道你呢？"

"我是说，他们怎么知道我是你女朋友呢？……你难道不清楚我对这件事的态度吗？我极力地隐藏我们之间的关系，到现在为止，我原先的同学们都不知道有一个你出现在我的生活里。而你，怎么就不明白这一点，还要对你的朋友说呢？难道你真的如小可所说，把女朋友当作一种值得炫耀的资本吗？为了自己的虚荣心，你就可以不顾我的感受吗？"

我推开罗宁的手，转身要走。可是，这一次，罗宁没有拦我。

我走了不过十几步，就再也迈不动了，我觉得这一次赌气，终归是少了些什么。我重新站在罗宁的面前，换了一种语气：“你生我气了？”

罗宁的声音很平静，但给我的感觉却遥远而迷离：“妍，我对你的爱，依你看来，真的就那么猥劣吗？一份美好而纯洁的感情，在你眼里，怎么就那般罪恶呢？”

罗宁的一席话，真的让我感到了心痛，我没有觉得罗宁的爱是猥劣的，哪怕他以拥有我满足自己那小小的虚荣，又算得了什么呢？只是，这份爱让我对太多人充满了歉疚，而我又对现实的理解太过深刻，这颗早摘的爱情的果，注定了又苦又涩，我如何能把它视为一种神圣呢？

我最终还是同罗宁去了，他的朋友们还在等我。

这是一家叫捷尔泰的餐馆，它的位置离十一中很近。我在一大群人的包围下，显得格外窘迫。他们起哄般地推搡着罗宁，逼问他是如何将我骗上了贼船。我看到罗宁难以招架，不由得想为他出头。

“罗宁没有骗我什么，是我自己上去的！”

一句话脱口而出，引得所有人哈哈大笑。我意识到自己说错了话，脸“唰”的一下，现出灿烂的红霞。

罗宁笑着走过来，在众目睽睽下，轻吻了我的额头。我惊呆了，脸红一阵白一阵的，恨不得找个地缝钻进去。周围的人也屏住了呼吸，惊讶地盯着罗宁和我。我从四周满是瞠目结舌的表情里，竟发现一个熟悉而平静的面孔——佳琪居然也在人群里！我窘迫极了，一时间方寸大乱，不知道如何是好。我想罗宁实在是太过分了，难道他就不在乎佳琪的感受吗？

好在有人打破了僵局：“闹够了没有啊！我都快饿死了！哎，说好是佳琪请客的啊，祝我们的大寿星生日快乐！”

“生日快乐！”

“生日快乐！”

我被这汹涌而来的祝福声瞬间吞噬了。面对佳琪满脸洋溢着的幸福，我觉得自己的存在实在是一种多余。

我低着头，嗫嚅地说：“佳琪，生日快乐！罗宁没有告诉我，今天是你的生日，我连一份礼物都没来得及准备……”

佳琪很真诚地笑着：“没关系啊，你能来我已经很开心了！”说着，她拥抱了我，是一个大大的拥抱。一连几天，我都清晰地记得，那个拥抱带给我的温暖。

总认为我们的关系很微妙，一直不敢面对佳琪，所以选择回避。也有过，我鼓起勇气看着佳琪，对她微笑，可是得不到她回应的目光，便只好仓促地收敛了自己僵在嘴边的笑容。我以为，佳琪不喜欢我，毕竟，她是有理由不喜欢我的。

在佳琪面前，我愿把头埋得很低很低，是我带走了原本属于她的一切，是我结束了她和罗宁的过去。风吹起，我想象着她藏在心底的失意，一如回忆昨昔伤感的我。我们有着那样相似的经历，有过那样相似的美好，也同样以最温柔的方式将其埋葬。对于佳琪，我更多的是疼惜。然而，我的昨天是没有人去在意和怜悯的，这样说来，佳琪显然比我幸运得多。

我不知道自己究竟做错了什么，抑或是别人做错了什么，我总会处在很尴尬的位置上，静静地体味那份寂寞。我努力尝试着关怀佳琪，然而，在我看来，这一切都是极难的。揣测了好久，我们的第一句话会是什么？继而我想，我和佳琪，究竟会不会有这第一句话。

而事实上，我们拥抱了，一个真诚的大大的拥抱！我很感动。

吃饭的时候，我和佳琪要了一样的南瓜粥。可是，吃了几口才发觉，我并不喜欢南瓜粥的味道。我把粥碗推到罗宁面前，他疑惑地问：“怎么了？”

我说：“太甜！”

顺手舀起一勺，送到他嘴边。罗宁喝下我勺里的粥，仔细地咂摸了一下味道。

“不会啊，很不错的。”

说完，他端起我的粥碗，一口气喝了下去。

佳琪附在我耳边，悄悄地说：“看得出，你们感情很好。”

我惊慌地看着佳琪，本想解释什么，可我看到的，依旧是她明媚的笑。

准备回去时，天色已经暗了下来。走出捷尔泰，一阵凉风扑面而来，我顿时觉得清爽了不少。我站在路边，看着他们截了两辆出租车，几句客套的道别后，刚刚热闹的一群人，便只剩下了零散的几个。看着眼前的冷清，我突然觉得这才是现实，好像刚才的一切，完全没有发生过。可是，怎么可能没有发生过呢？我的额头上还残留着罗宁的吻，手还紧紧地被佳琪挽着。自从我们拥抱过之后，佳琪和我便一直这样挽着手，那般亲切，好像我们从来没有陌生过。

我感到莫名的疲惫，头很沉，昏昏的只想入睡。然而就在这时，随着我漫不经心的转身，目光恰巧落在对面的街上。我看到在一片璀璨的灯光中，卓阳一个人，静默地面向我们，独自地站立着。我清晰地看到了他的脸，在过分明亮的交映着的灯光下，显得那般苍白。我的心被猛地抽动了一下，一种撕绞的痛随着我每一声的心跳迅速向全身扩散。我愣愣地盯着对面的街，失神了好久。

佳琪那只挽着我的手，大概感觉到了生硬，她顺着我的目光望去，只看到了卓阳离去的背影。

她问："怎么了？"

我没有说话，依旧呆立不动。对面的街已经没有人了，可我的脑海却像一部放映机，一遍遍地回放着卓阳那张苍白的脸。

罗宁看了看对面的"0℃青春"，问我："是不是想吃冰淇淋了？我去买。"

我摇了摇头，带着满怀的心事，默默地往回走。

我觉得卓阳很孤独，而我，却在罗宁的朋友们面前，拼命地伪装着幸福。我想见卓阳，迫不及待地想要见到他。

六班在教学西楼的第三层，三班在教学东楼的第二层。我真的很后悔，自己中考时没有努力考入实验班，否则现在的我，就应是四个实验班中的一名学生了，那样的话，我就会在教学东楼学习，与卓阳的班离得很近很近，再不用在这两栋教学楼之间奔波了。我想见卓阳，就可以马上见到他。不过，即使是现在这样，又能影响了什么呢？再远的路，也阻挡不了信念。

卓阳见到我时很意外，因为已经下了晚自习。我把他堵在了门口，这是第一次，这样晚的时候我来找他。我实在是等不到明天了。

夜色如水。我和卓阳静静地走着。

他说："今天，我看到你和罗宁了。其实，你们很般配的。"

我很突兀地问："你和舒娜分手了对吗？"

我根本没有听见卓阳刚才说了什么，满脑子里，只剩下了灯光中那张苍白的脸。

他吃惊地看着我，但很快恢复了常态："是麦子告诉你的，对吗？他这个人，无论说什么，你都不该在意的。"

"为什么不告诉我！"

卓阳的目光很柔和："没什么好说的。是我提出的分手，我觉得很累了，现在的我很轻松，这样不好吗？更何况这是我的事，我说过我可以处理好的，干吗要打扰你呢？你已经长大了，有了自己的生活，不该什么事都对你讲的。"

我沉默了。是不是现在的我，已经没有资格再去填补卓阳的寂寞？

. 21 .

教政治的范老师要结婚了，准新郎是一个很成功的企业家。她向学校请了长假，婚后要到国外度蜜月，连代课老师都安排好了。对于许多准备选择理工科的同学来说，这大概就是范老师给我们上的最后一节政治课了。这一节课，我们都很安静地听着，表现出从未有过的认真和专注。

范老师，是我所见过的最漂亮的年轻女教师。每次看到她，我都会想起徐志摩的一句诗："最是那一低头的温柔，像一朵水莲花不胜凉风的娇羞。"没想到，转眼之间，半年已过，如今，我们真的要"道一声珍重，道一声珍重，那一声珍重里有甜蜜的忧愁"。日子真的过得好快，一些人，就这样，还没有来得及珍惜，已匆匆成为我生命中的过客。我们都很舍不得范老师的离开，尤其是那些男同学，简直是"悲恸欲绝"，我想，他们一定很羡慕那个即将成为新郎的男人。

范老师提前为我们发了喜糖，每人三颗。我看着她那双湖水般静谧的大眼睛，忽然有一种想哭的冲动。罗宁看了看我，把自己分得的喜糖全部拿给了我。

生活，总在继续，可是，有些东西，却离我越来越远。

我很怕遇见卓阳，曾经的渴望，已成为如今的畏惧了。和卓阳走在一起，不过是感受一种近距离的陌生。那几度熟悉的余温，在彼此漠然的目光中一点点散去，似一杯苦等一夜的凉茶。到处是没有声音的孤独旋律。面对我，卓阳总是缄默着，我不知道，他是不是打算用无语来诠释沉默？若是那样，就不必了吧，我懂得，沉默的是心，不是声音。

卓阳的冷漠常常让我感到不寒而栗。他总对我说："你长大了，不要再依赖我。""我的事，不需要你操心……"

简单的几句话，就筑成一堵坚硬的墙，把我和他的世界清晰地隔开了。

我理解卓阳的空虚，他说他需要的只是时间，事实上，他需要的只是我的放手。我决定离开。一直表现得太殷勤，对我们都是伤害，我丢掉了矜持，卓阳收获的也不过是疲惫。

其实，我宁愿看到卓阳孤零零地一个人寂寞着，宁愿看到他的无奈和失落。尽管一切都是我所不忍的，但我宁愿这样——看到他对我的不舍。可是，我的离开，对卓阳来说并不意味着悲哀，一切都是那么自然，没有我，他的生活依旧美好。他仍旧常常地笑着，只是那灿烂的笑容，再和我无关。我很悲观地想，或许，我的离开，一直都是卓阳最大的期盼。我是一粒尘土，尽管轻得没有自我，但对于有"洁癖"的卓阳来说，依旧是一份负担。

卓阳不需要我的安慰，冷冷地泼灭了我心中那一点点微弱的火焰，可是，喻婷却在此时，轻而易举地走进了卓阳的生活。我常常看见他们两个在一起，很亲密的样子，暧昧得让人心痛。总以为，异性朋友，有一个就足够了，可是为什么，卓阳把这一个人的名额，从我这里夺过来，转送给喻婷呢？是因为我做得不够好吗？或许，我所能给予的友情的安慰，是远远不能满足卓阳的，他需要的，大概是爱情的滋润吧？我给不起，但喻婷可以。

我还是常常去吃冰淇淋，身边的小可一直陪着我，我依旧点柠檬香草的那一种，可是，吃起来，却尝到一种酸酸的涩。

我对小可说：“味道好像变了，不如从前了。”小可低声地应着：“是啊，心情不如从前了嘛，味道当然不一样啦！”

我摇着小勺，安静地搅动着杯里稠稠的冰淇淋，看着它慢慢融化成一种草绿色的奶液，包括点缀在上面的樱桃和草莓，也以一种缓慢的速度沦陷在其中。我好像在回忆着什么，是那个和卓阳分吃一杯冰淇淋的下午吗？也许吧，但，我终究什么也想不起来了。我们说了什么话？或者给了对方什么样的眼神呢？我完全忘记了，那一切已经离我非常遥远。因为有了罗宁吗？还是小小的我，在卓阳的心里已经装不下？我不知道！不过知道了，又怎么样呢？一切无谓的追问，只会徒增烦恼。

小可碰碰我的胳膊，用眼神把我的目光引向靠窗的一张桌子。我看到卓阳和喻婷面对面地坐在那里，桌上只摆着一杯冰淇淋，浅浅的绿色，点缀着樱桃和草莓。我的心像被撕裂了一样，来不及多想，便慌慌张张地拖着小可逃出了小店。

小可大叫：“等一下，我的冰淇淋！我……我还没吃完呢……你等一下！”

周围的人好奇地盯着我和小可，我想，也一定惊动了卓阳，可是他没有叫住我。

我感到一切的疑问不过是一种自欺欺人，在种种不确定的选择中，给自己一点点可能性的安慰。终于，所有的谜团渐渐明朗了，不管卓阳和喻婷之间到底是什么关系，总之一点，我的所有，已完全被喻婷代替了。不是说过，没有谁可以代替谁吗？可是……大概，在这个世界上，无论哪一种真理，都会有意外发生吧！

我发现，自己的力量是那样微薄，那样渺小。我可以让两个人巧妙地相遇，然而有时，错过，竟是如此困难。记不清自己已经悄悄地祈祷过多少遍，恳求上帝让我和卓阳再没了见面的机缘。可是，上帝竟是个爱开玩笑的老头儿，执拗地为我们创造了那么多那么多尴尬的相见。我越发地体会到那种痛的真切，不是一次，而是不断地重复，直到某一天，我一闭上眼，就是卓阳留给我的冷漠的背影，还有他面对喻婷时那过分灿烂的笑容。

我看到，喻婷一个人坐在青石阶上，呆呆地望着前面没有风景的风景。风吹乱了她的头发，她索性扯下发带，任长长的秀发在风中肆意飞扬，原本瘦弱的身影在凌乱的青丝的映衬下越发显得单薄。在十一中专制而高压的管束下，每天，我都会遇到许许多多失意的人，憔悴的面容像失恋后的一场雨，当我们的心早已麻木到习惯了自己的痛，还会为什么人的悲伤而感到意外呢？可是，直到我看到了卓阳——是的，有关卓阳的记忆在我的脑海中永远无法淡忘——我看到卓阳坐在她身边，说着无尽的安慰的话语。那一刻，我伫立在路边，愣愣地看着这幕我永远无法走进的戏，眼神霎时暗淡了光芒。

我忽然意识到，自己站在这里是如此多余。我在看他们的戏，别人也在看我的戏，这戏注定没有高潮和结局，何苦招惹别人的期待呢？索性跑开，当不该相遇的两个人相遇……闭上眼，一滴泪水从眼角滑出。为了掩饰，我抬头望着天——哦，一丝云儿也没有，却有一片单薄的绿叶，从我的眼前飘落，一圈圈旋转，漫舞着属于它的伤悲。我伸出手，稳稳地接住那片叶，把它合在掌间，默默地许下心愿。

我想躲开卓阳，却依旧习惯性地走着那条我已经熟悉了的路，那条必定经过教学东楼的路。就像失去了妻子的丈夫，每天晚上仍会煲好她曾经爱喝的汤。

那是怎样匆匆的不经意间的一瞥，注定了这条路的惆怅与漫长。夕阳投射着柔和的光，把人的影子拉得好长好长。我确定卓阳看到了我，漠然的眼神中闪过一丝迟疑的光。只是，我们再也没了往日相遇时的惊喜，瞳仁里不再映着亲切和温暖，里面空空的，似乎连同对方的影像都无意保留。只是触及时，痛了一下，仿佛扎进了玻璃。我们已经不需要再打招呼了，彼此熟悉得已将要把对方忘记，这种感觉，真的有点玄妙。我知道我走在他前面，与他相距不远。我没有回头，却在有意无意中，悄悄地放慢了脚步，有些踟蹰，有些彷徨，有些等待，也有些期望。

我本可以这样一直走下去，直到在某个拐角处，我们找到属于自己的方向，坚定地转身把背影留给对方，然而，故事永远不肯这样平淡地走向结局。我衣服上那颗断线的扣子，不早不晚，偏偏在这时脱落了。

路，安静得令人窒息，小小的扣子掷地有声，清脆而响亮。我甚至没有办法佯装没有听到，不动声色地离开。

这一切，让我不得不转身，不得不回头，我只能弯下腰捡起这颗惹事的纽扣。然而，我没有想到卓阳在我后面竟跟得这样近，我和他不过相隔咫尺，那一瞬间我呆住了。目光仅两秒钟的停顿，便被我强行地收了回来，随着我的俯身，目光由下而上画了一条完美的弧线。

卓阳，也像是下了很大的决心似的，从我身旁疾速走过，仿佛再多一秒钟的停留，就无法离开得这般果断和决绝。在我眼睛的余光里，闪过卓阳的白色的球鞋，很简洁的款式，我很喜欢。

我记得有这样一段话：“当灵魂那根弦拨动了，身体和爱也会共振。我们爱上的，是一个能拨动我们灵魂那根弦的人。有一天，当你不再爱眼前的人，也许是因为灵魂那根弦断了。”爱情如此，友情也该如此吧！弦断了，能不能够接得上呢？一颗星陨落了，一株花会开，可那花，终究不是星啊！接得上又如何呢，无论怎样修整，都不会是最初的样子了。

梦里，走进一个肃杀的冬天，白雪飘落了寂寞的矜持，枝头那一朵朵粉白的梅，绽放着娇妍的笑脸。花下，是殷红的血，好像绚烂的海棠，寥落在空白的记忆里。我站在高处，想纵身一跃，成全这殷红的期待。可是，我不能。不过是一些痛，惨淡着灰白的光泽，灼烧着我的双眼。在这重虚幻的迷雾里，我感到了恐惧和孤单。

·22·

四月马上要结束了，很快，就要迎来槐花飘香的五月，我很期待。小可也是。我们约好，在槐花开得最繁盛的时候，一起采摘大把大把的雪白，夹进书页里，期许属于自己的芬芳的未来。可是，现在的我觉得这个约定好遥远。

我坐在窗前，小可站在我的身后，她用自己那把精致的木梳轻轻地为我打理着刚刚洗过的长发，从发根一直梳到发梢，一下，两下……在小可轻柔的抚摸下，我感觉自己的每一寸发丝都变得柔软了起来，仿佛置身于一个盛满花瓣和泡沫的浴盆里，舒适得如同婴儿的睡眠。

小可对我说："妍妍，你想象不到，你的头发有多美！"

我笑了，午后明媚的阳光透过窗，洒在我和小可的身上，我蜷缩着有一点点冷。小可抱紧了我。

有时，我不免会设想，如果那一次发短信，没有让老周发现，那么，我和罗宁的恋情，会不会隐藏得更久一点？

我永远记得自己那天的狼狈，还有老周那双充满了惊异和失望的眼。我想，自己在背着老师偷偷摸摸地做事的方面，真的缺乏"经验”，以至于老周在我面前站了足足有一分钟，我都不曾察觉。我仍旧很放心地回着罗宁的短信，文字里多少有一点暧昧的体贴。身边的小可不安地咳嗽了几声，大概她比我更早地看到了老周那张严峻的脸。可是，一切都太迟了。就在我抬起头的那一刹那，惊讶、恐慌、怀疑……所有的一切，让我感到眩晕。手机“啪嗒”一声，掉在了地上，仿佛我所有的谎言，随着手机的跌落，摔得粉碎。我不由自主地直着身子站了起来，不知所措地绞着手指，嘴唇动了动但是没敢讲出一个字。我怕极了，紧张地盯着老周，我不知道，接下来会发生什么。可是，我并没有等来预想中的责骂和暴怒。

老周表现出异常的平静，他什么话也没有说，只是俯下身子，捡起我掉在地上的手机，然后转身出了教室。我愣在那里，久久地望着门口的方向，伫立着……

周围的同学一如平常般地说笑，他们并没有意识到刚才的我遭遇了什么。一切发生得太过迅速而又太过安静，以至于不曾惊扰到任何人。大家依旧继续着刚才所做的事：喝水的把瓶盖拧紧，咽下了含在嘴里的最后一口；看书的把食指放在舌尖润湿，然后翻到了下一页；围在一起讲笑话的，笑得前俯后仰，看上去是那么快乐……只有小可，像我呆呆地望着门口一样，呆呆地望着我。

终于，上课铃缓慢而悠长地响起，仿佛在嘲笑失魂落魄的我。小可小心翼翼地拉拉我的衣角，示意我坐下。我恍恍惚惚地坐在凳子上，表情僵硬地看着化学老师走上讲台。然后，又随着旁人一同站起来向老师问好，再坐下。我明明张了嘴，却喊不出声音。看着每一个人脸上表现出的若无其事，我不由得怀疑，刚才所发生的一切究竟是不是现实？可是，我的手机确是被老周拿去了。受惊的心，依旧狂跳不止。小可攥紧了我微微发抖的手，递给我一个理解而心痛的眼神。

然而，我没有想到，事情会这样收场。下晚自习后，老周把我叫上讲台，递给我手机，然后淡淡地说了一句：“你妈发来短信，明天是她的生日，她会和你爸一起来看你。如果你要请假的话，明天上午第三节课是我的课，下课后你可以直接来找我，不用再去办公室了。”

我愣愣地看着他，过了许久，才回过神来。我战战兢兢地把手中的信放在讲台上，然后抓起手机，转身跑了出去。

那封信，不知被我攥了多久，已经揉得皱皱巴巴，上面湿漉漉的，大概是我手心中的汗吧！其实，我真的说不清，自己为什么会写这封信，也许，我只是太过忐忑了。我真的很不安，我想，即使是自己，也无法容忍这样的欺瞒，老周对我一定失望极了。当谎言被揭穿时最聪明的应对不是辩解，而是坦言。我只是采用了我最习惯的方式——通过写信承认我没有勇气讲明的一切。我愿意接受任何惩罚，只是恳求老周把整件事当作我们两个人之间的秘密，不要再惊扰我的父母。从小到大，我一直是个很听话的孩子，如果爸妈知道我对他们撒了这么大的谎，又怎能承受得了呢？我会令他们多么伤心啊！我很怕，怕爸爸、妈妈知道这一切之后，就不会再给予我信任和爱了。

我多么希望这一次与父母的相会可以尽早地结束，因为和他们在一起的每一分每一秒，都让我觉得不安和惶恐。我就像是一个大骗子，时刻准备着被别人剥落虚伪的外衣，等待最后的审判。这一天，我们讲了很多很多的话。

爸爸似乎很不经意地问我：“和罗宁的事处理得怎么样了？”

我支支吾吾地说“还好”，可是口气里有明显的不确定和心虚。我不敢看爸妈的眼睛，只得四处打量着这家餐厅，以逃避他们怀疑和追问的目光——我是不会说谎的。

妈妈叹了口气，柔柔的语气中带着几分心疼："妍妍，我们不是要求你必须怎么做。爱情是一种很美好的东西，谁都没有资格否定它。只是，我们太爱你了，不想让你受到伤害，所以才会以一种过来人的身份提醒你：什么才是重要的。我们所做的，不过是想让你未来的路走得更平坦一些。你的明天属于你自己，无论你怎样做都不是为了我们，你也不必对我们感到愧疚。或许是平时我们对你的保护太过周全，遇到一处浅滩就想背你绕过去，怕弄湿了你的脚。事实上，有些事只有自己经历过才能够体会出是非对错。无论你和罗宁已经发展了什么样的关系，朋友也好，恋人也罢，我们只希望你能拥有一个快乐、充实的高中。我和你爸永远相信你，支持你，保护你。无论你受到什么伤害，家，永远会收容你……"

"够了，妈，你别说了……爸爸妈妈，对不起，我骗了你们，我，我……我和罗宁已经在交往了……"我几乎泣不成声。

我不知道昨天的事，老周有没有告诉我的父母，但不管怎样，很明确的一点是，我已经无法再在他们面前掩饰下去。

看着爸妈眼中的泪，我终于明白，为什么自己一直不敢看他们的眼睛。我是知道结局的——我们都会流泪。我一直盯着对面的玻璃窗，在那装有落地玻璃的调菜间里，调菜师正在很熟练地调配着一碟碟清雅的小菜，看上去色泽很好。忽然发现选择这家餐厅的好处——我可以盯着这扇落地玻璃，将泪水微颤着存在眼底。父母的故作轻松，让我感受到的并非纵容式的安慰，而是一种沉甸甸的爱的压力。我觉得好累，垂下眼睑，因为再也承受不了泪水的重量了。

我和罗宁谈分手的那天，刮了很大的风。似乎有意要吹黄我的记忆，带走我的过去。我伫立在这嚣张而又肆虐的风里，回想着那本尘封的日记，不知里面是否也铭记着这样的天气。终于体会到“树欲静而风不止”的悲哀，有些事情，真的由不得自己。

我远远地望见正匆匆赶来的罗宁的身影，他的背依旧有点微微的驼，看上去，似乎比最初的时候还要明显了。也许，他是在这份仓促的爱情里消磨了青春，耗尽了力气。如今，我才发现，我们是如此羸弱而又执着地走过了那些岁月的年轮，在苦苦的挣扎中，一点点吞噬了意志与灵魂。

四处，是风的呻吟，我不知该安慰谁，也不知该向谁索要安慰。我想尽了绝情的话语，可是，千言万语抵不过淡淡的一句：“我不爱了，对不起！”更有杀伤力。

我本想转身就走，不再说任何一句多余的话，哪怕是解释。可是罗宁不肯放过我，他苦苦地逼问：“为什么？为什么就不爱了？”

我不敢看他的眼睛：“不爱了就是不爱了！哪有那么多为什么！”

罗宁的声音在风中变得嘶哑了：“你说谎！到底是为什么？你看着我的眼睛诚实地回答我，你真的不爱了吗？”

他紧紧地抓着我的肩膀，把我弄得好疼好疼。我被迫抬起头来，望着罗宁清澈的双眼，刚刚伪装起的坚强的心，一下子变得柔软起来。

我用几近乞求的语气，哭着说：“放过我吧，原谅我，我真的没有力气了。所有的问题都因我而起，我的身上承载了那么多那么多的爱和期望，爸妈、老师对我一味地宽容，让我的心都快碎了！你知道我身上的压力有多大吗？负罪感有多深吗？这份爱带给我的是无尽的伤害。尽管你一直在保护我、照顾我，替我分担，可是，我明白，你也应该明白，你所做的只有这么多，你能做的也只有这么多……”

没等我说完，罗宁就一把将我揽入怀中，紧紧地抱住了我。

我拼命地挣扎，甚至不惜在罗宁的肩上狠狠地咬了一口，只想尽快从他的怀里挣脱出来。可罗宁疼得闭了眼，手却没有丝毫放松。他只是在我耳边一遍遍地说：“对不起，对不起，不要离开我……”

我的心痛极了，不自觉地停止了挣扎，在罗宁温暖的怀抱里，放肆地哭了起来。直到后来，风停了……

我对自己很失望，究竟是怎样的软弱让我连挣脱的力气都没有？难道仅仅是一个拥抱，就让我丧失了所有的理智吗？一开始所做的种种决心，最终还是在自己的脆弱面前全部崩塌了。我真的很难过，我不该是这样的，我应该成为一个坚强的女孩儿，可是我没有做到。

. 23 .

“5·12”地震那天，我想到了死。那时正在上作文课，语文老师站在讲台上点评作文。我还记得那次的作文题目是“如果还有来生”，很深奥的作文题。老师说，她想通过这个作文，让我们检讨一下自己的生命，珍惜光阴，为未来做好规划和期许。在我的作文里，有这样一句话：“忽然觉得活着好累，活一次就够了。我不祈盼来生，所有的承诺都留给下辈子，这辈子我想自由地生活。”因为满纸都是这样的“混账话”，那一次的作文，我只得了36分，是我有史以来的作文最低分。

但是，老师给我的评语却让我很兴奋，她说：“我理解高中生的悲哀，尤其理解你的悲哀，只是这种对生命的倦意，是不该属于如此灿烂的花季的。”

我想，只要她懂就可以了，分数，倒不是重要的。

课堂上，老师念了许多同学的高分作文，千篇一律的忏悔和决心。我听着听着，越来越觉得无聊。后来，我就感到了眩晕，并不只是一瞬间，而是持续了好久。我以为只有自己感觉到了，事实上所有的人都在那两分钟里体会到了地震带来的天旋地转。起初，我并没有意识到是地震，只是在听到有同学高呼“灯开始晃了，是地震”时，才朦胧地感知到是怎么回事。

我们透过三楼的窗户，看到楼下的空地上聚集了大量的学生，门口处也麇集着争先恐后的人群。

大家紧张极了，嚷嚷着要出去。语文老师却镇定自若："没事儿，没事儿，怎么会是地震呢！来，我们继续上课！"一副临危不惧的样子。

可是班里的同学已经乱了阵脚，哪里还有心情听课？大家都在小声地议论着，后排的男生索性站起来，时刻准备着跑出教室，只有罗宁目不转睛地看着我。我愣愣地盯着窗外，看那些骚动的人群，心里却异常的平静，那一刻我想到了死。奇怪的是我的心里居然没有丝毫的畏惧，反而有一种将要解脱了的轻松。这时，老周冲了进来，气喘吁吁地招呼着语文老师，组织我们排队下楼。我试图站起来，可是双腿已僵硬得不能弯曲，努力了几次后，最终我还是在小可的搀扶下站直了身子。

小可看上去很紧张，也很着急。我用自己冰凉的手紧握着她的手，平静地安慰着她："没什么，死不了的，已经不晃了。"

她冲我笑了一下，可是笑容很苍白。

下楼的时候，我隔着长长的走廊，看到了喻婷和卓阳。我猜小可也看到了，因为她有意地站到了我的左边，试图挡住我的视线。其实，对于我来说，这些真的已经无所谓了，但我仍旧很配合小可的体贴和善良，把目光移向别处，装作毫不知情的样子。小可的脸上显出几分得意的神情。

地震很快就过去了，其实，根本就没有下楼的必要，这里离汶川太远了。不过，死亡的恐怖气息，仍旧在校园里蔓延，不少同学议论纷纷，说当晚还会有余震，所有人都绷紧了神经，准备迎接余震的到来。我看着他们不安的样子，觉得有些夸张。

不过，小可已经完全放松下来了，她对我说："真的没什么啊！"

我笑了，觉得她很可爱。

那一晚，我们等来的不是余震，而是停电。教室里摆满了蜡烛，到处是燃烧的烟雾。

烛火，跳跃着生命的不息，闪烁着未来的希望，一不小心，撕裂了夜的完整，湮灭了我浑浑噩噩的梦。我想在其中猎捕几分光明，却不忍破碎它的憧憬。我躲在黑暗里，看蜡烛淌下乳白色的泪滴，好想舔尽它的悲伤，却发现舌尖有些炙烤的疼痛。死，多么可怕的一个字眼！我敬畏它。可是，地震发生的那一刻，我竟没有感到丝毫的恐惧。我是怎么了？面对"死"的平静，让我不由得对自己产生了怀疑。我究竟在想什么？

其实，我明白。我在想，如果我在地震中死去……只是，我不想承认，也愧于承认，自己这荒诞的念头。人，无论遭遇什么，都应该努力着好好活下去。这是我对生命的承诺。

从地震那天开始，大家都变得沉默了。

学校重新编制了日程表，为我们留出了看新闻的时间。我早已忘记，废墟里那一双双带血的手，枯槁、惨白，是怎样一次次将我的灵魂剥落又拾起。那布满了尘埃的殷红的血，是怎样湮灭了一个个如花般怒放的青春的身影。雁过无痕，生命也一样吗？结束得这般匆匆，匆匆到来不及留下痕迹。

我开始感到恐惧。可我不知道，令我恐惧的，是死亡，还是那一具具尸体？或是，生命的叹息？我只不过是更接近死亡的哭声罢了，听得更清晰，心也便更沉重。我曾见过，沐浴在阳光中的生命，那是一张张汗津津的笑脸，透着太阳独特的芬芳，呼吸里，是花香。而现在，无数阴魂的凄冷，荫蔽了我的心房。光明不再，温暖不再。

我们每一个人，都闭着眼睛，虔诚而悲痛地祈祷，为所有在灾难中突然消失的生命。眼前，仿佛是一片片孤坟野岗，偶尔，有几只乌鸦，站在枝头，吟唱两句葬歌悼词。心，压抑着，不敢呼吸，怕亵渎了这凝重的空气。我似乎看到，废墟中那一双双清澈的眼睛，我看得出那平静里的恐惧，恐惧里的坚强。瞳仁，不会因混乱而变得污浊，我想，里面流动的，该是不朽的希望的泉。在漆黑的夜里，我向神明祷告，愿冥冥中的天主，珍惜呵护每一个喘息的灵魂。多么希望，风可以带去我的问候，以一个阳光下的生命，拥抱无数长眠于地下的阴魂。也许，那细若游丝的希望招不回生命的苏醒，但足以安慰在繁星下守望的一双双眼睛。

世界，似乎因为地震而变得沉寂了，日子，也开始在无声中缓缓流淌。五月的槐花开得很绚烂，一串串的，雪白而晶莹，在叶子的掩映下，幽幽地散发着清香。我和小可常常站在树下，沉醉在这片浓郁的香里，忘记了时间，忘记了一切。不过，我们只是这样静静地欣赏，欣赏这种如同素颜少女般的纯美，再没有谁提起那个关于槐花的约定，即使我们都不曾忘记。在我和小可的眼中，无论怎样的生命形态，都开始变得娇贵而崇高，值得呵护与尊敬。

在这场灾难中被触动最深的人，其实，是我们的班主任。

有一次，罗宁穿了一件红色的短袖衫，被老周看到，挨了半小时的“批斗”。最终还是在老周的逼迫下回宿舍换了衣服。老周偏执地认为，如此鲜艳的红色，对地震中那些逝去的生命来讲，无疑是一种轻蔑。电脑里的音乐库，自地震后就被闲置了下来，老周下过明令，他决不允许在这个悲痛的五月里，六班的教室还有歌舞升平。同学们都不再打闹说笑了，因为我们都畏惧老周那张愠怒的面孔。虽然，老周的做法显得有些过激，但是，同学们谁也没有抱怨过。经过这场灾难的洗礼，我们似乎一下子长大了许多，我们都很理解，老周太耿直也太善良，他无法佯装一切都已经过去。地震，在每一个热血沸腾的中国人心中，都应打下深深的烙印。

我忽然觉得，自己应怀着对生命的感恩而变得坚强起来。无论我遇到怎样的挫折，无论我失去了什么，承受了什么，我都应该勇敢地面对，而不是一味地退缩，甚至，幻想着通过生命的结束来完成自我的解脱。面对灾区人民的坚强，我感到很惭愧。想想自己，原来是那样的幸福！至少，我仍旧健康地活着。

我对罗宁说："能不能先分开一段时间，让彼此冷静冷静，等我们完全恢复了理智，战胜自己的懦弱，再来考虑是分手还是继续牵手，好吗？"

罗宁明明有一万个不情愿，可他还是艰难地点了点头。

我觉得，心里一下子变得踏实了许多。或许，我同样也可以让卓阳走出自己的生活，如果小可没有时不时地提起林落。小可常常告诉我，她与林落如何如何。她并不了解，每当她提起林落，我都会像条件反射一样不由自主地想起卓阳，因为林落和小可，实在是太像太像卓阳和我。

林落是个很帅气的男孩儿，有着一双忧郁而深邃的眼睛，很受女孩子的追捧。几乎每一个女孩儿见到他，都会紧张得犯晕。当然，也有例外，比如说小可，比如说我。

事实上，我没有近距离地和林落接触过，每次碰见林落，我总会很"懂事"地离开，留下小可单独和她哥聊着。基本上，林落给我的全部印象都是小可讲给我的，我在脑海中简单地勾勒出一个高高瘦瘦的男孩形象，帅气、孤傲、冷漠，而且霸道。小可说， 其实林落很像我，有一点自私，还有，难过的时候总是装作很快乐，什么也不肯说，其实演技一点都不好，任何人都骗不了。

我反驳她："我哪里有自私？"

小可叹了口气："妍妍，你知不知道，你这个分手的决定让罗宁很难过？"

我沉默着，不想解释什么，心里有一点微微的苦，可是我装作没有什么。小可说，有些时候她真的很不懂我。我想这很正常，连我都不懂自己，更何况是小可。

.24.

我终于有了一段属于自己的平静生活。然而，此时的小可，却因为林落的关系，丢失了往日的快乐。

小可说，林落有了女朋友，是和他同班的一个女孩子，名字叫萧然。林落从来没有对小可提起过这些，就像卓阳从来没有对我说过什么，无论是曾经的舒娜，还是现在的喻婷。但是，林落和那个女孩，倒真是天天在一起的，小可见过，我也见过。小可开始像当初我躲着喻婷一样地躲着萧然，她说，她不想看到林落的不自然的伪装，也不想看见萧然那充满怀疑和醋意的目光。可是，小可很难过，因为林落对她的疏远。我懂的，因为我也经历过。我更加觉得小可像极了我。我感到很悲凉：不过是同一部戏，不同的演员罢了。

我忽然想起，小可第一次和我谈起林落时，她很认真地说："要不要我把你介绍给我哥，你做我嫂子怎么样？"

我当时很肯定地告诉她："就算我要谈恋爱，也不会和你哥在一起。因为那样的话，你一定会很伤心。"

当初的小可还不肯相信，她以为我含沙射影地在说她与林落的关系不单纯。其实，我并没有别的意思，我只是很清楚，无论什么角色：妹妹也好，朋友也好，恋人也好，小可都只愿做唯一。她一定不情愿和别的女孩一起共享林落的关怀。事实证明，我没有猜错。我不知该如何安慰小可，因为直到现在为止，我都不知道该如何安慰我自己。我所能做的只是淡忘，小可呢？

我很同情小可，但是我不能容忍小可在我面前一遍遍地提起林落。我已经不再对小可谈及卓阳了，原因很简单：我们的过去已经讲完了，我们的现在没有什么了，我们的未来我已在努力创造了——那就是我努力忘记，忘记我和卓阳的现在和过去。可是，小可总是在无意中唤起我对卓阳的记忆，我很难过，但我什么也不能说。我只能在小可喋喋不休的幽怨中重复着属于自己的沉默。我意识到，其实小可和我一样悲哀，因为放不下，所以受伤害。

我记得，我陪着小可受了半个月的折磨。直到她又一次提起林落和萧然的种种，我突然像受了刺激一样，甩开小可的手，不顾一切地奔向十四班，然后直挺挺地站在门口大叫了一声“林落”。

那个时候正好是晚饭的时间，班里没有多少人，然而林落还没有走。所有的人都像看外星人一样，惊讶地盯着我，包括林落。第一次被这么多目光聚焦，我愣了一下，却没有习惯地脸红。直到林落站在了我面前，我才突然感到了尴尬。在此之前，我们从来没有说过任何话。他的个子很高，高到需要我仰起头，才能看清他的脸。我忽然间想到了卓阳，心，猛地被刺痛了。

林落很意外地笑了：“怎么是你啊？”

我看着他的笑，觉得很熟悉，有一种似曾相识的暖暖的感觉。定了定神，我很严肃地诘问他：“你忘记小可了吗？”

他大概被我问愣了，一句话也说不出来，只是很局促地站在那里，像一个做错了事的大男孩。

“是不是在所有的男孩子心中，只有女朋友是最重要的呢？那么，妹妹呢？知己呢？难道她们就该轻易地被忘记吗……”

我发泄够了，刚刚激动的情绪瞬间平静了下来，这时才意识到周围气氛的紧张。我窘迫极了，一时不知该如何收场。就在这段对白已无法再继续下去的尴尬里，小可气喘吁吁地跑来了。

她抓着我的手臂不安地问：“你在干什么！”

我不知该如何回答，只是沉默着。小可抬起头，望了一眼身边的林落，我看到了她目光中的思念、深情和不舍，还有淡淡的忧愁，像极了那时的我。我的泪，一下子涌了出来，心是那样沉沉地痛着。我推开小可，不顾她的喊叫，飞快地跑了出去。那天晚上，我一个人回的宿舍。

小可，被林落约到了操场，他们聊了很多。所说的内容，小可全部讲给了我。实际上，关于萧然的一切，不过是一场误会。萧然并不是林落的女朋友，林落也并非在刻意疏远小可，只是，同样作为美术特长生的萧然和林落在一个画室上课，因此接触的机会比较多。最近有一个短期集训，林落实在是太忙了，没有时间陪伴小可。事情就是这样，是小可太过敏感，太过脆弱了。小可把这一切讲给我时，一直微笑着，是那种很舒心的笑，我懂的，可是，我笑不出来。我一直盯着窗外，出神了好久。夜，并不深沉，只是有些朦胧。我不知道，这样的夜色，是否缺少了一种“纯粹”的美感。是因为路灯吗？还是因为月光呢？

我不停地思考着小可说的最后一句话：“妍妍，卓阳和喻婷可能和林落他们一样，并不是真的在谈恋爱。你们对彼此的疏远，会不会也是因为误会呢？”

难道真的是误会吗？呵呵，即使是误会又怎样呢？就算是没有喻婷，也没有罗宁，我和卓阳的关系，总有一天，也会淡掉的。不是吗？

常常碰见麦子，还有他那瘦瘦小小的女朋友。麦子总是开玩笑似的问我：“卓阳呢？怎么见不到他了？”

“卓阳？”

唇齿间发出微微的气流，我意识到，那是他的名字。然而，这个对我来说曾经那样熟悉的名字，此时听起来竟是如此的陌生，陌生到好像我们从未相识。

我觉得很难过，生气地说：“提他做什么！”

麦子没有想到，这样随意的一句话就会把我惹恼。他很吃惊地盯着我：“许妍，你们俩怎么了？”

我带着点自嘲，不屑地笑着：“什么怎么了？我们都很好啊！他有他的生活，我过我的日子。这样不是很好吗？麦子，你能不能不要总把我和卓阳联系在一起啊！”说完，我转身就走。

“许妍，许妍！”麦子在我身后大叫，“你……你知道卓阳的病吗？”

我愣住了，慢慢地转过身：“你，你说什么！？”

“卓阳说过要我替他保密的，可……我觉得还是告诉你比较好，毕竟，我们都是他的朋友。军训后的那一次体检，卓阳被查出患了乙肝，当时已经是大三阳了。班主任劝他休学，卓阳的家长却死活不同意。所以整整一年，他都被安排在最后一排听课，没有同桌。其实，他挺孤单的，心里压力也很大。我不知道你和他之间究竟发生了什么事情，但有一点我是可以保证的：在卓阳的心里，你一直挺重要的。不管卓阳做错了什么，你……你都不该生他的气啊！”

我愣愣地听着麦子的讲述，感觉却像是在听别人的故事。我怎么能相信这一切的一切，竟发生在卓阳的身上呢？记忆里还是他那阳光般灿烂的笑容，冷的时候，想起卓阳的笑，心也便暖了起来。然而，我却不曾发现，在他坚强的笑容背后，竟隐藏着一个这样的秘密！

其实，我早该察觉的：自从军训结束，卓阳就不再使用食堂的公共餐具，而是不顾所有麻烦与不便，坚持带着自备的饭盒。记得有一次，卓阳拿着好多好多的药正巧被我撞见，我问他时，他却告诉我只是普通的小感冒，没有什么大不了。我信了。我竟这样傻，卓阳说的每句话我都相信，却怀疑了一句我最不该怀疑的话。卓阳说，我对他来说很重要。我没有当真，亦不敢当真。现在我终于明白，他为什么要和舒娜分手，为什么一定要我离开……可是，我明白得太晚了。我把他的保护当作了抛弃，却不曾仔细品味卓阳对麦子说过的一句：“自从和舒娜分手，便再无幸福可言。”我以为无论是谁，对他而言都已经变得无所谓。我是那么地怨他、恨他、怪他，然而，到头来竟是我对卓阳的不信任，弄痛了我的心。

眼前，是回忆的放映台，我们之间许许多多的过去，就那样从容而缠绵地走来。我总是企图翻到最浪漫的一页便永远定格，为此，卓阳常常笑我傻。他总是很乐观，我喜欢在我绝望的时候看到卓阳的勇敢。春去秋来，多少风雨已过去，我原以为卓阳会永远挺立在足够我仰视的高度，将我荫蔽在他的影子里。可是，为什么，卓阳竟得了这样的病呢？我愣愣地站着，一个字也说不出，一个字也不想说。一滴泪缓缓地流下来，滑过我的脸颊，打湿了我的心。

麦子看着我失神的样子，眼神里满是心酸，声音也变得哽咽了：

“许妍，是不是我多嘴了？你，你也别太伤心，这病，又不是绝症……过去的事，就别再想了……”

我努力地微笑着，可是我知道，我的笑容一定很苍白：“没什么，麦子，谢谢你告诉我。”

我感到周围的空气越来越稀薄，而天与地像被一双无形的大手用力撕扯过，有一种空旷的寂寞。心很痛也很沉重，胃里似翻江倒海一般，让我不由得一阵阵作呕。也许，极度的伤心压抑太久，若强忍着不用哭泣来发泄，就必定要通过其他方式表达出来。

麦子吓得面色惨白：“许妍，你，你，你还好吧？”

“没事儿！”我大口地喘息着，泪，啪嗒啪嗒地落下来，“麦子，你去吧，不用管我。我想一个人坐一会儿，找一个安静的地方，一个人坐一会儿……”

关于卓阳对我的疏远，我曾设想过几万种理由，可是偏偏没有料到这一种。我以为他变了，我以为他是冷漠的，然而，是我错了。现实比假想更让我悲伤。

卓阳见到我的时候，很惊讶。我已经有两个月没来找过他。两个月，太长了。

他冷冷地问：“有事吗？”

我的泪，一下子涌了出来，我很气自己，原本想好了不哭的。

沉默了一会儿，我努力使自己平静下来，用极为缓和的语气说：“没什么，好久不见了，想来看看你。”

卓阳苦笑了一下：“你过得还好吗？”

我没有回答，只是努力装作很开心的样子，笑盈盈地问他：“这段时间，忘记我啦？我还以为你从人间蒸发了呢！”

卓阳静静地愣了片刻，然后把目光投向窗外，用一种极平淡的声音对我说："妍妍，对不起。最近，我的生活很乱，我和我爱过的女孩分了手，却有爱我的女孩愿用生命来换取我的快乐。我被感情弄乱了，心情很差……对于你，我只能说抱歉。"

我拼命地摇头，闭一闭眼，甩去含在眼底的泪："不要说了！我不是舒娜，也不是喻婷。你记住，我不会留给你背影，也不会为了爱你，用生命交换你的快乐，你不必对我说抱歉。我只是我，许妍！你的哥们儿！"

从那一刻起，我知道，无论卓阳有多么冷漠，我都不会离开他。为了卓阳，我可以接受喻婷，不再把她视为破坏卓阳与舒娜的第三者。我可以习惯她，就像当初习惯舒娜一样。卓阳看着我，张了张嘴想说什么，可是没有说。

. 25 .

很快，高一就要结束了。同学们目前最关心的问题，不言而喻，莫过于“文理分科”。这个问题对于我来说，却很伤脑筋。文，还是理？我真的不知该如何选择。语文老师问过我，我笑着回答：“还没定呢！”小可，是要学理的。在我的意识中，理科班的女孩都有一种自然而生的骄傲与矜持。

罗宁找到我，问我到底选择了什么。

我愣了一下：“小可要学理，可是，我还没有做出决定呢！”

罗宁像看傻子一样地看着我，把我搞得糊里糊涂。他大叫起来：“你在说什么！”

我一下子明白了，罗宁问的是：我选择了分，还是合。我变得不知所措。

事实上，我不得不承认，我已经习惯了自己一个人的生活。可是，在罗宁的目光里，我分明看到了不舍和难过。他告诉我，我们分开已经有一个月了。然而，这漫长的一个月，在我眼中不过是数天而已，我并没有体会到疏离的煎熬。在这段时间里，我和罗宁，就像普通的同学一样，除了偶尔的交谈，不再有别的什么。我觉得这样的生活很轻松，面对老周时也表现得很自信，不再畏畏缩缩，好像又回到了从前，回到了那些单纯的日子里。没有压力的生活真的让我觉得很幸福。我的心里充满了矛盾，面对罗宁炽热的目光，还有那探询的眼神，我不知该如何开口，只得漠然地低下了头。

我们沉默了很久，教室后面的挂钟发出清脆的“嘀嗒”声。

“对不起……”我说。

罗宁打断了我：“不必再说了，从你暗淡的眼神里，我早就读到答案了。只是，总不忍心就这样结束。想听你亲口说出来，又真的怕你亲口说出来……”

他绝望地叹了口气，转身离开了。

看着罗宁的背影，我的心疼了起来。突然觉得自己也许真的很自私，我只在意自己的感受，却从来没有真正为罗宁想过什么，做过什么。从恋爱开始到现在，我甚至连一句“我爱你”都不曾说过。罗宁常常问我，是不是说一句爱我就真的那么难，被逼无奈的时候我也不过以一句“喜欢”来敷衍。我不明白，为什么自己对一句“我爱你”也如此吝啬，是因为“爱”在我心中太过神圣以至于不敢触及吗？无论我怎样努力，面对罗宁期待的目光，简单的一个“爱”字，竟说不出口。罗宁为我做了很多，都是默默的：我们的爱情错过了第一个情人节，然而在三月的某一天，我意外地在课桌里发现了一盒德芙巧克力，他说，这是迟到的节日礼物；罗宁的手机下载了很多条彩铃，我明白，他这样做，是为了让我给他打电话时总能拥有新鲜感；他留意我每一个请假的体育课，然后在那些日子里，每天为我泡上一杯红糖水。我想，罗宁对我真的很好很好，可是，我什么也没有为他做过，除了带给他一次次的伤害。

我早就料想到分手没有这么简单，就如同我们的牵手不是那般容易一样。看着罗宁颓废地坐在座位上，木然地盯着窗外发呆，我不由得开始怀疑，自己所做的决定，是否真的正确。还有两天就要会考了，然而，现在的罗宁，却一点也不在状态，我很自责，这一切都是因为我。我想罗宁真的很脆弱，甚至，连我所拥有的那一点点坚强都无法达到。其实这样说，对罗宁来讲很不公平，因为我明白，他表现出超于我的痛苦，不过是因为他对我的爱远远超过了我所给予的。

他在深夜里打来电话，哭着说："妍，我以为我们的爱会有结果，可是，无论我怎样用心地经营，还是逃脱不了分手的定局。我的努力到底差了什么，你可不可以告诉我！"

我无法回答。因为并不是所有的问题都一定会有答案。

两颗心在苦苦地挣扎，一个是因为爱，一个是因为负罪感的惩罚。我知道，我没有勇气漠视罗宁的痛苦，在他面前，我终究会做出妥协。

我对罗宁说："分手的事，就让我们忘记吧，好吗？"

其实我并不快乐，为了罗宁，我放弃了轻松与自由。一块巨石再次沉沉地压在我心头，我感到呼吸越来越艰难。

填表分科的时候，我在"理工"这一栏内写下了自己的名字。这个决定，除了缘自父母、老周理性的分析指导外，还包含着我对六班的不舍。六班是理科班，如果我选择了读文，就要离开六班了。不管怎么说，在十一中的六班，我已经生活了整整一年，在这里，我受到了老师的照顾、同学们的帮助，对十一中，对六班，我都产生了很深的感情，若要离开，还真是舍不得。

分班那天，许多选择文科的同学都哭了。老周组织我们鼓掌送别，那掌声极具节奏感，如嗒嗒的马蹄，载走了过去，亦载来了未来。

我看着那些离去的背影，那些小小的人儿啊，裹着淡淡的悲伤，脚步沉重，让我感到无比的心酸。心是湿的，可我没有泪。走的走了，来的来了，空气都有些不一样，点名的时候，心往下沉了又沉——声音都是陌生的。我难过极了。

暑假里，我常常去找邱影——我们两家离得很近。我和邱影是常常见面的，可是，经历了太多的改变，常常见面的我们，心的距离依旧很遥远。在这个世界上，有些事，带给人的直观感受并非是其真实的一面，一些事物的表象并不能说明什么。就像我曾和小可讨论过的“孤单”话题：什么是不孤单？下雨天，两个人同撑一把伞就代表不孤单吗？我觉得，千里之外的朋友撑伞的时候，还会想着雨中的你，那才是不孤单啊！

终于有一天，邱影诡秘地问我：“常和你在一起的那个男孩是谁啊？”

我愣了一下，但很快做出一副坦然的样子，随手拿起旁边的一把梳子，一下一下梳着垂在耳后的长发，不慌不忙地回答：“同学啊！我们关系很好的。”

邱影笑了，不再提他。我知道，邱影是不会信的。可是，这有什么关系？我并没有打算真的骗过她，她只要装作很相信就足够了。其实，我也很奇怪，为什么面对邱影我都不肯说实话呢？大概，我只是希望，在邱影明亮的瞳仁里，永远留下我单纯的样子吧！

雨，好大。这样突兀地闯进我的世界，瓢泼一样，挤向我的窗子。我的小屋，很坚强，很男人地挺立在这肆虐的风雨中，保护着我。我躲在里面，安心地睡着。夏天的雨总是那样野蛮而疯狂。大片大片的乌云向下沉淀，把天空压得很低很低，让人不由自主地萌生一种冲动，想用双手托起它的厚重。我一次次翻出手机，手指在数字键盘上轻轻摩挲了一遍又一遍，但终究还是没有按下那一串熟悉的号码。

我只是打给了小可："下雨了，挺大的雨，天都黑了。家里有人陪你吗？你一个人怕不怕……"

有的时候，是要管住自己的，就像妈妈提醒我该学习了，我会一言不发地关上电视，走进书房，哪怕伏在桌前，只是写下一篇有关心情的日记。我多想醉在日记里，再也不要醒来，可是不行，我告诉自己，还有好多功课要做。

雨渐渐小了，可天仍旧阴着，好像永远都不会晴。但无论如何，终会有明媚的阳光，刺破这一片阴霾。云哭得太久了，也会累的，总要喘口气吧，遥远的天边会出现一道斑斓的虹吗？我一向不喜欢雨，不过这场雨倒让我感到很舒服。窗外的一切，似乎都已被洗去浮尘，变得那样纯净，宛如新生一般。天真的晴了。世界安静下来，继而又喧闹起来，我听见叽叽喳喳的鸟儿们吵闹不休，有两只漂亮的燕儿划破我窗里那方温柔的蓝。云连绵不绝，延伸到我看不见的尽头……刚刚的一场暴雨带我走进如画般绚丽的晴朗里。这个世界，真是玄妙！我坐在窗台上，冷风裹着雨后特有的潮润抚过我的脸颊，我感到一点冷，可心里却有一种对我而言早已算得上奢侈的安宁。

这个暑假并不像以往那样轻松、美好。一切都因我失败的伪装，变得非常糟糕。我努力地掩饰着自己内心的沉重，做出一副很轻松很快乐的样子，甚至习惯了在嘴边浮起一层单薄的笑。可是，无论我怎样做，都无法逃过妈妈那双可以洞悉一切的眼睛。我小心翼翼掩盖起来的忧伤的真相，总会被妈妈轻易地曝光。我像一只自以为是的兔子，疲惫地逃避着聪明的猎人的枪口，永远在躲藏，然而却又无处可藏。就像小可说过的，任何人我都骗不了。这让我时常有一种莫名的挫败感，继而，是压抑着的愤怒与悲伤。

妈妈常常隐忍地看着我的颓丧，一言不发，直到我冷漠而游离的眼神将她刺得遍体鳞伤。她习惯了那个曾经快乐的孩子，因此，常常“挑剔”地责备我缺少年轻人应有的阳光。而我，只能挤出些伪作的笑容，慌乱地躲闪着她那探询的目光。妈妈和我偶尔会争吵，因为彼此的疲惫，因为压抑太久的惆怅。更多的时候，我们选择沉默，对我来讲，封闭的内心是一道安全的屏障。其实我很心痛，我常能看见妈妈的白发在阳光的照耀下发出惨淡的光。我不想欺骗，不想隐瞒，然而我别无选择。我对这个家越来越疏远，亲情的温暖，在我的记忆中渐渐淡去，我的心在许许多多孤寂而悲伤的夜晚里，变得冰冷、坚硬起来……

因为奥运会的缘故，开学一直延期到九月中旬。看了新安排的学号，我才知道自己已近绝路。上面满满地顶着二十九个人，我的学号是“030”。心破碎成超声波击碎的水珠，细微到无法捡拾。我不想说出它的苦涩，也不能道尽它的失落，只是一份隐忍的痛弥漫在心口，驱散不得。是秋风吹黄了树叶，却暗暗庆幸明年还会有新绿的遥远；是浪潮吞没了扁舟，还依旧期盼畅游海底水晶宫的痴幻。我无法复述过去那些劝慰自己的借口，一切无聊的自慰被这沉沉的“030”撕得粉碎。我的成绩迅速地下滑，自己却仍旧幻想着不会影响学习的伟大爱情。这一切，是多么地可笑！

夕阳很妩媚地笑着，空气里没有尘埃。云很轻，风一吹就散了，不过也好，至少天空不会感到沉重。天色一点点暗下来，直到灰暗遮蔽了白日里的那一片湛蓝。

世界很轻盈，可是我的心却很沉重。

.26.

卓阳和我一样选择了理科，不过，他所在的三班被划分为了文科班。巧合的是，卓阳离开三班后，走进了一班，和楚佳琪成了同学。即使作为转班生，卓阳依旧当上了体委。我很喜欢他做体委的样子。听着他洪亮的口号声，看着他挺起的坚实的胸膛，我总能回忆起在嘉程时的那些日子，美丽而忧伤。

我依旧常常去找卓阳，只是每次，我都会碰到佳琪。她大方地和我打招呼，有时候还会聊上几句，央我替她给罗宁捎去些问候。其实这让我很尴尬——佳琪看到我来找卓阳，会不会误会什么呢？毕竟，作为罗宁的朋友，佳琪是不可能不在意的。然而，佳琪看我和卓阳的眼神总是很信任，就像是我看她和罗宁的眼神一样，没有任何怀疑。我很感谢她，这种不被误会和质疑的感觉，真的很好，让我觉得很轻松。

我是很需要信任的，尽管父母和老周给我的信任一直被我漠视。

我记得听过这样一段话："信任就是信任你的信任本身。你闭上你的眼睛，向身后倒去，因为你相信，你的爱人在身后一定会伸出手，抱住你——这就是信任。如果你信任一个人，你就要对他闭上你的眼睛。对人是如此，对整个世界呢？也是如此！闭上你的眼睛，躺倒下去，你要相信，总有一双手，会出现在你倒下去的途中，总有一双手，会把你托住——而那双手之所以会伸出来，不是因为别的，仅仅是因为你相信——相信那里会有一双手——你相信，你就得到你所信的。”我喜欢这种论调，喜欢那种闭上眼睛躺倒下去的感觉，同时也喜欢被别人这样信任着。

我常常一遍遍地听那首《暖暖》，曾在某个下午，躺在柔和的阳光里，一直听着，然后慢慢地睡去。“都可以，是真的，你说的，我都会相信，因为我完全信任你……”多美好的感觉，“完全信任”这四个字已足够将爱情的所有誓言和承诺，焚烧得如灰烬一般死寂，在这“信任”二字面前，再也没了分量。

其实，我很信任这个世界，信任我的家人、我的老师、我的同学，还有卓阳……可是，信任越深，被欺骗时所受的伤害也会越深，至少，我滥用了父母的信任，带给他们的伤害之深，我是了解的。

我开始在每一节体育课上碰见卓阳。上课的时候，一班和六班总是离得很近。我不想听年轻的体育老师无聊的喋喋不休的训话，于是把目光移向一班的队伍找寻卓阳。我静静地看着卓阳，卓阳也静静地向我微笑着，我觉得，这样就很好了。偶尔，我们也会有一些肢体语言的交流：吐吐舌头、打个响指、做做鬼脸，或者是简单的一个“V”形手势。

我们只是从不说话，因为对于我和卓阳来说，一个微笑就足以表示所有了，语言，真的没有必要，相比之下，也太过苍白。还有一个原因是我不想承认，也不敢承认的：我和卓阳，生活在对方所不熟知的群体里，每天过着不同于彼此的生活，如果要攀谈的话，说些什么呢？我不知道，卓阳也不知道，所以我们很默契也很聪明地选择了缄默。何必在毫无意义的闲聊里发现彼此间的距离呢？

我带罗宁去一家熟悉的店里吃米线，那天的阳光很好。我很喜欢这家店的米线的味道，很像妈妈煲的海带鲜虾豆腐汤，让人喝下去有一种很暖的怀旧的感觉。

店里的人很少——我们选择了一个并不适合吃饭的时间。可是，对于我来说，这再好不过了，周围的人越少，我感到越安全。这是第一次，我从容地和罗宁一起吃饭。以前，我总会显得有些紧张，因为担心被别人看到，所以总是狼吞虎咽地解决掉碗里的食物之后就匆匆逃走，完全没有品味美食时该有的优雅姿态。而这一次，我和罗宁都在以一种平生最慢的吃饭速度对付着饭碗里的米线，我们都不想马上吃完。其实我们谁也没有饥饿感，只是想找一个不被打扰的地方，静静地坐一会儿。

那天，我和罗宁说了很多的话，可是具体讲了什么，我已经不记得了。不过，我知道，我们聊得很愉快，罗宁后来对我说，那是他吃过的最幸福的一顿饭。我一勺勺地舀着碗里的汤，阳光透过玻璃，照在我和罗宁的身上，我看到我们的影子，斜斜地映在墙上，然后在晃动的树影中一点点变得模糊起来。

回来的时候，我们打了一辆出租车，车里放着一首很老的歌，罗宁跟着哼唱了两句，声音很小，听上去仿佛离我很遥远，可那时，我们明明坐得很近——我知道，让我感到遥远的，不是声音，而是我们的心。

我生病了，由感冒引起的高烧。刚刚感觉到不适的时候，还在上课。我利用课间量了一下体温，才37℃多，我没有在意。我的身体一向蛮好的，很少生病，即便偶尔有点儿不舒服，也从不放在心上。我以为这次和往常一样，扛一下就过去了，没有什么大不了。可是，真的很冷！我觉得周围的气温越来越低，直到我蜷紧了身体，还是止不住地想颤抖。

我借来小可的校服，套在身上，依旧像往常一样，和小可一起大声地说笑，谁也没有发觉我的异常。我努力做出一副无所谓的样子——根据以往的经验来说，生病的时候越是表现得病恹恹的，病情越容易加重；越是不在意，好像什么事都没有的，反而越容易撑过去。这被我称为精神疗法。可是，这一次，好像没有那么简单，一节课还没上完，我就已经支持不住了，所有的声音听起来都那么遥远而不真实，眼皮沉沉的，只想睡觉。

小可感觉到我在浑身发抖，低声问我："妍妍，你怎么了？冷吗？"

我几乎连说话的力气都没有："小可……我发烧了……不行，我坚持不下去了，帮我向老师请假……"

小可吓坏了，连忙举起手向老师报告，然后慌慌张张去找老周要假条。

班主任赶来时，我刚试过表，39.5℃，已经烧得很严重了。校医把我扶到医务室准备帮我挂吊瓶，可是扎针的时候，却耽误了很长时间。大夫很费力很费力地找我的血管，细细的针头在我的皮肉下试探地摸索了几个来回，才找对位置。这位年轻的大夫看着针孔处微微显露出的那片淤青，很无奈地说："在家一定没干过活吧？血管太细了。"我苦笑了一下，没有说话。

小可在我的一再央求下终于回了教室，老周留下来陪我。老周给我盖被子的时候，我忽然想起了爸爸。初二时，我因为发烧回过一次家，那次是39.8℃，烧得整个身子都瘫软了。爸爸赶来学校宿舍楼接我，站在离底层还有三个台阶的位置时，我就已经没有力气了，软绵绵地倒下去，正好扑在爸爸的身上。现在想想，那时候的我倒下去是何等地放心。我知道爸爸会接住我，把我揽在怀里，我是多么地信任他啊！我真的很怀念那个时候，真的很怀念。老周的身材的确让我不敢恭维，胳膊很短，肚子又那么大，给我盖被子的时候，衣服完全扯到了最大的限度，动作显得很笨拙。可是，老周不知道，爸爸给我盖被子的时候就是这样的。我忽然很想哭，觉得老周很可怜，因为他看起来那么像一个父亲。

其实我也说不清楚，为什么老周看起来像个父亲，我就会觉得他很可怜。或许在我看来，爸爸摊上我这样一个没出息的女儿，是一种不幸吧。我为我的爸爸感到悲哀，不由得怜悯起所有做父亲的男人。

我很坚强地对着老周微笑："周老师，您去忙吧，我一个人可以的。"

老周终于在我的软磨硬泡下离开了，我不想把这简单的发烧搞得那么严重。我一个人，盯着高高架起的吊瓶发呆，忽然有一种很悲伤很悲伤的感觉——我长大了，学会了独立，学会了心里隐藏太多的秘密，并独自承受因此带来的孤独与落寞。

阳光从容地流进清冷的窗子，在地板上投下一块方方正正的影子。难得有这样的清闲，我想了很多事，想着想着，就慢慢地睡着了。蒙眬中我隐隐约约地听到有人走进来的声音。会是谁呢？来看望我的吗？我想到了卓阳，会不会是他呢？心中藏匿着一种深深的渴望，我多么希望是卓阳啊，多么希望他能来看看我，哪怕只有一小会儿也可以呀，我真的很想他！"妍妍！妍妍！"我听到有人在叫我，于是努力地睁开眼睛——坐在我身边的竟是罗宁。

我忽然觉得很失望。看着罗宁关切而焦灼的目光，我尴尬极了。是啊，怎么可能是卓阳呢？他连我生病这件事都还不知道呢，怎么可能会是他！我叹了口气。

罗宁紧张地问："怎么，还难受吗？"

我勉强地笑着，挣扎着打起精神，想坐起来。可是罗宁又把我按倒在床上，他说："都发烧了，还不好好躺着，存心要我担心是不是？"

我觉得很委屈，我只是想向他证明我的坚强而已。罗宁怔怔地看着我松散的头发、苍白的面容，一言不发，这让我不由得心疼起他来。他看到我这个样子，一定很难过，而我，心里想的盼的那个人却不是他。

罗宁脱下外套，搭在我的被子上，柔和地说："外面起风了，你输完液回教室时记得把这件衣服披上，我先走了，免得一会儿被老周看见。"

看着他离去的背影，我忽然落泪了。一种莫名的痛，从心里扩散至全身。

从医务室出来的时候，已经很晚了。路旁的灯灭着，教学楼里流动着一片昏暗的烛光。十一中常常会停电，我真不明白，这所重点高中之所以被称为重点，难道只是因为有一群甘愿在烛光下苦读的学生吗？对于这一点，老周总是很自豪。每次停电，我们班的学生总会很迅速地点起蜡烛，安安静静地继续学习，好像什么都不曾发生一样，从来没有人像其他班的学生那样嗷嗷乱叫过。老周说，这就叫纪律。

我回到教室时所有的人都在埋头做题，甚至没有一个人抬头看我一眼。窗外，是一片寂静的黑，只有屋里那几分摇曳的光明，在这大团大团阴冷的浓墨里瑟瑟发抖。周围的空气被这跳动的光苗烤得嗞嗞发响，带着40℃的体温把我揽在怀里。风吹来，扑倒在玻璃窗前，又盈盈地绕了过去，我手中的笔在桌上投下的影子也倏忽舞动起来。下课后，我站在楼梯口的窗前，逃避屋内呛人的烟火味。室内的躁动与室外的宁静对比起来更加显得不安。屋外的一切，就像突兀地更换了季节，从色彩到温度，像极了冬天的凝重。外面的空气很干净，我有点舍不得回去了。

. 27 .

清晨下了好大好大的雾，像甘醴的乳汁喷洒在空气里。我喜欢雾，雾是有味道的，一种淡淡的芬芳。我能从中感觉到某种很柔软的东西，温润得像刚出浴的婴儿的娇嫩皮肤。罗宁约我出来，为了给我一个惊喜。我照罗宁说的，闭上眼睛，然后伸出了左手。他小心翼翼地将一个冰凉的小物件放在我的手心里，然后用一种充满期待的声音对我说："妍，睁开眼。"

我慢慢地抬起眼帘，惊讶得差一点喊出来——手心里，竟是一颗精致的红色水晶心!

我望着罗宁含笑的双眼，声音变得有些颤抖："你，你这是干吗？"

罗宁紧紧地抓着我的肩膀，好像怕我溜走似的。他很诚恳地对我说："妍，我只是想告诉你，我把我的心交给你，把所有的爱都给了你。我没有别的意思，我只是想尽自己的一切努力来爱你，给你快乐。"

我真的很感动，我想我就要哭出来了。可是，我没有像电视剧中的女主角一样，在这个浪漫的时刻投身于男友的怀抱，我只是低下了头，认真而虔诚地注视着罗宁送我的水晶心。这份礼物太过厚重了，我不知道，小小的我，究竟能不能承受得起。

罗宁很满足地笑了，他喃喃地说："只要你喜欢，我就觉得很开心。"

其实，罗宁真的是一个懂得浪漫的人，他常常送我一些小礼物，或是给我一些细微的体贴和照顾，让我感到惊喜而且温暖。

回去的时候，雾已经散了。我和罗宁并排走着，他依旧走在我的左边，为了让右手靠近我，保护我，像是在践行一种庄严的誓言。我们默默地走着，谁也没有说话，就这样静静地用心感受着对方的存在，似乎一切语言都显得太多余。这样的宁静是一种甜甜的幸福，温柔如涓涓细流，在我的脚底滋养出繁盛的花。

忽然，我听到一个熟悉的声音，一点点向我逼近——是邱影！我吓了一跳，紧张地四处张望，果真看到邱影在我身后不远处，和一个男孩子边走边聊着什么，看上去很亲密。我来不及多想，迅速躲到了一棵树的后面，直到他们走远，才悄悄地探出头来。我不能让邱影看到我和罗宁在一起，我不能让她感到我在欺骗她，我不能看着自己无心的隐瞒成为邱影眼中的不信任。

罗宁看着我不安的样子，喃喃自语道："我总算看到差距了。人家把你当成空气，两个人牵着手走过去，而你，却像老鼠见了猫一样地躲藏。和我在一起，真的那样丢人吗？"

"牵手？你说他们牵手！"我惊讶地瞪圆了眼睛，根本没有注意到罗宁刚刚说话时语气中掩藏不住的悲伤。

不知道为什么，自从看到邱影和那个男孩子在一起之后，我一直觉得很郁闷。邱影是多么漂亮的一个女孩子啊，我还以为，她仍旧那般高傲地穿梭于男孩儿们惊艳的目光中，不为所动。可是，她居然也恋爱了。我无法言表自己内心的那种惊讶、叹惋、沮丧等等复杂情感交织成的痛楚，只是一个人静静地回忆着我和邱影过去的种种，然后莫名地感到很难过。

我想，如果我没有恋爱，邱影也没有，那么现在的我们，一定还像当初那样单纯而阳光吧？如果能回到从前，那该多好啊！我这样想，邱影是否也会这样想呢？我不知道。我已经不再了解她了。我变了，要么，她变了。走得太远了，想回归，却早已找不到最初的航线。多想把日子过得像曾经一样简单，可是，无论我们怎样努力，都回不去了。

大概，秋天到了吧，雨，那么凉，那么凉。我很怕这凉凉的雨，因为自己的心不够保暖。一个人，疲惫地走着，我忽然发现这条曾走过无数遍的小路，是那样的漫长。雨，在风中舞成一片迷蒙的冷雾，树，也随之荡起了秋千，薄薄一层战栗的空气就影影绰绰地掉了一地。我突然地发觉了自己的单薄，好像已有几个世纪过去，才第一次认识自己——那样陌生，那样冷清。雨，凉凉地沾湿了我的睫毛，我知道，秋天来了。

小可和林落的关系越来越近，甚至发展得很暧昧。已经开始有不少人在他们后面指指点点，流言像瘟疫一样蔓延。

有一天我很突兀地问小可："其实你很喜欢林落的，对吗？"

小可愣了一下，然后笑了，她本想从容地解释些什么，可是我没有给她机会："小可，至少，你是有一点点喜欢的，不是吗？为什么要否认呢？哥也好，朋友也好，没有'喜欢'，关系怎么会好起来呢？只是，与爱情相比，程度和企望不同罢了。"

小可沉默着没有说话。我叹了口气，然后抱了抱她。我想，如果这些话，我早一点明白，或许，我和罗宁就不会发展成现在的样子了。

罗宁问我："可不可以帮个忙？"

我觉得好笑："怎么这样客气起来了？"

他吞吞吐吐地告诉我，有一个和他关系很好的女孩儿，今天过生日，他不知道该选一个什么样的礼物送给她，希望我可以帮他的忙。

我问他："是佳琪吗？"

罗宁摇摇头："不是，她叫文雅。她男朋友和她是一个班的，我去送也不大方便。等买完礼物，你替我送给她好了。"

我忽然觉得很生气，忍不住冲罗宁大叫起来："你那么在乎她男友的感觉，为什么就不考虑我的感受呢？我帮你买了礼物也就罢了，为什么还要我送过去呢？你难道想象不出我们见面时会多么陌生，多么尴尬吗？你明明知道我不喜欢这样的。还有，我的确说过不在意你和佳琪的关系，可是，你怎么能因为这个，滥用我的'无所谓'呢？"

我真的很生气，可是绝没有吃醋的意思，对罗宁我是那样地"放心"，"放心"成了一种漠视与不珍惜，我想我还没有学会吃醋——这种作为女友应具备的基本能力。我只是觉得自己受到了戏弄——罗宁，不要以为我不懂你，你不过是想为我制造一个误会的机会，然后在我酸溜溜的语气中寻得我对你的那点可怜的在意。

罗宁惊讶地看着我，怎么也没有想到我会如此气愤。他急忙拼命地解释，眼神里却掠过一丝说不出的欣喜。

快期中考试了，我心里的压力真的很大，看着别人用功学习的样子，我常常觉得很伤感。可是，谁又能懂得我的无奈、我的愧疚、我心中深深的痛？我已经成了一只蜗牛，任何一点刺激都会触到我敏感的神经。我没有想到，自己会为这点事和罗宁大吵一通。不过，最终我还是帮罗宁把礼物送给了那个叫文雅的女孩。

她见到我时有一点惊讶，也有一点羞涩，一连说了好几声“谢谢”，反而把我弄得挺紧张。其实，我是见过她的，我和罗宁在一起时碰到过她，她跟罗宁打过招呼，也说过话，只是，我当初一点也没有留心罢了。

叶子，已经一点一点地褪去了葱茏的绿色，皱皱地蜷缩成老人干瘪的脸。在大风的日子里，就会有许许多多的落叶，覆盖了整条的街。

我走在上面，走在这一片枯萎的生命上，静静地倾听着脚下破碎的声音，体会着一份宁静温馨的幸福，却又有一种说不出的悲郁深埋在心底。我想象着秋叶凋零时的那份静美，像一只只蝴蝶一样漫舞、翩飞，是那般亲切而自然。可是，又有谁会知道，在这安静的死亡里，饱含了多少沉默的凄凉！我想，一片叶子，大概也会回顾自己走过的时光，那些静静地流逝的日子，带走了多少曾经拥有过的快乐和悲伤？它一定提醒过自己，不要忘记，可它到底是忘了。一片叶子的记忆，承载不了那么厚重的过去……我慢慢地走着，思考着生命，空旷的晚秋的街，在我的思绪中变得深远而悠长……我时常会把双手贴在胸前，闭上眼，静静地感受生命的节奏。外面的一切喧闹都归于沉寂，我只听得到自己的心跳，强烈而清晰。生命，是有着凌驾一切的尊贵的。

小可曾经问过我，能不能为生命找个存在的理由。我想，生命的本身，就是一个很好的理由：无论以何种形式存在的生命，都在这漫长的生命过程中，毫无意识地诠释了其生命的意义与价值。快乐也好，悲伤也好，显赫也好，平庸也好，每一种生命都在生命自身中汲取营养。

风，很急很急地吹过，有种悲凉从心底慢慢地涌起，不是因为满地秋黄的凄怆，而是因为在这个大风的夜里，我的寂寞没有人懂得。

.28.

我认定这一晚我与卓阳的相遇，是一场冥冥中的安排。让我如何相信这不是天意呢？自从和小可和好后，我一向走得很早。可唯独这一天，因为心里郁闷，我没有和小可一起走，而是一个人在教室里待到了很晚。无意中，我选择了在这样一个时间离开，这样一个可以让我遇到他的时间，恰好，我又走上了这条注定要交汇我和卓阳两人脚印的路。这条路，我已经很少走过了……可是……我很珍惜这一系列的巧合。

我多么想对卓阳说一句："很高兴遇到你，真的是'好久不见'了……"可我没有说，我只是轻轻地喊出了他的名字，保持着自然的微笑，静静地站在一边，看着他一点点向我走近。

在我的记忆里，与卓阳失去联系似乎已经有两三个月之久，可是，翻翻日记才知道，还未满一个月！这段时间以来，我的心里一直积蓄着对学校领导的不满：为什么要停高二的体育课呢？连我们这唯一确定的见面机会都被剥夺了。十一中这么小，十一中又是那么大，我常常会担心自己一不小心把卓阳弄丢了——没有卓阳的日子，我总是觉得很漫长。大概每个人的生命中都会有一些绚丽的花，专门为某些特别的人而绽放吧！

我不知道，卓阳能否听出我语气中那抑制不住的兴奋。尽管，我的声音一直很平静，笑容也没有明媚到夸张的程度，但我的快乐是小小的心容纳不下的。多想，多想，就这样和卓阳一直走下去，没有终点，那样，快乐也就没有了尽头……

卓阳从脖子上取下围巾，认真地帮我系好。他心疼地看着我凌乱的刘海儿下那张略显苍白的脸，还有微微发紫的嘴唇，喃喃地说："风很大，要穿暖些啊！"

那一刻，我忽然萌生一种错觉，仿佛我和卓阳换了另一种身份，不是朋友，而是恋人。

我摩挲着搭在肩上的围巾，小声地说着："很漂亮。"

卓阳笑了："是吗？别人的围巾都是女孩送的，只有我这条是自己买的，没想到，你居然说它很漂亮。"

我愣了一下，然后假装生气地埋怨他："为什么不早说呢？我可以买一条送你的……毕竟，不管怎么说，我也是女孩儿啊。这样，跟别人说起来，你也有一条女孩送的围巾，很有面子的，不是吗？"

其实，后面的话是我思忖后才说的，这并不是我的本意。但我还是强调了，我知道，卓阳会介意的。如果我不强调，那么，我一定会听到他的解释和反驳，一个事实将再次被反复申明——我不是他的女孩儿。我不想这样，那真的很没意思。所以，我强调了，然后，我只看到了他的笑。可是，这笑容里，居然满是苦涩和酸楚的味道，透着一种让我意想不到的悲伤。一阵狂风猛地涌进我的衣领，我急忙闭了眼，不再看他的笑，也不再懵懂地猜想，懵懂地怀疑……

卓阳忽然兴奋起来，他说：“明天是本人诞生十七周年纪念日，很重要的日子哦！”

我笑了。我已经想好了，生日那天要送他什么。

为了给卓阳买一条适合他的围巾，我和小可转遍了沿街的大小礼品店，连午饭都没顾得上吃。我没有给男孩子买东西的经验，而这第一次，居然是为了卓阳。我想我真的有些过分地挑剔——穿梭在琳琅满目的货架前，居然没有一款拨动我的心弦。

我和小可走进最后一家店。这家店里的商品是最齐全的，可是，摆放围巾的柜台却蜷缩在最里面的一个小小的角落里，寂寞如一片废置的荒园。然而，就在这片“荒园”里，我寻觅到了一株令我一见倾心的“芳草”，我相信它的存在，是为了还我心中的期待！

开店的那位姐姐问我要送给谁，既然是随口问问，我也便随意答着：“送给朋友。”

她笑了：“是男朋友吧？”

我不知道该如何解释，只是尴尬地付过账，然后转身逃了出去。

小可一把扯住我：“瞧瞧，脸都红了！”

“哪有！哪有！还不快走，要迟到了！”

我抓着小可的手往学校疾奔，脑海中飞快地闪过卓阳接过礼物时将浮现在脸上的顽皮的笑，不知为什么竟感到一种莫名的紧张，心也跟着狂跳起来。

卓阳能带给我整个世界的阳光，我想我只要还他一生的牵挂就够了。只是我怕，我给不了；只是我怕，他不需要。可是，我没有想到，一个突如其来的电话，让我和卓阳再也回不到从前了。

那晚，我本来和罗宁约好，要等他电话的。可是，出乎我的意料，第一个电话竟是卓阳打来的。我很惊讶，我知道，卓阳是没有手机的。

他醉醺醺地对我说："今天和宿舍里的哥们儿喝了点酒，过生日嘛，总要有些气氛才好啊！对了，生日礼物我很喜欢，谢谢你啊，妍妍！"

喝酒？我吓了一跳："你们居然在宿舍里喝酒！不要命了吗？万一让查宿的老师发现，你们会受到劝退处罚的！"

电话那头沉默了很长时间，我以为他睡着了。可是，卓阳接下来却很突兀地说了一句令我震惊的话，他说："妍妍，如果我说我喜欢你，你会答应做我的女朋友吗？"

我愣住了，眼泪一下子涌了出来。我极力使自己镇定下来："你，在开玩笑吧？"

他很平静地回答："我是认真的，回答我。"

我禁不住轻声喊了起来："你为什么要这样问我呢？你明知道我有男朋友的，你明知道他很爱我，你明知道……"

卓阳打断我："我只要一个回答，会或者不会？"

我想我真的不是一个好女孩，我犹豫了，真的犹豫了。虽然，最后我仍旧很坚定地回答了"不会"，可是，我的心很痛，仿佛瞬间，失去了整个世界。那一刹那，我明白了，其实一直以来，我都是喜欢卓阳的，真的真的喜欢他。卓阳嘿嘿地笑着，他说他料到会是这种结果。

当卓阳说爱我的时候，我知道一切都晚了。心里是一种悲凉的感动，是的，我们错过的，可能是一辈子。生活，有时真的很像一部戏，我们不由自主地就成为了其中的角色。在这个世界上，总有一些人、一些事，与我们擦肩而过，哪怕你愿意用一切来交换，也不能使时光倒流。错过的，终究只能是错过。我知道，我一定会拒绝的，因为我别无选择。这一切，真的很有戏剧性，当我们有勇气去爱时，对方的手却已经被别人牵着。我已经没有资格接受卓阳的爱了，他明白的。

那晚，我们聊了很久很久，回忆了好多过去的事情，想不到，那些陈年旧事，卓阳，居然还一一记得。

我问他："你是从什么时候开始喜欢我的呢？"

卓阳想了想："和舒娜分手以后吧！"

我不信："那当初，你为什么还要对我说抱歉呢？你已经和舒娜分手了啊！"

卓阳很认真地回答："原因很简单啊，我爱你，可我什么都不能做。妍，对不起！"

这句话，是我那晚听到的最动情的一句话。我一下子哭出声来："卓阳，你知道我想到了什么吗？我想起泰戈尔的那首诗——世界上最遥远的距离。"

卓阳笑了，继而又哭了。我听到了他的抽泣声，很轻很轻，像秋天凉凉的雨……

世界上最遥远的距离／不是生与死／而是我就站在你面前你却不知道我爱你／世界上最遥远的距离／不是我就站在你面前你却不知道我爱你／而是明明知道彼此相爱却不能在一起／世界上最遥远的距离／不是明明知道彼此相爱却不能在一起／而是明明无法抵挡这股思念却还是故意装作丝毫没有把你放在心里／世界上最遥远的距离／不是明明无法抵挡这股思念却还是故意装作丝毫没有把你放在心里／而是用自己冷漠的心对爱你的人掘了一条无法跨越的沟渠

我和卓阳互道了晚安，然后各自枕着属于自己的心事，久久不能入眠。

第二天早晨，我红肿着眼睛等来了罗宁生气的质询。他问我，昨晚怎么回事，他打了十几个电话却一直占线。我向他坦白了一切，但并不奢望他的谅解，我只是希望，不要骗他，也不要骗自己。我的爱那么薄，那么浅，怎么隐藏得了虚伪和欺骗？

罗宁的眼神一下子失去了光彩，脸色变得很苍白，他喃喃地说："我就知道卓阳是爱你的，我早就猜到了。最终，我还是输给了他，在我和他之间，你已经重新做出了选择，对吗？你明明知道我会打电话给你，可你还是把我晾在了一边，甚至连发条短信告诉我一声这么简单的事都没有做。在你的心里根本就没有我的位置，不是吗？"

我没有像往常一样急着说抱歉，也没有一句解释和安慰，只是淡淡地对他说："罗宁，我们分手吧！"

我并非为了和卓阳在一起，而急切地想摆脱罗宁。就算罗宁和我分手，我也不会再考虑卓阳，有些事情，错过了，就再也没有了机会。我只是想到了《左边》里的一句歌词："你和我之间的遥远，永远隔着亲切，爱少得可怜。"我想，我对罗宁，大概就是这种感觉吧。我心里放不下卓阳，真的放不下。我不想再和罗宁继续这种糊里糊涂的爱了，对罗宁来说，这不公平，对我们每一个人来说，都不公平。

然而，完全出乎我的意料，罗宁面对我如此冷漠的分手提议，竟坚决反对。他抱着我苦苦地哀求，请我不要离开他。

我流着泪对他说："你怎么这么傻，我对你这么差，你为什么还要留我呢？卓阳已经走进了我的心里，我不可能忘记他，你为什么要受这份委屈呢？"

罗宁苦笑着："你无论怎样，我都接受，哪怕你心里还装了别人。我只是请求你，千万不要连一个爱你的机会都不留给我。"

我不知道，是不是爱到了深处，对方的所有都可以这样毫无怨言地容忍呢？我茫然了。我不知道自己该怎样做，才能带给我们这些人一个相对完美的结局。

再次见到卓阳，是在两天后。我看到他时，他正在打电话。我没有出声，只是很安静地在他身边坐了下来，悄悄地注视着他。卓阳放下手机，看见一旁沉默的我，脸上露出明媚的笑容。

他很随意地问我："来多久了？"

我笑了："没有多久啊，看到你时你就在打电话了。哎，打给谁的啊？"

卓阳很坦然地回答："女朋友啊。"

我想我愣住了，心，就一直往下沉，顷刻间，摔碎了满心的幸福和期待。可我依旧努力地笑着："不会吧？这么快！"

卓阳收起了他的笑容，把目光投向远处："怎么，失望吗？"

我沉默了好久，终于以一种很平静的声音问他："现在你还爱我吗？"

卓阳摇摇头："不爱了。"

我不信。爱一个人很容易，可是由爱变为不爱却很难。我不相信短短两天过去，卓阳就可以不再爱了，除非，一开始他对我所说的爱，并不深刻。我想知道，卓阳到底有没有深刻地爱过我呢？我的确很失望，但失望的并不是他所说的"不爱了"，而是隐隐地感觉到，也许卓阳并未深爱过我。

卓阳终究是有了女朋友。那晚我曾问他，可不可以答应我，高中时不要再谈恋爱了？问过之后我就后悔了，我这是要做什么呢？我有什么权利要求他这样做？难道我要他像当初的我一样，在我和罗宁恋爱的时候，站在一边默默地守护我吗？现在才知道是我多虑了，卓阳没有我那么傻。我心里很难过，我不知道，卓阳说过爱我之后，怎么会这样快地恢复了体力，再去爱别人呢？至少我是很累了，我很疲惫，我已经没有力气再去爱罗宁了。

我站起来，装作很轻松的样子对卓阳说："不管怎么说，我们都还是好朋友，就像以前一样，对吗？就当什么也没有发生过好了！明天中午，我请你们吃饭，我知道一家店，做很好吃的米线，一起去吃怎么样？顺便，你可以把你女朋友介绍给我认识。"

说完，不等他回答，我站起来转身就走。

卓阳猛地立起来，在我身后大叫："妍妍，你幸福吗？你真的爱罗宁吗？"

我没有回答，也没有停下来，仍旧保持着刚才的速度急急地向前走着，就像没有听见一样。我不知道答案，就算是知道又怎样呢？我是不是爱罗宁有什么关系？我幸不幸福又有什么关系呢？既然不会清楚，那就永远模糊下去吧，为什么一切都要弄明白？卓阳说过，现实很重要，那我只要去接受现实就好了，为什么还一定要我去思考现实呢？我好累，不想去想。

卓阳带着喻婷走进来的时候，我很惊讶，我没有想到会是喻婷。然而，我又是知道的，除了喻婷还能是谁呢？

喻婷很热情地和我打招呼，我微笑着示意他们坐下。三碗热腾腾的米线摆在桌子上，喻婷坐在卓阳左边，我坐在卓阳对面。气氛多少有些尴尬，我不知道该说点什么，只得率先拿起了筷子："吃啊，趁热吃啊！凉了，味道就不好了。”

卓阳和喻婷相视一笑，然后很默契地同时拿起勺子，舀起一口汤，放在嘴边轻轻地吹着，然后慢慢往下咽。动作那般一致，又那般协调！

喻婷很愉快地对我说：“真的很不错。”

我笑了，心，有些微微地痛。卓阳一边吃一边和喻婷聊着，我在一旁静静地听。那一刻我终于明白：喻婷和卓阳才是一个世界的人，就像当初他和舒娜一样。他们的世界，我是无论如何都挤不进去的。忽然发现，自己夹在他们中间是那么的多余。

卓阳笑着对我说：“我们班瘦猴特喜欢你。有一次我们谈论起肤色，他说谁也没有你长得白。我问他，你就只看得上许妍，对吧？这小子不但承认了，还央求我介绍你俩认识呢！呵呵！他的座位挨着门，你找我的时候，他常常看见你。”

我用很陌生的目光望着卓阳，淡淡地回应着：“哦，是吗？”

我忽然觉得，自己曾经喜欢的米线其实并不是那样好吃，不但没有了原来那种鲜美的味道，反而带着点微微的苦。于是，我往里面放了很多辣椒，接着又倒了许多醋。我问他们：“有一点点淡，不是吗？”

那天，我流了很多汗，也流了很多泪，因为辣椒太多的缘故。我没有再多说一句话，只是埋着头很快地吃完，然后看了一下表，装作很着急的样子，对他们说抱歉，因为有事，要先离开。说完，便一个人匆匆忙忙地逃出了小店。我想，我再也不会去那家店吃米线了，因为这一次的米线，真的很“难吃”。

罗宁后来曾很悲伤地问过我：“为什么，因为卓阳的关系，我们仅有的那一点点美好的回忆都要被扼杀掉呢？”

我，无法回答。对于罗宁，我只有无限的歉意。

卓阳喝醉的那个晚上，我们聊了很多，当然，也谈到了喻婷。从高一开始，喻婷就在追卓阳了，不过，卓阳不喜欢她，因为那时的他，心里装的全是舒娜。

后来，卓阳被检查出患了乙肝，请了很长时间的假，喻婷一直追问卓阳，想知道到底发生了什么事。卓阳迫不得已，就把病情告诉了她。喻婷当天晚上没有回宿舍，而是在教室里通过电脑查了一夜的资料，并用笔一条一条地记录下患乙肝后应该注意的饮食习惯，该吃什么，不该吃什么，清晰而详尽。后来，她告诉卓阳，其实那天她很害怕。整整一夜，一个女孩子在一间偌大的教室里，该是怎样的恐惧，我能够体会得到。卓阳说，从那以后，喻婷每天都跟着他，看着他吃饭，监督他，怕他吃一些不该吃的东西。甚至，吃鸡蛋的时候，她也总是先吃掉蛋黄，然后把蛋清留给卓阳，只因为蛋黄中含有一些对卓阳不好的成分……就这样，日复一日，从未间断过。

卓阳对我讲这些时，语气中有些许愧疚，他说："喻婷对我的好，大概没有谁可以比得上了吧？"

我苦笑。卓阳看不到我的痛苦，也忽视了我对他的付出。我不相信，难道我对他的好，真的比不上喻婷吗？还是因为习惯，一切都变得理所当然呢？

卓阳告诉我，和舒娜分手后，他接受了喻婷，他们交往了一些日子，但还是结束了。分手那天，卓阳很绝情地对喻婷说："其实我从来没有爱过你。"

他很后悔说了这样的话，因为喻婷为此伤透了心。我以为，听到这么绝情的话后，喻婷再也不会接受卓阳了，可是，没有想到，喻婷居然再次成为卓阳的女朋友。原来，这个世界上，还有比我更傻的女孩儿。我痴痴地想着。

“就当什么也没有发生过”，说起来是何等的容易啊！可是，我和卓阳，再也回不到从前了。每当我看到卓阳和喻婷亲密地在一起，我的心，总会隐隐作痛。然而，我还是要装作很开心很随意的样子，和他们客套地寒暄几句，然后，识趣地离开。其实，在我明媚的笑容背后，是数不尽的忧伤，我不知道，聪明的卓阳，能不能看得明白。

天气，已经很冷了，我看着路旁光秃秃的枯树发呆——现在，该是冬了吧！不，早该是冬了，只是，我一定要等到最后一片叶子落下，才肯去承认冬的来临。

卓阳在我面前有意地客气起来，不过是想拉远我们的距离罢了。他一定感到了难堪，为了我们死去的爱情。是的，卓阳把我的日记本还给我时，说了这样一句话，他说：“我忽然想起周杰伦《夜曲》中的一句歌词：为你弹奏肖邦的夜曲纪念我死去的爱情。不错，我们的爱情在很久前就已经死去了。”

. 29 .

冬天的夜来得是极早的，人影也因夜的提前变得稀疏而落寞了。这样的夜色，介于深浅之间，既不清晰，也不透彻。

我不喜欢这样的夜，就像我对水的感觉，要么就喝开水，要么就喝凉水，总之温水我是决不肯喝的。不知怎的，温水总能让我尝到一种不清爽的味道。对于水温，我一直是很挑剔的，现在，我竟发现，对于夜色的浓度，我也会这般挑剔。我可以容纳黄昏，也可以忍受黑夜，却偏偏无法适应这种未尽的白天与已至的夜晚所拼凑成的世界。

夕阳，已完全地沉落于地平线，可是天色，依旧影绰着、明朗着。我感到自己仿佛处于一个新与旧的交界，而这个交界渐渐成为被整个宇宙遗忘、冷落的某个空间。大抵万物在变，唯这一寸一点，被忘记了，我既找不到未来，又丢失了过去，何去何从，成为永久的未知。

小可看着我瘦削而苍白的脸，心疼地说：“妍妍，我多么希望自己可以替你伤心，替你难过啊！”

我抓着小可的手，拼命地摇着头：“不，我很好！我真的很好……不过，你要记住，无论怎样，都不要把你对林落的那一点点喜欢告诉他。有些事情，讲出来，带给彼此的只能是痛苦和伤害，多么美好的东西也就不会再美好了！”

小可很认真地点头，她看见有两滴泪从我的眼角滑了下来，于是很紧很紧地抱了我，竟和我一起哭了起来。

我很想卓阳，很想很想他。我说过，要把思念放在心里，不会让任何人知道。可是，真正地想一个人，会把思念写进眼神里，写进梦里，写进不可掩藏的任何一个角落里，细心的人总会发现的。因为，在真正爱你的人面前，所有的掩饰都是徒劳。小可知道，罗宁也知道。常常，我在草纸上算题，不知不觉中，就会写下一大串卓阳的名字，密密麻麻，连成一张巨大的网，把我的心都套住了。每每这时，我总会很恼怒地扯下那一页，然后用力地把它揉烂在掌心里。泪，无声地滑落，摔碎在课本上，溅起一层薄薄的水雾。

小可静静地看着我，待我平息了自己内心的伤痛，才无比怅然地问道：“何苦要这样难为自己呢？”

我勉强地挤出一丝笑：“小可，谢谢你对我的好。”

这一晚的月亮很大很亮，似乎，要用光芒穿透我坚硬、厚重且晦暗的心房。我和罗宁一路走着，一路沉默。我承认，面对罗宁，我沉默的不只是声音，还有心。

“许妍，”罗宁喊我的声音里带着悲戚，“和我在一起，你觉得幸福吗？”

我愣了一下，为什么每个人都喜欢问我幸福与否呢？我轻轻地叹了口气：“我不知道什么是幸福。”

罗宁不相信地摇着头：“你不幸福对吗？和我在一起，你一点都不快乐，怎么可能会幸福呢？”

我想安慰他，说不是这样的，可是，话到嘴边，又咽了回去。我不知道，说完这句“不是这样的”之后，我还能说些什么。

罗宁沉默了一会儿，然后，轻轻地握住了我的手，他对我说：“妍，看着你不快乐，我真的很难过。我还记得自己刚刚认识你的时候，你是那样阳光的一个女孩儿，可是现在的你，竟可以说出‘不知道什么是幸福’这样的话。你知道我有多心痛吗？如果我今后还有幸福的话，我真的愿意和上帝谈个条件，把剩下的幸福全部转让给你，因为，只有你幸福，我才会快乐。”

我把手从罗宁的手心里抽出来，很无奈，也很冷漠地说：“罗宁，对不起……”

罗宁堵住我的嘴，没有让我继续讲下去。我甩开了他的手，疑惑地望着他。罗宁很认真地对我说：“不要再说‘对不起’，你已经对我说过太多的‘对不起’！妍，我们分手吧，如果这样做能够让你觉得轻松一点的话。不过，你要记住，你并不欠我什么，无论什么时候，我们都是好朋友。在任何你需要帮助的时候都请你想到我！我的手机永远为你开着，心永远为你留着。”

我惊讶地张大了嘴巴，他的一席话，几乎令我震惊了。我万万没有想到，有一天，罗宁会向我提出分手。

“为什么？”我脱口而出，竟问了这样一个非常愚蠢的问题。我明明知道原因的，可我还是想听罗宁亲口说出来。

“妍，我太不自量力了，我以为，只要我尽心竭力地付出，我们的爱就可以长久的。可事实不是这样的，无论我怎样努力，都给不了你幸福。看着你伤心的样子，我真的很心疼。可我什么也做不了，还不如放手。以前，是我太自私了，以为自己可以给你一切，却从来没有问过究竟什么才是你想要的，也从来没有倾听过你内心的感受。让你活得这么累，这么苦，真正要说对不起的人应该是我。你几次提出分手，我都因对你的不舍，不肯放手，是我不好。从明天开始，你不再属于我，你可以做任何你想做的事情，做你觉得该做的事情。”

罗宁说完，便毅然转身，留给我一个大大的背影，然后，在我的视线中渐渐变得模糊，直至消失在苍茫的夜色里。泪，不知什么时候沾湿了我的脸。我瘫软在地上，放肆地大哭了一场。

我很后悔，直到罗宁转身离开，我都没有来得及说一句安慰的话。其实，我应该告诉他的，他很好，真的很好。夜里，我躺在床上，静静地回忆着我与罗宁的点点滴滴，一件件往事历历在目。我想，我永远都不会忘记罗宁对我的照顾、体贴，乃至最后，他为了爱我而选择放手。泪水沾湿了我的枕头。我沉沉地睡去了。这一晚，我仍旧做了梦，不过，这是第一次，梦中出现了罗宁。

我把那颗红色的水晶心还给了罗宁。我想，这份珍贵的礼物，是应该送给一个值得他爱的女孩的。

罗宁苦笑了一下，引用了一句很经典的话：“我生命中的温暖就这么多，全部给了你，叫我以后怎么再对别人微笑？”

我怔怔地望着他，说不出一句话。

罗宁很真诚地拥抱了我，在我的耳边悄悄地说：“好好照顾自己。还有，不要忘了，我们永远是朋友。”

然后他装作很轻松的样子对我微笑，带走了那颗水晶心。其实，我知道他的心究竟有多痛。这一次，我们真的分手了。

这个冬天的第一场雪，在夜里寂寞地飘洒。我没有惊喜，因为在我的心里早已落满了寂寞的雪花。隔着墨绿色的玻璃，我看到纷扬的雪在黑夜中闪着微弱的光，斑斑点点，映出我脸上淡淡的忧伤。我努力地嗅着，仿佛嗅到了冷空气里仅剩的一点点真实的彷徨。我向着夜色伸出手去，一片雪花，悠悠地飘下，在我的手心里，流泪了。我托着这小小的泪滴，内心深深地自责着——掌心的这一点点热量温暖不了我，却加速了雪花的消亡，这是我没有想到的。我忽然很想卓阳，想给他打个电话，哪怕只说一句话，也就足够了。可是，我不能！

我静静地坐在床上，倚着厚厚的棉被，看着窗外的雪寂寞地下。就在这时，手机屏幕一闪一闪地亮了起来，穿破浓浓的夜色，刺痛了我的眼睛——居然是卓阳打来的！

他淡淡地说："妍，下雪了。"我们常常这样很突兀地开始对话。

我说："是啊。你好吗？"

他对我讲了一句英文："I' m fine.And you？"

他笑了，可是我笑不出来。

我小心翼翼地问他："和舒娜分手的时候，你哭了吗？"

卓阳很惊讶地问："怎么突然想起这个了？你……你什么意思啊？难道你……"

"不错。其实，我挺难过的，我哭了……"

卓阳沉默了许久，才缓缓地问道："妍妍，你为什么要这样做呢？"

我没有听明白卓阳的意思，更不知该如何回答。不过，我不需要回答了，卓阳的话音刚落，电话就断了。我的手机用光了最后的一格电。

天亮了。然而，外面并非我想象中的白雪皑皑的景象，甚至，连一点点下雪的痕迹都没有留下。想必昨夜的那场雪太小了吧，雪花落到地面上的一刹那，便已经香销玉殒了，哪里还有机会看到今早的日出呢？我不禁暗笑自己的傻。

铺一张夹过花瓣的信笺，用蓝黑色的钢笔在上面写下："我想你。"然后，再不能写下去了。不知道该对卓阳讲些什么，我只是忽然觉得很悲伤，想找一个亲近的人陪我说说话。信里，我约卓阳在篮球场见面。其实，我不过是想找个朋友聊聊天，证明自己并不孤单罢了。我以为卓阳会懂的。我以为他一定也很想见我，一定也有许多话想对我说……

然而，还没有到约定的时间，就有人在教室门前喊我了。我没有想到会是喻婷，她的出现，撕碎了卓阳在我心中不曾被怀疑过的那张真诚的笑脸。我愣在了那里，一句话也说不出来。

喻婷对我微笑着，递过来一张折好的信纸，然后转身离开了。我呆呆地望着她的背影，头脑中一直回映着她刚才的笑容。不知道为什么，我总觉得那笑容里潜藏着一种很深邃的东西，骄傲而坚定，像一根犀利的刺，扎得我很疼……我忘记了自己是如何神色恍惚地回到了座位上，又是怎样仓促地躲闪过小可探询的目光。我不敢去猜，为什么找我的人是喻婷，而不是卓阳？我颤抖着将那封信展开，那不是卓阳的字迹，是……是喻婷写给我的：

"妍妍：你好。在这么漂亮的信纸上，用钢笔书写的确是再合适不过了。可是，我仍旧无法改变自己用铅笔写东西的习惯，所以，我还是决定用铅笔写这封信，请你不要见怪。

"其实，我和卓阳之间没有任何秘密。他从来不会隐瞒我什么，就比如说，你和他之间的事，我很清楚。你的信，你的日记，卓阳全部拿给我看过。我觉得，你是一个很可爱的女孩儿。我也扮演过你的角色——你的心情，你的矛盾，我通通理解。我不希望我们之间有什么芥蒂。对于舒娜，我不是很了解，在我看来，她并不是一个很单纯的女孩子。我不敢说，我可以和她做朋友，但我相信，我们是可以的，做很好的朋友，你说呢？

“你和罗宁分手了，我很同情你，也理解你内心的痛苦，可是，你不应该试图通过得到卓阳来疗伤。先不说卓阳无论如何不会爱上你，就连让他放弃我，卓阳也是做不到的。卓阳说过这样的话，他说他爱我爱到后悔曾经有过一个舒娜。这样讲，你明白吗？我真心希望你能够快乐起来，真正地快乐起来……”

我读着读着，心，一点点痛起来，那种痛愈积愈厚，渐渐压得我无法呼吸。泪珠儿滚落到信纸上，弄湿了那一片淡淡的铅迹。

小可看着我如纸一般苍白的脸，不安地问：“妍妍，你怎么了？”

我抱着小可号啕大哭：“怎么会这样？怎么可以是这样？”

一直以来，我都以为，我和卓阳之间是有一些私密的东西的：包括我们之间的感情，包括我们互通的信件，还有我拿给卓阳的日记……那本日记是在卓阳说过爱我之后，我托人送到一班的。我想，既然彼此都爱过，那些美好的回忆，也该共同纪念。我以为，我和卓阳一直拥有一个小小的角落，在那个不为人知的地方，我可以放心地安放我和卓阳的过去，放心地纪念或埋葬所有青春的痕迹。每当我难过的时候，想想这些只属于我们两个人的秘密，心里，就会被感动和快乐填充得没有空隙。我以为，卓阳懂的。我是那样地信任卓阳，把我的全部心事坦露在他面前，毫无保留。那些信，那本日记，全是我用混着泪水的墨汁一笔一笔地写下的。我以为卓阳会懂，我以为他知道珍惜，可是，我万万没有想到，卓阳竟利用我的信任讨好喻婷。以一种信任换取另一种信任，在我看来，这是最卑鄙的欺骗！我觉得自己真的很像一个笑话！竟那样痴，那样傻！

卓阳终究是不懂我的，他把这些拿给喻婷看，不仅深深地亵渎了我所写下的每一个文字，更黯淡了它本身的高贵！我好恨，一种绝望的痛苦荫蔽了晴空，我的心都要碎了。

卓阳为什么不敢赴约呢？为什么连一封回信都不肯亲自来写呢？我明白了：他怕了，喻婷也怕了。因为我和罗宁分手了，我“终于”不再是谁的女朋友。我现在很自由，可以接近卓阳了，可以和喻婷去“争”去“抢”，可以“通过得到卓阳来疗伤”……可惜的是，我从未这样想过。我清楚地明白，我和卓阳不可能了，无论怎样都不可能了，即使没有喻婷，我也不会和他在一起的。因为，我已经没有爱的能力了，真的没有力气再去爱谁了。这一点，喻婷不明白，我能理解，可是为什么，卓阳也不明白呢？难道一定要我说出来吗？我们之间曾经有过的默契，怎么就消失得这样快呢？我几乎崩溃了。

忽然有一种被欺骗的感觉，一种被长久地欺骗的感觉，过去的一切在我眼中都变得不真实了。什么叫作“卓阳无论如何不会爱上你”？什么叫作“他说他爱我爱到后悔曾经有过一个舒娜”？我苦笑，在这甜言蜜语的背后，究竟掩藏着一颗何等虚伪的心！我想我真的看错了卓阳！看错了我们之间的感情！

上课铃已经响过很久了。我看着年轻的语文老师站在讲台上激情地授课，新买的手链随着手臂的晃动，在阳光下闪着熠熠的光泽。不一会儿，黑板上就密密麻麻地堆满了字。我好像很认真地在听，可事实上，我一个字也没有听进去。小小的我，完全被内心汹涌的海潮吞没了，思绪黏黏地粘在一起，混沌却又清晰。我目不转睛地盯着黑板，泪水，却不受控制地潸然落下，静悄悄的，不去打扰任何人，也不受任何人的打扰。我静静地听着滚落的泪摔在课桌上，发出破碎的声音，心如死灰一般地沉寂。我暗暗告诫自己，卓阳这个人，就当从来没有认识过吧！至于喻婷，我们做不成朋友。我连卓阳都不认识了，更何况是她呢？

这一天，我没有去上午自习，而是自己一个人跑到大街上闲逛。我托小可帮我请假的时候，脸色非常难看。

小可试探着问我："要不要我陪着你，你这个样子，实在让我放心不下。"

我笑着对她摆摆手："不用了，我想一个人走走。放心吧，我不会有事的。"

冬天的马路很萧瑟，我走在街上，不但不能为它增添一些生气，反而使它更显冰冷。我静静地回忆着这些天来发生的事情，因为一切都来得太过仓促，太过意外，所以让我至今仍像是走在梦中。我踏着满街的清冷，寂寞地走着。我很疲惫，真的很疲惫，这种疲惫让我感到绝望，更有一种从心底涌上的悲凉。

一阵冷风吹过，风干了我眼角的泪，我驻足片刻，顿觉清醒了许多。忽然觉得很饿，我已经很久没有吃过东西了。我说过要忘记卓阳的，好像从来不认识一样。忘记一个人是需要力气的，我要获得足够的能量来增长力气，然后好好地把卓阳遗忘在过去。我走进沿街的各个小吃店，几乎是以一种疯狂的状态咽下各种食物，直到再也吃不下去，才坐在路边，由于心情的过分压抑而旁若无人地痛哭起来。

我回去的时候，走过一班教室正对着的那条小路，卓阳隔着窗子看到了我。他探出头来，向我招手，还大声地喊我的名字。我抬头看了看他，他灿烂地笑着，好像什么都没有发生过一样，我收回投向他的呆滞的目光，低下头，匆匆地走了过去。我想，这样的结局已经很圆满了。

.30.

我开始常常莫名其妙地流泪，甚至有时候，自己还未觉察，眼泪，就潸潸地掉了下来。

小可很认真地对我说："不要为任何人流泪，因为真正值得你流泪的人，是不会让你为他而流泪的。"

可是，谁又能对感情做出估价呢？不值得又怎样？感情上的事，没有什么值得不值得。

我想我的心已经死了，因为绝望。整个世界都让我感到了陌生。我不知道在这个世界上，还有什么值得我信任。一切都是骗人的，骗人的！我流着泪在日记本上写完最后一页，然后把它丢进燃着火的垃圾池里，看着它一点点焚为灰烬：有没有一个角落，让我放心地将自己安放；有没有一个答案，解开所有未解的谜，告诉我，阳光，原来就是这样。你的影子好长，遮蔽了我关于蓝天的遐想。雨就是雨，不是眼泪，没有天使陪我流浪。流浪、流浪，哪里是我的方向？我迷失了自己，仰望着你的笑，我以为那是天堂的阳光，怎么连味道都这样不寻常？好久，好久，梦初醒，方知晓，原来一切是这样，我把你悄悄遗忘在某个遥远的地方。遗忘，遗忘，我依旧喜欢阳光，只不过你不再是我的天使，我的天堂……

我知道罗宁并未忘记我，只不过，他的爱和关心已躲进了我看不见的角落。

他默默地看着我心死的模样，然后心疼地对我说：“我以为我离开了你，卓阳会懂得珍惜。”

我定定地望着他：“难道你也以为，我和你分手之后，就会投进卓阳的怀抱吗？有些东西因为错过了就再也无法回到起点，我和他再也不可能了。为什么没有人会相信，甚至连卓阳自己，都不肯相信呢？”

我近乎疯狂地向罗宁大叫，泪如泉涌。

罗宁平静地对我说：“妍妍，这个世界上没有什么不可能……有很多我们认为不可能发生的事，最终还是发生了。比如说我，从来没有想过我们会分手，可我们还是分手了，不是吗？还有……我也从来没有想到过，文雅会暗恋我，可是……”他递给我一封拆开过的信，“其实，这些事不应该再对你讲的。”

我惊讶地打开信，映入眼帘的是满满一页的娟秀小字，很新颖的布局，透着一种清晰的美感。文字很含蓄，讲述了一段已成往事的爱。

我盯着罗宁：“为什么不告诉她，你和我已经分手了？”

罗宁苦笑着：“说这些干什么？她已经有了男朋友，况且，我又不爱她。”

我颓然地望着罗宁，过了好久，才缓缓地说：“我，居然也扮演了喻婷的角色……”

罗宁笑了，笑容里带着一种酸楚的味道：“不错。在我们这段感情里，我就是卓阳，你是喻婷，文雅成了你，和她在一起的那个傻小子就是我。很像很像。”

我哭着对罗宁说：“为什么会这样？为什么会有这么多雷同而伤感的故事天天在上演！我不想这样的，不想这样……”

我以为，自己已经忘记了卓阳。可是，我没有。我仍旧很想他，是那种近乎痴迷的想念。常常在某个夜晚，我喊着卓阳的名字在梦中苦苦挣扎，惊醒时，才发现，发丝已被泪水浸湿。然后，便是长久地失眠。我很恨这样的自己，恨这样在卓阳面前丢失了骄傲和尊严的自己。我害怕见到他，却又时时想念他，我不知道，在我的潜意识中，是否卓阳做什么都会被我接受并原谅，哪怕是伤害和欺骗？

小可叹息着对我说：“如果爱一个人真的是如此痛苦，那我宁愿一辈子不去爱。”

我摇摇头：“痛苦有过，可快乐也有过啊！没有什么好后悔的，等你真正爱过之后就会明白，真的没有什么好后悔的。”

小可哭着抱住我：“妍妍，妍妍，我们这么多爱你的人，这样努力地让你快乐，可是为什么，竟敌不过一个卓阳带给你的痛苦呢？”

我帮小可擦干脸上的泪水，自己却忍不住掉下泪来：“对不起，对不起，小可，我不知道……”

又是一个飘雪的夜晚。我幻想着卓阳会像上次那个雪夜一样，突然打来电话，于是坐在黑暗中痴痴地等待，一直等到很晚，很晚。可是这一次，他没有打来。当然，他不可能再打给我，我明明知道的，却还是希望有奇迹发生。我疯狂地在手机上搜寻卓阳的号码，可是找不到。其实，上次他打给我后，我曾仔细地把号码存在了手机上，只不过，再后来，当我决定要忘记他时，所做的第一件事，就是把卓阳的号码删除了。我删得很干净，连通话记录都检查过了，写在纸上的也连同我那本日记，一并焚毁了。我料到有这么一天，我会忍不住想要打给他。

这一刻，我感到了绝望，是一种比卓阳伤害我时带给我的绝望更加深刻的绝望。我撕心裂肺般地哭泣着，在我撕心裂肺般地思念着卓阳的同时，也看清了自己的软弱和卑微。

妈妈打来电话，她很兴奋地告诉我，生日礼物已经准备好了。我这才恍惚地想起，再过两天就是我的生日，而妈妈所说的那份生日礼物，大约在两三个月前，她就已经着手准备了，只是一切做得安静而隐秘。妈妈说过，要给我一个Super surprise。我猜不出，究竟会是什么礼物，需要准备这么久。直到我生日那天，这个秘密才终于揭晓。而我，面对妈妈的这份礼物，竟落下了泪。泪水里，不单纯是感动。

那是一个包装精美的盒子，妈妈特地在上面用丝带打了漂亮的蝴蝶结。打开印了大朵大朵玫瑰花的包装纸，我看到了一件毛衣，很漂亮的款式。

我猛然想起，在很久很久以前，我曾对妈妈说过："你已经很长时间没有为我织过毛衣了，记得小时候，我穿过的每件毛衣都是你亲手织的。妈妈，你织的毛衣，比外面买的那些穿起来要暖和多了！"

那真的只是无心之谈，不过是我对童年的一种怀念罢了。没想到，说者无心，听者有意，在我十七岁生日这天，妈妈终于满足了我的愿望。可是，我是知道的，我知道，妈妈已经不再年轻，手指也不再那般灵活，而我，已经长大了，需要一件很大很大的毛衣了。也就是说，妈妈要用她那双不再灵活的手，为我织毛衣，织很久很久。我知道，妈妈的工作很忙的，她除了要去上班，还要洗衣、做饭、收拾家务，每天总有干不完的活。她不能像其他的女人一样，坐在沙发上，喝着咖啡，看着电视，然后很悠闲很悠闲地靠织些毛活来打发时间。她一定是在深夜里，扭亮床头的灯，挤出她那原本已经少得可怜的睡眠时间，一针，两针，一寸寸地积累着，直到最终完成这件伟大的作品。我知道，妈妈已经很久很久没有织过毛衣了，她一定拼命努力着才渐渐回忆起某一个特别的花样是如何钩织成的；她一定很用心很用心地设计着，为了这份礼物的精致，她想象过无数款型，还有适于搭配的各种颜色……这些，我是知道的。

我很难过。妈妈的这份礼物，让我看到自己灵魂中最卑劣的一面。我太自私，太自私了！一直以来，我总以自己的感受来理解周围的一切，而冷漠了所有爱我的人。我总是由着性子，一味地选择逃避，选择软弱，却从来没有想过，为了别人无悔的付出，坚强一次。这不是我理想中的自己。我对一切要求完美，并为所有的不完美而感伤，却唯独忽视了最易把握，也最难把握的自己。回想起上高中的第一天，老周曾让我们每个人当众说出自己关于未来的梦想。我记得我说的是，要考上复旦大学，然后留在上海，做一名成功的职业女性。

我是那样地喜欢着上海。从我十岁那年第一次见到她时就开始喜欢她，包括她很美的名字、很美的大学。从旧时的上海滩，到现代化的大都市，上海的每一步变迁，都透射着一种独有的令人亢奋的魅力。是的，我想上海是能使人亢奋起来的。可是，那决不是摇滚乐般的喧闹，她自有她的沉着稳重在里面。她没有杭州那般柔美，却以自己独有的气质、底蕴、活力、激情吸引着我。

上海的夜景是极美的，白天的一切浮华都不在了，仿佛连灰尘都跌落下来，一切变得纯净而透彻。上海的夜，永远不会完全地沉默，上海是没有全黑的夜晚的。然而，你完全不必在意那些霓虹幻彩，你只要看到，天是墨泼了一般，这就足够了。你可以自由地想象，远处的江和近处的灯，都是她璀璨的装饰。站在观景台上，独立于一个没有丝毫嘈杂的角落，远远望去，各种姿态的建筑在黑夜中留下的深深的暗影，神秘而浪漫，这时整个身子都会感到一种极大的舒适和享受。

我喜欢在一个陌生的城市里，坐着出租车，观赏夜景。这份情有独钟是起源于上海的。上海给了我最初的梦，我仍旧记得自己当初那个关于未来的期许。可是，现在的我，怎么配得上那个美丽的愿望呢？我感到，我所喜欢的上海，已经离我越来越远了。

我努力着改变这一切，努力使自己振作起来。我为自己列出一大堆或真或伪的理由，告诉自己，不用悲伤，不能悲伤。强忍着泪水，漠视原本孤寂的心，我以为，无论什么，都可以通过强迫和克制变为习惯。心中有过伤悲，有过痛苦，但，通通被笑容所埋葬，我努力地快乐着，快乐，是需要通过努力才可以拥有的。我试着忘记卓阳，真正地忘记他。

以前，罗宁曾说过，我不是做不到，而是不想做，那么现在，我真的在做了，做得很辛苦。可是，我没有退缩。由思念到忽视，再由忽视到淡忘，真的是一条好漫长的路。我想，即使我无法做到忘怀，但至少要变得更加冷漠和坚强。内心，是一种隐忍的疼痛，我不知道，自己还能扛多久。可我一直在努力着，不敢停，也不能停。

罗宁面带难色地对我说：“妍妍，有一件事，我不知道该不该问你。”

我疑惑地望着他。

罗宁看了看我，继续讲下去：“前几天，我托佳琪给卓阳带去一封信，我责问他，为什么这样伤害一个自己爱过的女孩子。可他在回信里说，当初，他说喜欢你时，说的是‘如果’。他告诉我，问你会不会做他女朋友的那一句，也仅仅是随口问问，没有别的意思……他说……他没有错……许妍，你，你是不是误会了？”

我惊呆了：“随口问问？哈，哈哈，随口问问！我去问他，我要他亲口对我说！”

我疯狂地推开罗宁，准备去找卓阳问个明白。

罗宁拦住我，死活不肯放我走，他狂喊着：“许妍，你要干什么！”

我愣愣地望着他，泪涌了出来：“我要问问卓阳，他说过的那些话，怎么可能只是‘随口问问’呢？他说自从和舒娜分手以后，就开始喜欢我；他说对我很抱歉，是因为爱我却什么也不能做；他说……难道，难道这些也不过是‘随口说说’吗？罗宁，你告诉我，他凭什么这样说！一切都是欺骗，都是戏弄！难不成，说过一句爱我，就真的让他如此难堪吗？他居然连承认的勇气都没有，虚伪！骗子！我要去问问他，你放开我！放开我！我要去问问他，他对我说过的话，到底哪句是真，哪句是假！”

罗宁用力地摇着我：“许妍，你清醒一点，你问这些还有什么意义呢？就算知道了答案又怎样呢？一切都过去了，不要再折磨自己了！”

我顺着墙角滑下去，瘫坐在地上，浑身上下，一点力气都没有了，我喃喃自语道：“为了保护他的爱情、珍惜他的幸福，卓阳，不惜把我撕碎了。”

罗宁蹲下来，很抱歉地对我说：“许妍，对不起，或许，我不该讲这些的。我原以为，是你对他产生了误会，这样想想，他也没有做错什么。我本想告诉你这些，让你心里舒服一点，或许还可以原谅他，可是……我没有想到事情会是这样的……”

我终于意识到一件很悲哀的事情，原来，在我对卓阳那般绝望，甚至感到心死的时候，他在我的心目中，都还未及现实中这般不堪。我恨他！我想，现在的我，终于彻底崩溃了，心里为感情建造的宫殿已完全坍塌。我真的再也扛不下去了，我好累，好累！

.31.

冬日里的阳光，从未慌张过。她以一种近乎停滞的速度，从容地行走在太阳与地球之间。这个世界真的很奇妙，在这样寒冷的季节里，居然也会有一些温暖的东西，长久地存在着。比如说，太阳；比如说，爱。

阳光一定很暖，我看到屋顶上的积雪已经在渐渐融化，闪着莹莹的光。可是，我好冷——在这个冬日的晴天里，我穿着厚厚的羽绒服，依旧瑟瑟地发抖。我不知道，是因为阳光对于我，太过吝啬，还是我的心已寒冷到超过了冰雪。我宁愿是后者。我不想失去阳光的宠爱，我需要冬日里的那一点点温暖的呵护。

篮球场外那一圈栅栏，再次被涂染成白色，在阳光的照耀下，看上去那般刺眼。整个校园里，到处都弥漫着卓阳的气息。我知道，有些事情，我无能为力。我想，我需要一个假期，一个很长的假期，很长很长，足够我慢慢地疗伤。

“亲爱的爸爸、妈妈：谢谢你们带给我的幸福。我们的家多好啊，我有一个那么好的爸爸，还有一个那么好的妈妈。从你们身上，我真切地懂得了什么叫作无悔的付出，什么叫作永恒的爱。生命，只有一次，然而，我多么希望还有下辈子。下辈子，爸爸还是爸爸，妈妈还是妈妈，我还来做你们的女儿好吗？不要怪我的贪婪。爸爸、妈妈，我是多么地爱你们啊！然而，我又是那么地自私、任性，还有，无耻的天真。我带给你们好多的伤害、好多的烦恼、好多的担心，我很抱歉，真的很抱歉！我好怕，我以为，你们不会再爱我了。可是，没有。你们仍旧爱着我，而且比以前更加深厚——你们说，要用爱为我疗伤。我常常在想：我，是不是得到的太多了呢？

“我已经十七岁了，多美的年龄！说出来都会让人嫉妒的。青春真好，生命还有那么长，我们不能确定的事还有很多。因为不确定，所以无论怎样，都能看到希望。我感谢这一切，青春是值得感谢的。细数岁月的纹路，我们已经共同走过了十七个年轮，那么多美好的回忆，都在过去的时光中好好地记刻着、存在着，并且，注定了不朽。我的心，原本是玻璃做的，阳光一照便射穿了，我喜欢在阳光的抚慰下那种即将融化的感觉。可是，玻璃是易碎的，也是扎人的。我很坚决地守护着自己的骄傲，甚至，有些固执。然而，卓阳却拥有能够使我融化的热度，在他面前，我变得很低很低，低到尘埃中去了。

“爸爸、妈妈，你们会怪我吗？在我的生命中，是不止罗宁一个男孩儿的。你们一定生气了对吗？请你们不要生气，因为，看到你们生气的样子，我会心痛的。我得到的爱太多了，我承认，我不缺少爱，也不缺少理解。可是，似乎生活中就需要这样一个人，在我失意时，友好地拍拍我的肩膀，告诉我要振作；在我开心时，陪我一起笑，在宽阔的操场上奔跑；在我遇到危险时，攥紧拳头，很义气地说可以保护我；在我处境尴尬时，用温暖的目光抚去我脸上的绯红，然后，带我逃开，哪怕逃到天涯海角……我以为卓阳就是这个人，我以为许多感情，可以变得很单纯。其实，不是这样的，对吗？我太天真了，无耻的天真。我真的不清楚自己从什么时候开始喜欢上卓阳的，他在我的心目中，一直像阳光那般纯净、平和而坚强。我喜欢被他的笑容暖着的那份惬意，没有卓阳，我的世界里就少了阳光。我是喜欢阳光的，妈妈，这一点你是知道的啊，在没有阳光的日子里，我怎么能够快乐呢？于是为了快乐，我变得自私和贪婪。在卓阳面前，我生活得那样卑微，小心翼翼地维护着他给我的那一点点温柔，我只是希望，阳光不要离开我，快乐不要离开我……

“我想，我真是一个贪玩的孩子，玩野了，忘记了回家。离开了阳光，我变得不知所措，可怜的罗宁，在这个时候，捡到了失意的我。他像得了宝贝一样地捧护着我。可是，无论他怎样努力，无论我怎样努力，记忆里，卓阳给我的快乐竟像不落的太阳，永远地镌刻着。后来，卓阳说他爱我，再后来，我的梦醒了，卓阳撕碎了我关于完美的一切幻想，毁掉了我对他的信任和依傍。我想我成了一种玩笑，被卓阳用来取悦身边的爱人。我的阳光没有了，我的快乐没有了，我很难过，很悲伤，也很绝望。我真是一个贪玩的孩子，受了伤，才一拐一拐地，找寻回家的路。

“我的心很乱！我不知道，自己正以一种什么状态在学校生活，又将以一种什么状态进入高三。很迷离的感觉，迷离得令我慌张。滚滚的烟尘阻碍了我的眺望，我，迷失了生活的方向。我想离开这里，暂时离开这个充满了悲伤和回忆的地方，给自己一些时间，给自己一个机会，也为未来留些希望。我要慢慢地学会忘记，慢慢地学会坚强，直到自己，可以成为自己的阳光。也许，我还没有长大，那就给自己留些成长的时间，何必要这样仓促地走过我原本应该美丽绚烂的高中呢？

“或许，休学，并非是一个不明智的选择！是的，亲爱的爸爸、妈妈，你们的女儿，第一次为自己做出了这样重大的决定，你们，会支持吗？其实我好怕！我一直循规蹈矩，休学，在我的人生中，太过意外了。可是，除此之外，我还能怎样做呢？我讨厌现在的自己，我不想这样走下去，哪怕只是一种尝试，我都不会放弃。我真的很累，真的需要一次调整和休息，哪怕代价昂贵，我也甘心支付！关于休学，我也有好多好多的担心：同学们会怎样议论？亲戚朋友该如何看待？爸爸、妈妈，你们又该如何解释？还有各种手续的办理……我的一个简单的决定，带给你们的，却是无尽的麻烦。什么时候开始，我已经像一个爱惹祸的孩子一样，留下一大堆问题需要父母解决？我想，我真的是一个不懂事的女儿，你们给我的爱，会不会是一种浪费呢？

“爸爸、妈妈，是不是在每个人的生命中，都会有太多的故事要发生？人生，不是一声叹息，也不是长久的喝彩。是不是都要哭过、笑过，生命才算完整呢？还好，还好有你们，有你们不管怎样我都会觉得很心安，因为，妈妈，你说过的，无论如何，家都会收容我的。不是吗？女儿：妍妍。”

放下手中的笔，我长长地舒了一口气，心里忽然变得很澄澈。风凉凉地吹过我的面颊，飞扬起我垂在耳后的长发。手心里的汗干了，眼角也不再湿润。望一望窗外，在灰蒙蒙的世界深处，渐渐渗透出一层清晰而明亮的光泽。我感到一种从未有过的轻松和畅快，由上至下，贯通我的全身。

小可泪眼婆娑地看着我：“妍妍，一定要这样做吗？”

我把小可拥在怀里，吻着她的头发：“不这样，我还能怎么样呢……傻丫头，没有我，你依旧可以过得很好的。你还有很多朋友啊！哪怕我们真的分开了，我也会一辈子记着你的！你也记着我，一辈子，好吗？”

从学校到邮局的那条路，我走得艰难而沉重。小可陪着我，一路上，谁也没有开口说话，因为此时此刻，所有的声音都是多余的。我们只是握紧了彼此的手，然后以同样的步调静静地走着，直到邮局一点点进入我们的视线。

站在绿色的邮箱面前，我们伫立了很久。小可小心翼翼地望望我，然后又匆匆回过头去。我没有勇气也这样看看小可，因为在我眼睛的余光里，映出小可的脸上写满了太多的无奈和不舍。我只是直直地盯着邮箱，然后缓缓地走过去。随着我手指轻轻地松开，那封信“咚”的一声跌落在信箱里，我清晰地听到它掉进箱底的声音，因为周围很安静，安静得有些悲戚。

小可对我大喊一声：“妍妍！”声音里带着哭腔。

我转过身去，平静地向她微笑着，然后，和她一样，轻轻拭去脸上的泪水。夕阳把我们的影子拉得好长好长。

回去的时候，小可一直问我：“你说，你爸妈会同意你休学吗？”

我摇摇头：“不知道！”

其实，我是知道的。我了解我的父母，他们一定会支持我的决定。从这封信掉进信箱的那一刻起，我就知道，我的离开，已成定局——除非我后悔。但是，这一次，我表现出的是从未有过的坚决。

可怜的小可忽然兴奋起来：“呵呵，也许，你爸妈不会同意的。休学是件大事，怎么能由着你的性子胡来呢！”

我木木地望着小可，笑容僵在了脸上。我觉得我很对不起她，可是如果我不离开，留给她的只能是更多的痛苦和伤害——除此之外，我还能带给她什么呢？

路过一家我们常去的快餐店时，我忽然想起了什么，于是微笑着对小可说：“还记得我们一起吃过的茄子盖饭吗？如果……我是说如果，我真的回家了，那我就好好地学一下厨艺，然后烧茄子给你吃好吗？”

我永远不会忘记和小可在一起吃茄子盖饭的那些日子，永远不会忘记。我记得那时，我们只买一份盖饭，然后头对着头，一起慢慢地吃。虽然两个人分吃一份，可是每一次，盘子里总会剩下一点点，不是吃不下，那是我们特意为对方留下的。那段时间，我们都很拮据，却又那么快乐。然而，这些快乐的日子，将要随着我的离开，永远地成为过去了。

小可愣愣地点了点头，然后眼泪就啪嗒啪嗒地落了下来。她哽咽着对我说：“妍妍，如果你走了，我就再也不去吃茄子盖饭了，再也不去了。”

我也哭了：“小可，还是要去的，茄子盖饭很好吃的，你忘记了吗？”

大约在一个星期后，老周找到我，他说：“许妍，你家长打来电话，让我通知你一声，中午他们来看你，要你去西门口等着。”

我忽然觉得很紧张，犹疑地问道：“他们没有再说到别的什么吗？”

老周疑惑地看着我：“你，什么意思啊？”

我望着窗外，长长地舒了一口气：“老师，是这样的……”我把自己关于休学的决定还有写信、寄信的过程，一五一十地讲给了老周，只是把休学的原因都归到了我和罗宁的事上，而对卓阳，只字未提。

老周静静地听我说完，然后垂下了头，过了一会儿，才缓缓地说：“许妍，做任何一个决定，都不能凭一时的冲动，我希望你可以再好好考虑一下。当然，从感情角度出发，我是舍不得让你走的。不过，只要你考虑清楚，做出明智的选择，无论怎样，都要坚持自己的想法，不要半途而废，更不要去做一些令自己后悔的退让和妥协。我说的这些你明白吗？”

我含着泪点了点头：“老师，对不起……”

老周拍拍我的肩膀：“是我做得不够好，你和罗宁的事情，如果被我早些发现，你也不必选择走这一步。”

我抬头望望老周，他依旧和蔼地笑着，头发在寒风的蹂躏下变得凌乱不堪。今天的风真的很大。我笑了，在老周转过身时，悄悄地向他鞠了一躬。

见到爸妈的时候，我的内心很忐忑。然而，出乎意料的是，他们好像根本不知道一样，谁也没有提起休学的事。他们的平静，反而使我更加不安。

我小心地试探着问道：“你们，没有收到……信吗？”

妈妈惊诧地问我；“信？没有啊——你有寄信给我们吗？出什么事了吗？”

原本，我是没有勇气面对他们讲出这些话的，所以，我才通过写信的方式，把心里话倒了出来。然而，没想到一个星期过去了，他们还没有收到那封信，难不成，那封信竟如石沉大海一般，杳无踪迹了吗？不得已，我只得硬着头皮把信上的内容，细细地讲给他们听。从始至终，我一直没有勇气看他们的眼睛，我想，他们一定会生气的。可是，出乎我的意料，爸妈很平静地听完我的讲述，甚至连眉头都没有皱一下。

爸爸很痛快地对我说：“休学是一种很明智的选择。妍妍，你终于长大了，我们真为你高兴！这样吧，一会儿你去上课，我找你们班主任商量一下。”

我惊诧地望着他，原本为说服老爸打好的腹稿早已被我忘得一干二净。

妈妈安慰我说：“这样也好，可以休息一段时间了，我们好久没有完全放松地一家人腻在一起了。说实在的，我还真有点儿舍不得让你这么快就长大。一想到你就要考上大学，独自一人到一个离我们不知有多远的地方去，我的心里就有说不出的失落。这下好了，我们又多了一年相守缠绵的时间。”

我料到他们会答应的，然而，让我感到意外的是，他们竟答应得这般干脆，这般轻松，仿佛我们讨论的不是一个沉重的话题，而是期盼已久的一次团聚。

现在，只有小可不高兴了，她嘟着嘴对我说：“天下怎么还有这样的父母呢？”

寒假正一天天地逼近。天气越来越冷，然而，对于我来说，冬天，已经将要结束了。

我买来一棵水仙，养在窗台上，时时看着它，等着它开花。我想，水仙其实是一种很朴实很坚强的植物。它不需要肥沃的土壤，只要有水分的滋养，便能健康地生长。开花前它是那样简约而朴素，可是寒冬里，却能开出优雅而清丽的花，香气逼人，温暖着冬的寂寞。这种生命的秉性多好啊，既不过于喧闹，也不过于沉默，只是很安静也很快乐地过着属于自己的生活。花，该开就开，该谢就谢，不去挽留什么，也不去苦恼什么。

我对小可说："等我走了，你替我来照顾它好吗？"

小可噘着嘴说："你还是带它一起走吧，我留不住，也养不活。"

我很难过地看着小可："不要这样好吗？我的事你都知道的，为什么还总是说这种话，叫我为难呢？"

小可一把搂住我："对不起，妍妍。只是，你走，我真的舍不得。"

渐渐地，开始有人察觉到什么。因为，小可总是默默地流泪，因为，她常常会在人前毫不掩饰地说，舍不得离开我。其实，我本不愿张扬的，就像老周说的，学学徐志摩"轻轻地我走了，正如我轻轻地来"，走便走了，何必要弄得人心惶惶呢？可是，还是有一些聪明的人，隐隐地猜到了。

他们很伤感地问我；"为什么要走呢？你的离开，让我们提前感受到了毕业分别的气氛。"

看到他们的眼中闪着莹莹的泪光，我感到一种微微的心酸和悲郁，这些人中，有和我亲近的，也有和我疏远的，有女生，也有男生——其实，我没有想到，会有这么多人在意我的离开，有这么多人无法无视我的存在。这让我很感动。

我强忍着泪水，对他们微笑着说："还会再见面的。"

真的还会再见面吗？再见面时，彼此之间还会有现在这样的亲切吗？我不知道。"不知道"这三个字，大概是一种最为乐观的答案了吧。

罗宁很平静地问我："妍妍，你准备什么时候走？"

我淡淡地回答："后天。"

我笑着问他："为什么不留我呢？"

罗宁苦笑着摇摇头："呵呵，以前，我总是求你不要离开，可你最终还是离开了。事实上，正是因为我一次次的不放手，才会让你这么痛苦。何必呢？我不会再留你了，只要对你好，无论你做什么决定，我们这些朋友都会支持你的。”

我笑了，罗宁的话让我感到很轻松。

我说：“谢谢你，罗宁，我不会忘记你的，还有小可，你们都是我最好的朋友。”

在我离开的前一天，下午的第二节课是体育课，我和小可没有去上课，而是躲在教室里，做最后一次“话别”。我们聊了很多，小可呜呜地哭着，我时不时地从纸盒里抽出几张纸巾，递给小可。我也很难过，可是没有泪，一种干涩的伤悲在我的心口处翻涌着，让我觉得压抑极了。

罗宁气喘吁吁地跑上楼，问我们为什么没有去上体育课。

小可气鼓鼓地对他吼着：“没看见人家正伤心吗？有什么好问的？”

我笑了：“没什么，只是不想去罢了。”

罗宁犹犹豫豫地对我说：“卓阳在咱们班的队伍后面转了半天，像是在找你……你看……”

“我不会下去的。”我依旧笑着。

我和所有人道了别，包括佳琪、文雅还有林落，唯独落下了卓阳。我是有意的，也是无意的。那天，卓阳探着身子叫我的名字，我走开了。我说过的，这样的结束已经很圆满了，以后的事，包括我的休学，都再与卓阳无关。我想，卓阳和我，已经没有再见面的必要了。

那一晚的夜空，看上去很清澈，没有月亮，只有满天的星星。我站在高处极目望去，发觉天空竟是这般辽阔，辽阔得超乎我的想象。在这广袤的夜空下，我显得那样渺小，就像一颗星，卑微而普通。周围很安静，我走在操场上，听着脚下的枯草发出毕毕剥剥的声音。明天，就是元旦了，明天，我就要离开了。厚厚的一本日历，只剩下了最后一页，岁月，就这样一页页无情地翻过。对于逝去的2008，我竟感到从未逢识过。我想，春天就要来了。冬与春的交替，常常是不动声色的，我静静地等待着。

. 32 .

我走的那天，阳光很好。可是，小可和我都哭了。我们说着不哭不哭，却终究没能忍住。我忽然想起自己为《西厢记》中“长亭送别”那一段写下的一首小诗，其中有两句，现在想来竟有点感同身受：“马儿嘶鸣着／与我撕扯一个不完整的你／于是／我放手／要你完整地去／也／完整地回来 ……”我，最后一次和小可挥手，然后躲进车里，久久不敢回头。

我终于离开了十一中，离开了过去的所有，包括悲伤，也包括快乐。

家里的墙壁重新粉刷了一遍，所有因经年留下的污痕通通不见了，整个房子看上去焕然一新。尤其是我的卧室，居然被涂成了粉红色。吊灯也换成了我喜欢的那种款式，晶莹，梦幻，而简约。新换的落地窗帘上绣着大朵的野百合。窗台上，一盆盆盛开的杜鹃和海棠，自由地吐露着芬芳，俨然绽放成了一个生机勃勃的春的景象。原本空旷的阳台，新安了藤编的吊床，上面闲散地摆放着我心爱的维尼熊和几本杂志。旁边雕花的玻璃圆几上，几尾金鱼在鱼缸里拖着大大的尾巴快乐地吹着泡泡……我被眼前的一切弄蒙了，晕晕的有种做梦的感觉。

妈妈说，家里的一切变化，都只是为了迎接我，她要她可爱的女儿，从回家那一刻起，就拥有一种新生活。

我尴尬地笑笑，轻轻地吻了她的脸颊。

妈妈做了满满一桌的菜，吃饭的时候，她一直往我碗里夹菜，直到我的小碗再也盛不下。她说："这顿饭是为我们妍妍接风的。欢迎我们的女儿回家！"

我愣愣地看着她，说不出话。

晚上，我躲进自己的小屋，躺在床上，翻来覆去，久久不能入眠。我想不通，如此卑微而落寞的我，在父母眼里，为何竟像一个凯旋的英雄？难道在他们看来，自己的女儿无论做错了什么，都不过是增添了一份人生体验而已吗？难道他们相信，我受过的伤、忍过的痛，以及所有的怨与恨，都能像家里的墙壁一样，用他们的关爱，涂抹干净吗？我一直是他们的骄傲，一直是的，无论我做得怎么样。他们的女儿即使在别人面前变得卑微，可是，回到家里，仍旧能被父母视为公主。然而，我已经丢掉了自己的骄傲。成绩是一种资本，是我维护自己骄傲的一块磐石，从我开始失去这一块磐石的守护时，我的骄傲就在一点点丧失。而面对卓阳的我，更毫无骄傲可言。我看不起自己，甚至，讨厌自己。月光，透过窗照在我的脸上，我想起在很久很久以前的某个晚上，也是这样的夜色，也是这样的月光，妈妈说，月光照在我的脸上，我美得像天使一样。

我开始了每天的晨练，由爸爸陪着。他说他不想让我一个人，那样太寂寞。我的体质真的很差，即使是慢跑，我也会跑不了多久就累得气喘吁吁，涨红了脸。相比之下，年过四十的老爸，倒更像一个年轻人，面对跑步显得比我还轻松。终于，在爸爸的提议下，我们把跑步变成了走路，走很远很远的路。

冬天的早晨，夜色还未散尽，我和老爸，就顶着那几分熹微的晨光上路了。爸爸通常比我起得要早一些，因为我对被窝的依恋更深一点。他常常早早地准备好一切，然后等着睡眼惺忪的我，磨磨蹭蹭地洗脸、刷牙，还有，梳我那长长的头发。爸爸从来不会催促我，这让我根本没有机会因他的不耐烦而抱怨什么。

刚出家门的时候，我总会觉得很冷，但我从不说，只是不停地抖着，对于寒冷，我向来没有能力伪装得不在意。爸爸看到了，就把我的手连同他的大手一起塞进外套口袋里。爸爸的手很暖，他的口袋里是一层薄薄的棉，我的手放在里面，不一会儿就冒出一层细细的汗。我们以一种适于锻炼的速度走着，走很远的路，也说很多的话。我把我和卓阳的故事，细细地讲给爸爸听。我问他，我是不是真的很傻。爸爸沉默着，握紧了我的手，没有说话。

傍晚，我们一家出去散步。走过家属区大门的时候，爸爸朝负责报纸和信件收发的警卫室望了一眼，似乎想起了什么，于是，很随意地问我："你说给我们寄了一封信，怎么到现在还没有收到呢？"

其实，我也很奇怪，难道那封信就这样消失了吗？

爸爸装作恍然大悟的样子："哦——我明白了，根本没有这样一封信，你故意骗我们的吧？"

我刚要急急地解释什么，就被警卫室的老爷爷打断了。他在我们身后高声喊着父亲的名字，然后走进警卫室拿了件东西出来，对父亲说："小许，这有你的一封信！"

爸爸接过信一看，不好意思地笑了起来，我凑上去一瞧，正是我寄出的那一封。

我做出一副胜利者的姿态看着老爸。

他尴尬地冲我挤挤眼：“随口说说而已嘛！呵呵，纯属玩笑。”

妈妈却在一边挤对老爸：“你明明是不相信咱们妍妍嘛，瞧瞧，现在连老天都看不惯了！要是我才不会出这种笑话呢，我就相信咱们妍妍，是吧妍妍？”

“你还拱火，看我不治你！”

老爸追着挠妈妈的痒，吓得妈妈直围着我转，寻求我的保护，我乘机和老爸一起“双面进攻”。妈妈一边叫着笑着和我们扭成一团，一边嚷着：“反了，反了，这小妮子分不清好坏人了！”……

路灯亮了起来，远处，已是万家灯火了。我想，我已经很久很久没有这样开心地笑过了。

然而，在我休学后不久，我和妈妈的战争就开始打响了。我们常常吵架。总是因为一些鸡毛蒜皮的小事，或者是妈妈无意中碰触了我的伤疤。其实经历了这么多之后，我变得好脆弱，也好敏感——是那种难以想象的脆弱和敏感。常常，我怀着一种自嘲的心情，以鄙视的目光回顾我的过去，下一个动作，就是呕吐。我觉得很恶心。我仇视这一切，曾经相信过的那些单纯、那些真诚、那些坚守，统统都是假的，我再也不会相信了。

回忆是一面薄薄的玻璃，手指一碰，就破碎了，完全没有了美好，只剩下扎人的碎片，长久而深刻地刺痛着我的心，我不忍碰触，甚至选择逃避。可是，妈妈要我去做的竟是“面对”。我想我做不到。于是，当我的“逃避”和妈妈的“面对”发生冲突的时候，家里就会自然地爆发一场战争。我和妈妈都是被宠坏的人，我被父母宠坏了，她被老公宠坏了。当时，我总是近乎偏执地认为：被宠坏的母亲比被宠坏的孩子更加强势。因为，她可以时时举起“母亲”这块盾牌，捍卫自己的特权。她永远没有做错的时候，因为她是母亲，很权威的一种身份。所以，她永远用不着道歉，永远用不着乞求别人的原谅。事实上，她也真的没有做错什么。

然而，每当我们吵架时，如果我的情绪过激或是声音过大，她总会以一句“别忘了，我是你母亲”来提醒我控制情绪，减小分贝。这句话是很有分量的，是啊，她是母亲，我能怎样呢？我可不想被冠以“大逆不道”的罪名。所以每次吵架，我总是“输”。我很反感这一点，她对“母亲”这一身份的“利用”，让我觉得母亲除了崇高和伟大之外，还有一点点……一点点黑暗——当然，这只是当初我怀着恶心情时的一种偏见。

那段日子，我与母亲很疏远。我不明白，究竟是什么原因，让原本很贴近的两颗心，距离这么遥远？

其实，我是知道的。一切都是我的错。是我，朝着与妈妈相反的方向一步一步地走远了，一步一步，坚定而决绝……有一次，我给小可发短信，妈妈正好坐在我的旁边。我和小可聊了很多，她给我讲了许多发生在学校里的趣事，我看着短信，呵呵地傻笑着。妈妈好奇地凑过来，想看看我们聊什么聊得这么开心。我很警惕地躲开了，捂住手机不肯给她看，然而这一次，妈妈竟表现出从未有过的“执着”与“坚持”。

她一遍遍地对我说：“让我看看吧！我只是想分享一下你们的快乐而已。”

其实，真的没有什么不可告人的秘密，可是，我也不知道从哪里来的要与她“顽抗到底”的勇气，死活不肯让她看一眼，到最后甚至不惜与她抢夺起手机。

突然，妈妈松了手，颓丧而伤心地哭了起来：“我们之间怎么了？为什么这样对我？我又没有恶意，只是想通过这种近乎耍赖的方式来拉近我们的距离。妍妍，难道妈妈真的再也无法走进你的世界了吗？从什么时候开始，你的心门已经彻底对我关闭了？”

我愣住了，我不知道自己做了什么，可是，她哭了，我知道，我伤了她的心。

我不得不承认，自己不止一次地通过语言、行为向她透示这样一种信息：我的世界已经容不下她了。我想，妈妈的心里一定很苦，她想尽了一切可能的办法，想走进我的生活，可我从来不给她机会。仿佛在我心里，这已经成为了一个既定的事实，那就是，母亲已不能与我达到那种跨越年龄代沟的默契了。以至于，偶尔在生活中，感受到与母亲的瞬间的默契，都会让我大吃一惊。

我这是怎么了？我时常想说一些能震慑住母亲的话，让她有一种失去我的危机感，然后我就会很得意，从中得到我想要的答案：对她来说，我，很重要！我清楚地意识到，伤痕累累的我，心理已接近病态，并因此而累及我的家人。我以我的冷漠疏远母亲，同时又以一种伤害的方式体味我的家人对我的在乎，另一方面，却总在责怪母亲对我的不理解。我到底在做什么？不，这不是我！其实我真的很爱我的家人，可是，为什么我心里想的是爱，做出来的却是伤害？

“世界上最遥远的距离，是用自己冷漠的心对爱你的人掘了一条无法跨越的沟渠。”我还记得这句话，我知道，我与妈妈之间的遥远就是因为隔着这样一条我亲手挖掘的沟渠。

外面，下了很大的雪。整座小城都显得寂寞了许多。高高架起的高压线上停着几只憔悴的麻雀，歇一歇，又扑棱着翅膀飞走了。田野上很安静，周围没有人，只有我在这冰雕玉砌的世界里，一个人静静地走着。我觉得有些冷清，但并不感伤。松软的雪，在我的脚下发出咯吱咯吱的脆脆的声音，仿佛把棒棒糖嚼碎在嘴里一般。可是，我感觉不到甜，只有北风吹来的冷。夕阳泛着惨淡的光，无精打采地挂在枝头，像要睡去了。我努力地回忆着和下雪有关的快乐往事，只为撷取几分温暖，陪我走过这寂寞的荒原。

我想起小时候，在村口结冰的小河上，那些游戏的冬天。一块木板，一条粗绳，就是最高级的滑雪车，上面承载着童年纯真的快乐。我们用剪刀、石头、布的方式，决定由谁坐车。胜利者骄傲地坐在车上，其他人推的推，拽的拽，把雪车拉得飞快。河面的积雪上很快地布满一道道弯弯曲曲的辙痕。拉车的人有时会突然来个急转弯，看着坐车的人惊叫着从车上翻滚下来，大家笑成一团。有人要拉起地上的人，反而被地上的人顺势一拽，也跌倒在雪里，于是，两个人嬉闹着各自爬起来，相互拍打着沾在身上的雪。等闹够了，笑够了，游戏继续，只是换了拉车的人……以前的冬天要比现在的冬天冷得多，虽然每个人的脸都冻得通红，睫毛上沾着哈气凝成的冰霜，可我们从不觉得冷，因为快乐温暖着我们的心——那时我们真的很快乐！

我想着，回忆着，一不小心笑出声来。

那个时候，几乎所有的孩子都喜欢坐车，只有我，心甘情愿地充当车夫的角色，然后，在不断的奔跑中累得气喘吁吁，让嘴里哈出的乳白色气体，朦胧了属于我们的冬天。然而，正是拉车的经历让我感受到了不同于坐车的许多快乐。许多年后，当我再也找不到当初那块旧木板时，才意识到，原来真正的幸福是这样的简单。

小孩子的眼里，永远只装着快乐。

我还记得小时候，每当大雪压住黄昏的尾巴，纷纷扬扬地下了整整一夜，第二天一大早，我就会和妈妈一起扫院子里的雪。那是一件很辛苦的工作，可是我们依旧做得很开心。我们围在堆起来的积雪旁塑雪人，还用胡萝卜、煤块和红纸片儿做雪人的鼻子、眼睛和嘴巴，最后，爸爸的草帽、妈妈的围巾，还有我的小手套都成了雪人最生动的装饰。好长一段时间里，高高大大的雪人立在门前的空地上，像英勇的卫士一样守护着我们心中的快乐。

儿时，我们家曾有过一段极为清贫的日子，可是，懵懂的我根本不懂得生活的艰难。我所接受到的贫苦只是父母过滤后所剩下的些许残渣，沉重和艰辛映在我的身上，不过是浅浅的影子罢了。我只知道做那些快乐的游戏，沉醉在无数快乐的梦里。可是……我忽然有种想哭的冲动，爸妈付出一切，努力为我挡住生活的种种不尽人意，然而，他们小心翼翼为我经营的幸福和快乐，竟被我毫不珍惜地遗忘了。我再也没有童年时那般清纯的笑声了，再也没有了，我觉得很对不起他们。

.33.

新年终于在大家的祈盼中到来了。年夜饭我只吃了很少的一点，虽然妈妈做菜的水平是一流的，可我真的吃不下。不过，爸爸倒吃了很多，他说妈妈做饭很辛苦，如果不多吃一点，会让妈妈失望的。

天还没有全黑下来的时候，外面就已经鞭炮连连，焰火满天了。这让我觉得有一点点浪费，烟花，是要在夜里绽放，才足够绚烂的啊！晚饭后，我们没有聚在客厅看春晚，而是一家人站在阳台上，欣赏璀璨的夜空。我想美丽的焰火比晚会要好看多了，它让心有了畅想的空间。我们谁也没有说太多的话，就这样静静地相守，静静地看，享受着一种别样的温馨与浪漫。

各种夺目的彩光划破夜空，交织成一片令人亢奋的辉煌，甚至有一些珠光宝气般的艳丽，在广袤的天地间一点点消散它那浓烈而招摇的光芒。周围的空气渐渐变得轻柔，变得温暖，翻腾着、跳跃着，形成一股温润的风，迎面吹来。我觉得面颊有点微微的发烫，不知不觉中，对未来的期盼和憧憬开始悄悄在心底滋生。

当新年的钟声敲响时，我们放飞了一盏许愿灯。许愿灯载着我们每一个人的愿望，像一个小小的热气球，越飞越高，越飞越远，闪闪的烛光在夜色中如梦如幻。我希望它飞得再高一点，再远一点，那样的话，我们的心愿就会更接近天边——我希望上帝真的能看见！放飞许愿灯之前，我们互看了彼此写下的心愿，爸爸的心愿是：希望女儿更加坚强，在未来的人生中，无论遭遇什么，都能够勇敢地面对；妈妈的心愿是：希望女儿更加乐观，忘掉所有的不愉快，重拾人生的快乐和希望。

我看了之后摇摇头："不行，要许一个和自己有关的愿望。上帝看到你们都为我许下心愿，会认为我太贪婪，那样的话，你们的愿望还怎么能实现？"

爸妈相视一笑，提笔在各自的愿望里加了"我的"二字在"女儿"前面，然后齐齐地望着我，像是在问:"这样算不算与自己有关？"

我无奈地默许，心中却涌起无以言表的感动和心酸。

许愿灯真的飞得很高很高，很远很远，直到消失在我们的视线里。我相信上帝一定看得见！

大年初二，我随爸妈去了外婆居住的城市。这座城市对于我来说，既熟悉又陌生，我在这里度过了六年的小学生活，然后就再也没有回来过。是的，再也没有回来过。好像一直都很忙，忙着学习，忙着生活，忙着恋爱，忙着受伤……很忙，很忙，忙得无暇回头看一眼这个承载着我的童年的地方。

这一次回来，我的心情是很复杂的。五年了，小学毕业到现在，已经整整有五年了，那些稚气的面孔会变得成熟吗？那些青春的容颜会变得苍老吗？我突然感到很恐惧。是因为陌生才产生的恐惧，还是苦于对自己的休学找不到一个合理的解释呢？连我自己都说不清楚。

这些年，外婆常常去我家小住，然而，舅舅，自从我小学毕业后就再也没见过。五年过去了，他看上去苍老了许多，鬓角处已经生出许多白发，说话时，声音里也多少带了一点沧桑感。在我的印象中，舅舅一直是那个只比我大十九岁的大男孩，一直有着我五岁时第一次见到他所看到的那张阳光而稚气的脸，然而“5+19”与“17+19”终究是不同的啊。事实上，我离开那年，已经十二岁了。可是，那时的舅舅依旧很年轻，五年，真的是很漫长的一段时光啊！舅妈也有一点微微地发胖了，不过在我看来她这样反倒显得更有风韵，从前的她似乎是太过单薄了些。弟弟的个子蹿得那么快，像个小大人一样在餐桌上和我们聊着学校里的事。在他的抽屉里，是厚厚的一摞奖状和漫画册，无声地向我展示着他的成长与骄傲。

我以为所有都会改变，然而，一切还是原来的样子，好好地在那里存在着，除了孩子们。是的，在小区的街道上，常常可以看见三五个孩子，跑着、跳着、笑着，或是秘密地商量着什么，那声音、那神态、那俏皮的笑，像极了童年的我！可是，我完全不熟悉他们的模样。是啊，五年了，那些现在看起来和曾经的我们一样大的孩子，不知要比我们低多少届呢，我怎么会认识他们呢？

外婆鼓动我出去转转，见见我的那些老同学。她说：“去找航航玩吧，你们小学时是那么好的朋友！”

我愣了一下，摇了摇头。许多人都说，距离产生美；某80后作家说，一切事物都要隔层玻璃才好看；成人童话家说，产生崇拜的前提是距离；古人形容美人美态，说“美人隔云端”……可是，距离都是美好的吗？我看不然，距离让我忘记了许许多多曾经铭记于心的笑脸，那些丢失了就再也找不回来的记忆，永远地成为了我的遗憾。

回忆盒里还静静地沉睡着那张小学毕业照，我记得，那张照片后面，还有我们每个同学留下的签名或留言。我在上面仔细地寻找航航那张瘦小苍白的脸，回想我和航航走过的足迹，还有我们许下的诺言。我和航航约定，分开后，一周一个电话，一月一封信，我们要做一辈子的好姐妹……可是后来，我很忙；再后来，我忘记了航航的号码；再再后来，我有了时间，想起了她的号码，但张张嘴，竟不知该从何说起。于是，刚刚拿起的话筒又放了回去，刚刚铺好的信纸又收了起来——我觉得自己已经离航航很遥远了。航航也是一样的，她没有给我打过一个电话，也没有给我寄过一封信。小孩子总是喜欢轻易地许下诺言，直到真正要履行时才会发现究竟有多么困难。

我不禁想起了小可，我知道，总有一天，小可和我也终会这般疏远。

我想还是不要去见航航的好，见面之后说些什么呢？何必让见面时的尴尬，刺痛彼此的心呢？就这样吧，在我的记忆里，航航还是那个瘦小苍白的小女孩，我们之间的回忆，永远停留在五年前分手的那个夏天，谁也不会忘记，谁也不会提起。

我只是一个人，缓缓地走着，看那些熟悉的老房和店铺，怎样走过了属于它们的“五年”。有一些商店换了新的招牌，店名还未改，只是颜色鲜艳了些。店主呢，还是曾经那些阿姨、奶奶，好像没有换人，也没有添新人。铺子太小了，实在也没有什么添新人的必要。卖炸豆腐的老爷爷依旧操着他的老本行，而我，匆匆走过时竟毫无留恋，那种香味，对我而言，早已没有了当年的诱惑。

走过母校，我却没有进去，只是在门口站了站。那所小学的名字换了，由“育英”变成了“英才”。学校换了新门，大门锁着，里面却仍旧是那座破败萧条的教学楼和简易的水泥操场。我碰到了曾经教过我的数学老师，他还是老样子，依旧当着教师，送走一届又一届的学生。

我以为他忘记了我，在他教过的学生中，我想我不是最出色的那一个，可是，没想到他一眼就认出了我。我们打过招呼，然后很愉快地交谈着。他跟我聊了许多我离开后学校里发生的事情，还有那些熟识的老师和同学现在的状况，然后又指着围墙周围的一溜儿花草，很骄傲地告诉我，那些都是他业余时间的劳动成果。他和蔼地笑着，让我回忆起很久很久以前，他给我们上过的每一堂轻松的数学课。

我想，一切都没有变，还是老样子。原以为自己经历了好多，成长了好多，这里，也会发生很大的变化，可是我看到的这些人，依旧过着曾经的平静的生活，除了年龄增长了一些外，再没有别的改变。五年，对于他们来说似乎不算什么。可是，当我把这些话讲给妈妈时，她说，我错了。五年的时间，他们也会经历很多，只是我不了解罢了。每个人都只是过着属于自己的生活而已，是的，仅此而已。时间总会带走什么的，对于我个人来讲，或许是记忆。

这次回来，我没有去拜访我的任何一个小学同学。只是一个人闲逛时，在某个拐角处，看到了当初暗恋我的那个男生，安静地坐在台阶上发着短信。我没有打招呼，悄悄地离开了。我还记得他红着脸塞给我的棒棒糖，还有藏在他书包里那一串长长的写有我名字的千纸鹤，五彩斑斓，装点着我们的童年。我走出去很远以后，又回过头，最后向他望了一眼。我笑了。谁知道他是不是在给某个女孩子发短信呢？呵呵。谁会知道呢？每个人都只是过着自己的生活罢了。

我忽然很想小可。小可，一定也在想我。走那天，我们一起去文具店，买了一样的日记本。我们谁也不想留下缺口，留下不被对方了解的岁月的缺口，于是，小可说：“我们一起写日记吧，等再次见面，拿给对方看。”

可是看不到小可，我的笔尖就不再习惯去勾勒心情了。我的那个本子就一直空白着，空白得让我好心痛。

每天，我都会盯着日记本愣上好一会儿，一页页地翻看那些空白，然后再缓缓地合上。我知道，小可一定每天都在认真记录她生活中的点点滴滴，然后盼望着某一天可以与我分享，虽然这种独自等待的时光多少有一点难耐，可是慢慢地，总会变得习惯吧。

我不知道该写些什么在这个可爱的日记本上，其实也曾有过特殊的快乐和悲伤，但那些，相比于我与小可经历的，似乎都太渺小、太微不足道了。无论是快乐也好，悲伤也好，都是与小可无关的。快乐的事，她参与不得；悲伤的事，我也不想白白增添她的烦恼。对这些琐事的记录，真的会有意义吗？我不知道。忽然觉得很冷，我蜷在床上盖着厚厚的毛毯，随手翻翻床头那几本旧杂志，感到很疲倦了，沉沉地只想睡去。

正月十五是要吃元宵的。妈妈买来科迪牌的黑芝麻汤圆煮给我吃，一直以来，我只吃这一种的。

妈妈煮得很好，汤圆软软的，却一点都不破。可是，我只吃了两个，就吃不下了。其实，我喜欢汤圆的那段日子，已经过去很久了，只是妈妈不知道。她错误地以为，我还是她所熟悉的那个我，依旧保持着最初的偏好和习惯。

白白的汤圆很饱满，静静地躺在我的汤匙里，一口咬下去，留下一个完美的半圆，黑黑的芝麻馅就以一种极为缓慢的速度泻了下来，黏稠地粘在汤匙上，腾起的热气中散发出诱人的香甜，令人垂涎欲滴。可是，也正因为它太黏太甜，才使长大的我对它失去了兴趣。我想，什么都会改变。以前喜欢的，终有一天也会变得不喜欢。那些我们放不下、忘不掉的东西，总是随着时间的推移，慢慢地被我们放下了、忘记了。所以，许多人对我说过：时间，是抚平创伤的良药。

元宵夜，我是本打算对月许愿的，没想到，这一夜竟然无月。

回忆过去，是一件既幸福又悲伤的事。之所以要回忆，是因为现在没有了。现在没有了才知道过去是幸福的，而幸福已经成为了过去，那么，又怎么可能不悲伤呢？我很怕很怕回忆和小可在一起的快乐，因为一旦需要回忆，也就表明，那些幸福和快乐已经不属于现在了。偶尔我会觉得很孤单，可是，我并不后悔自己当初休学的决定，这一切是我选择的，我就应该承受所有应该承受的。

我仍会时常想起卓阳，想到他时，依然有恨，依然有怨，但更多的是失望。我和他曾卷入一场只有彼此信任才能继续的游戏，不想中途他却终止了游戏，将我逐出了局。我很想将我所受的伤害，乃至我的休学，全部归罪于卓阳，内心深处却有另一种声音告诫我不要这样。那样爱过的我，却不能那样的恨，我有爱的能力，却没有恨的资本。我宁愿对自己狠一点，相信所有的伤害都是我自找的，是我太软弱，是我不坚强，是我在游戏一开始就犯了错，还一直为自己圆着谎。我有什么权利惩罚卓阳呢？我又如何惩罚得了卓阳呢？他不在乎我，不在乎我所做的一切，哪怕是我的消失，哪怕是我的休学。我只能远远地逃开，远远地逃开……

事实上，只要我一想到不会和卓阳他们一起毕业，心里就会感到很轻松。我停下来，让卓阳先走。仅一年，足够把我们划分在两个世界里；仅一年，我们的昨天便没有必要再被人提起；仅一年，我们就注定成为两条平行线，未来不会再有交叉点；仅一年，我会忘记这一切，忘记我的伤，忘记卓阳曾经给过我的温柔与笑脸……只是，有点对不起小可，我们之间也会因此而错过。如果有一天，我和小可失去了彼此，那么我希望我们都不要再试图找回曾经的感觉，因为有些感觉是找不回的，如果执意要找回，收获的只能是尴尬和虚伪。只要我们把握住现在，珍惜此时的拥有，那么，也就足够了。

花开过，何必因它的凋谢悔恨和伤悲呢？

小瑾打来电话，问我知不知道邱影的电话号码。在嘉程的时候，小瑾和我是同班同学，关系不远不近，虽然算不得朋友，也不是很疏远。自从上了十一中，我们就断了联系，没想到她会突然打电话给我。接到电话的时候，我很惊讶。

我把邱影的手机号码告诉了她，随口问道："邱影不在学校吗？为什么不去班上找她？"

小瑾支支吾吾地问我："邱影转学了，你知道吗？"

我大吃一惊："怎么会呢？"

小瑾认真地对我说："真的，我也是刚刚才知道。以前我帮邱影向别人借过一本书，现在人家来催了，我只好跑到十四班找她。没想到她们班的学生说，邱影已经转学了，在开学不到一个星期的时候，被她妈妈接走的。我这才向你要她的电话号码，想办法联系她……"

我慢慢地放下话筒，心绪被搅得很乱很乱。我隐约地感觉到，邱影的转学一定与那个男孩有关。

我急急地打电话给邱影，想问问清楚，可是无论是手机还是座机，都没有人接。我很担心她，不知她经历了这样的变故后，现在过得好不好。那种迫切的令我茫然无措的焦虑一次次地向我袭来，引起我内心极度的紧张和不安，尽管我知道这样是毫无意义的。

我很惊讶于自己对邱影的这种担心。两年的时间把我和邱影的距离拉得很远很远，我曾一度为之惋惜，为之伤感，不过后来也只能无言地接受了。彼此的冷漠随着时间的推移，渐变成了心灵上的疏远。原以为我们已经在季节的迭变中慢慢走出了对方的视线，往昔的友谊已如云烟一样消散得不留痕迹。可是，在突然得知她转学的那一刻，我真切地感觉到了自己对她的那种关心，是如此浓烈而深刻！过往的记忆像潮水般涌上心头，那些曾经的快乐，抑或争吵，原来都已积淀成美好的回忆，沉睡在心底。

真的很想邱影，真的很想她。不知邱影是否也想过我。可是，想没想过又有什么关系呢？

我与罗宁的事，后来已经尽人皆知，尽管我一直很小心地在人前与罗宁保持着距离。我想邱影一定隐隐地听说过什么，她也一定见过我们在一起，因为她是问过我的。然而只那一次，后来，她就再也没有提过这件事，甚至，装作对我的解释毫不怀疑。而我呢？也不再好奇那个与她牵手的高高帅帅的男孩子。其实，我们都或多或少知道一些关于对方的事情，然后就这样停留在这浅浅的了解上不再深究。我们知道对方不想张扬，哪怕是对于彼此。在这一点上，我与邱影保持着相互的默契。

好想找一个充裕的时间，只有邱影我们两个人，坐在一个温馨而雅致的小店里，一起喝一杯浓浓的咖啡。小店里最好要有落地玻璃和橘黄色的吊灯，因为落地玻璃会让彼此的心变得透明，而橘黄色的吊灯可以让我们不再感到寒冷。然后，我要和邱影好好地聊一聊，告诉对方这两年来发生在自己身上的故事，坦白一切隐藏过的秘密，相互说一声“抱歉”，痛痛快快地哭一场……然而，这对于我来说，竟是一个奢望。

邱影的电话一直打不通。我担心，就这样永远地失去了与她的联系。

与邱影比起来，我是幸运的。显而易见，邱影的心事没能瞒过父母的眼睛，只是，我没想到她的父母会以这种方式为她结束这段爱情。我很清楚，转学并不是邱影的心愿。

邱影一定很难过，她曾那么地骄傲，那么地自信，怎么会任由别人来安排她的生活？我很想为她做点什么，可是邱影的手机长久地关机，甚至，连说一句安慰的话我都做不到。以邱影的性格，对待爱情，她应该比我更果决、更坚定。她的狂热、她的叛逆、她的抗争，一定会更加深刻地伤害到她。我真的很担心她，我不知道，在那些伤逝的青春里，邱影会留下怎样的回忆。她能否一个人忍住心里的痛，坚强地走下去？

相比之下，我的爱，倒像是被父母“放任”了。他们远远地看着我，防范着危险，警惕着伤害，不靠近也不远离。他们对我无条件的信任，给我无条件的尊重，哪怕是一场赌局，也甘心陪我押下全部的爱做赌注，然后一起接受成与败。我是幸运的，完完整整地爱过了，该结束时，自自然然地离开。可是，邱影呢？

. 34 .

今天的天气很好，不是单单一个“晴朗”可以形容的。那是一种透彻的明亮，处处洋溢着暖春的芬芳，这在冬天是少有的。

冬天，就是这样一个爱走极端的季节：要么阴沉着脸，云低压压地连织成灰蒙蒙的一片，狂野的北风哀鸣着卷起漫天飞舞的雪，冰冷着整个世界；要么，就这样突兀地晴朗起来，晴得这般迅速，这般透彻，这般浓烈，让人恍惚地感觉像是走进了春天。这样的晴朗是不懂得含蓄的，像不谙世故的孩子，肆意地宣泄着，晴得朴实，晴得逼真。阳光，是被风滤过的，斜斜地流下来。顺着阳光流下来的方向望去，是一圈圈明亮的光晕，重叠着、拥挤着，却不会破碎。阳光是那般的温柔，我喜欢被阳光笼着的感觉，像有毛毯裹在身上，暖暖地让我想要睡去。然而，在令人如此迷醉的晴天里，我是不忍睡去的，怎么能让梦耽误了欣赏这透明的“春光”呢？我相信，春天已经不远了。躺在吊床上，搭一条薄薄的毯子，沐浴着阳光，直至整个身子都变得很柔软，我静静地等待着，等待着春天。

下午的时候，我一个人悄悄溜出了家门，在街上闲逛。路过一家音像店时，里面传出蔡依林的歌："天空的雾来得漫不经心，河水像油画一样安静，和平鸽慵懒步伐咬着云，心偷偷地放晴……"我，不由得驻足，静静地把这首歌听完。

我是记得这首歌的，那天为了给卓阳买一份生日礼物，小可陪着我转了整整一条街，在我们去的最后那家店里，就放着这首歌。我记得，那天我还特意问了小可这首歌的名字，她告诉我，这首歌叫《日不落》。我觉得这首歌真的很好听，可以让那些沉睡在悲伤恋情中的人蓦然发现，原来爱情也能以这般欢快的节奏进行。再次听到这首歌时，我虽然有一点点物是人非的感觉，却全无了往日的悲伤。

一个人，依旧转完了整条街。路过礼品店时，我很自然地走了进去，随意看着，然后再推门出来。这一次，我看见了一条比上次买给卓阳的那条还要漂亮的围巾，不过，现在的我再也不需要为谁买生日礼物了。只是想一个人，漫无目的地走走、看看，尽情地享受着属于我自己的美好时光……

夜，已经很深了。

我躺在沙发上，盖着厚厚的毛毯，耐心地等待着"午夜影院"将要放映的译制片。《人鬼情未了》这部电影我是看过的，只不过很想再重温一下。渐渐地有些困意袭来，于是，我坐起来，给自己泡了一杯胎菊。看着菊蕾在水中一点点绽放，空气中弥散开一种清爽的香。心情，在缓缓流淌的茶韵中慢慢变得舒展、温软……

我是很喜欢喝茶的，我总认为，茶作为一种调节剂，可以使一切极端都趋于平和。它收敛了春之稚嫩、夏之焦躁、秋之萎靡、冬之冷酷；给春几分温润，给夏几分低调，给秋几分生机，给冬几分斑斓。茶香飘过四季，也改变着四季。

泡菊花茶的过程是很享受的，把完整的焙干的花蕾浅铺于杯底，然后一点点倒进煮沸的清水，看那花瓣浸湿在水中，又微微地倾斜、仆倒、旋转、翻滚，每一个动作都连接得完美无瑕。花瓣大口地饮着水，逐渐充盈起来，原本干涩的面容渐趋饱满，越发晶莹、圆润，浅浅地漾起笑意。花，自是在水中散开了、舒展了、柔软了、细致了，只是依旧完整，仿佛恰到了极点，再泡下去，会软到破碎。茶香静谧地流淌在我的唇齿间，我尝到一点微微的苦，还有一层薄薄的甜。

慢慢品完一杯茶，我觉得自己清醒了许多。对于我来说，茶比咖啡要解乏得多。记得中考时，妈妈怕我犯困，特意冲了大杯的咖啡嘱咐我带上，可是我还是在英语考试快要结束时睡着了。想到这儿，心里忽然涌起一丝丝对母亲的心疼和歉意。

电影结束时已经是凌晨一点了，山姆用手抚摸着他至爱的莫莉，我想，那大概就是他对这个世界最后的留恋了吧！什么才是爱的终点呢？死亡吗？“——我爱你。”“——我也是。”仅仅一个“我也是”的回应，就已经足够超越生与死的界限了。那首曲子很好听，绵绵长长，悲凉得让人心痛。我真的相信，在这个世界上存在着生死不渝的爱情。

原以为，没有我，小可的生活会变得更简单。直到那天，小可颤抖的声音从电话的另一边传来，我才明白，其实不是这样的。

她对我说：“妍妍，有一件事情，我……只能对你讲……你要保证，如果我说了，你不生我的气，还像以前一样对我好，行吗？”

她的话让我有一种不祥的预感，我已经大概地猜到她要对我说什么了——那一定是和林落有关的。

果然，片刻的沉默之后，小可吞吞吐吐地告诉我：她的初吻被林落夺走了。

我很惊讶，虽然一切都在意料之中，可我还是没有想到，事情会发展得这样快。

小可一遍遍地问我，问我会不会介意她的轻率，问我是不是仍旧喜欢她……心，忽然变得很痛，两行泪从我的眼角滚下来。我好想抱一抱小可，告诉她：不要怕！有我在。无论发生了什么，我都不会离开她。

我了解小可的担心和恐惧，小可和我一样，都是很保守的女孩子，她曾对我说过，她的初吻是一定要送给她以后的丈夫的。我很难过，但我仍旧安慰着小可。

小可非常郁闷地向我讲述了事情的来龙去脉。我想，这一切，并不只是林落一个人的错。

自从年假之后，林落就作为美术特长生去北京参加集训了，小可的身边没了我，也没了林落。前两天，林落特地请了假跑去十一中看小可，孤独寂寞的小可有满肚子的委屈想对他诉说，于是，一时冲动的她向老周请了假，说有事要去姑妈家，晚上不能回宿舍住，然后就和林落溜出了学校。

他们在街上逛了很久，最后买了一大堆零食，回到林落租住的那家旅馆里，大吃了一顿。林落给她唱了许许多多的歌，她也跟着大声地唱，用歌声宣泄心中的压抑与落寞；林落还给她讲了很多发生在北京的事，她也向林落诉说着我休学以后，她的孤独与苦闷，还有对我和林落无尽的思念。林落很认真地听着，听着，为她拭去脸上的泪，然后，很自然地把她搂进怀里，然后……然后……给了她一个长久而热烈的吻……

“你怎么可以和他去旅馆呢？你怎么可以给他这样做的机会！你明明知道有危险的对不对？你为什么不知道保护你自己！……”我终于再也忍不住，在电话里冲小可嚷了起来。

小可嗫嚅地说：“我……我不知道，我只是非常想你们，心里的苦憋不住，需要倒出来；我觉得他像我的亲哥哥一样，和他在一起，我很快乐，也很安全，我……我也没有想到，一切都发生得太突然了，我当时也蒙了。我一直把他当亲哥哥的，真的……”

我长叹了一口气，然后用一种尽量平静的口气对她说：“小可，你怎么不明白呢？你们之间是没有血缘关系的。你不是也默认过自己对他有一点点喜欢吗？为什么到现在，你还以兄妹关系来搪塞我呢？即使再亲近，你们也不是亲兄妹，应有的距离总该要保持的。你难道连这点都不明白吗？”

小可沉默了。我听到她在哭泣，可是我没有再安慰她。

头脑中闪过太多太多想说的话，然而因为太混乱，我反而一句也说不出。不得不承认此时的我多少有些尴尬：眼瞅着小可正在重复我昨天的错误，我却无能为力。

我和小可都曾经是那么单纯的女孩子，努力地做着老师眼中的好学生，父母心里的好女儿。好想就这样一直单纯下去。不知从何时起，内心开始萌生一些“单纯”的愿望，渴望一点点“单纯”的温暖。直到那时，我们仍旧认为自己单纯得无可挑剔。当我们终因青春的悸动，无力再抗拒那份早来的情感，“单纯”就成了唯一能安慰自己的理由。我们用它来掩盖那些不敢面对的现实，为自己的脆弱找到了借口。

我相信，林落吻她的时候，小可一定心动了，虽然对我，小可仍旧表现得那般无辜。我不怪小可，我能理解她，因为卓阳说他爱我时，我也一样动了心。其实，那时的我们已不再单纯。我和小可都想通过一个能够以单纯的关系维系感情的方式，为自己的不单纯寻回一些理解、信任和心安理得。于是，我们开始对自己撒谎。这个谎言，似乎是一种信仰，我们都是信徒，并且希望卓阳、林落像我们一样甘心自欺欺人地维系这种隐匿的爱。后来，后来我们觉得自己受了伤，于是开始责怪那些不肯蒙蔽自己的人……

我想，当初的我真的做错了什么。可是现在，我到底该怎样解释给小可，才能叫她也明白呢？毕竟，承认自己“撒谎”是那样困难的一件事，尤其是当这个谎言已经成为唯一能支撑着我们的力量的时候。

我醒了，逃了，小可乱了，哭了，可我已走了。我和小可犯过同样的错，只是我陷得更深，却醒得更早。看透了自己的“诡诈”，再回过头来看小可的“狡猾”，心很痛，为小可，也为自己。

世界上有一些真相，不管我们喜不喜欢，都要去接受，因为存在便是事实——这句话，我对于小可说过无数遍。我想，我们这个年龄的孩子，大概都有“撒谎”的本能。可是，总有一天，我们需要诚实地面对这个世界，诚实地面对自己。而且，这一天，已经离我们不远了。

我承认，我不是一个纯净得一尘不染的女孩子，小可也不是。我们都撒了谎，欺骗了自己，也伤害了自己。不过，至少有一点可以被证实：我们知道什么才是真正的美好。对于这个年纪的我们来说，这一点，非常重要。因为知其美好，所以才憧憬；因为憧憬，所以才追求。哪怕受伤，也在所不惜；哪怕心痛，也义无反顾。或许是我们太贪婪，总想睡在童话里，永远不要醒来。当现实世界已无法变回童话世界时，我们还做着灰姑娘的梦，寻找着属于自己的那双水晶鞋。我们努力地编谎，只为了能看到美丽的结局。而有的人根本不需要，他们不需要努力，也不需要这种美好。他们需要的只是直接的爱与表白，哪怕明知青涩的爱情不过是一杯毒酒，仍愿意举起酒杯，潇洒地死一回。我无意指责这些人对待爱情的态度，只是早熟的爱情之果注定了会苦涩，我们不甘心让青春就这样饮鸩止渴，随意地亵渎了心底的那份清纯。

我是相信高尚的爱情的，正如我相信《我的青春谁做主》那部电视剧中高齐的存在一样。我很喜欢他，对于爱情，他有一份完美的理解。

高齐说过："我的爱与你无关。"也就是说"我爱你但是和你没关系"，也就是说"爱情只是我一个人的事，你可以对我毫不在意"。

我很感动，感动于高齐无悔的付出和大度地放手。我相信，世界上是存在这样高尚的爱情的。这不是退让，不是懦弱，也不是不珍惜。而是，把自己的一切给予对方，甚至是选择爱不爱自己的自由和权利。我不禁又想起这样一句话："你是幸运的，因为你可以选择爱我或者不爱我，而我只能选择爱你还是更爱你。"

我很想帮帮小可，可我不清楚那个吻到底代表了什么。是一时的冲动，还是一个终身的承诺？我不想小可再受到伤害，为了保护小可，我决定和林落谈一谈。

小可虽然很犹豫，但最终，她还是把林落的手机号码告诉了我。她知道，她可以信任我。

我很快地编了一条短信发给林落："我是许妍，可以聊一会儿吗？我想和你谈一谈小可。"

林落很干脆地回给我："当然可以。"

我问他："你爱她吗？"

林落反问我："什么是爱呢？"

我没有想到，林落会把这样深奥的问题丢给我，一时间不知该怎样回答。我思考了很久，然后一字一字地写上去："爱，就是默默地看着对方，心里就有道不尽的幸福。"

林落仍旧没有回答我，他反而不肯放过我了。"那么你爱罗宁吗？"他这样问我。

我愣住了，我不知道自己究竟有没有爱过罗宁。可是，知不知道又有什么关系呢？爱没爱过又有什么关系呢？对于我和罗宁来说，这些，都已不再重要。我想，林落之所以不敢正面回答我，或许是因为一切发生得太突然，连他都没有做好心理准备吧。现在的林落一定也变得糊涂，变得不知所措了。爱还是不爱，恐怕他自己都不清楚，又怎样对我讲呢？

我沉默了片刻，回短信给林落："不管你爱还是不爱，都不要再去打扰她了。她已经为自己的梦想奋斗了这么多年，就让她心无旁骛地完成高中的学业吧！作为朋友，我们谁也不想让她的青春留下遗憾和伤痛，不是吗？那就请你做一个隐形的天使，默默地守护她。同时也给自己留点时间，把一切想想清楚。好吗？"

林落答应了。我很感激他。

我想，真正的爱是经得住考验的。等待是一种考验，更是一种鉴证。没有生死与共的轰轰烈烈，有的只是一份承诺，藏匿在温存的目光中，细数一次次花开叶落，春去秋来。林落要等的，不过是一年的时间，多少古人不都是在等待中收获了爱情的甜蜜吗？可是，人们都怕等待，因为等待到最后，可能只是一场错过。也许此时承诺，而真正等待时则会放弃了执着，也许时间会让一切淡漠，太多太多的事情会发生，让等待的开始成为了分手的终结。然而，对于小可和林落来说，除了等待，还能怎样呢？有些时候，我们别无选择。

.35.

春天，真的来了。一阵暖风卷走了残冬的最后几块碎片，暖暖地抚过我的脸颊，像一双温润的手，带给我母亲一样的温柔。我觉得整个身子都浸在了这柔柔的暖风里，身体的每处关节都感觉到一种酥酥的醉。

房檐上不知什么时候垒起了燕窝，于是常常有两只漂亮的燕儿，在我们的窗前飞来飞去。俏丽的身姿像风中的莲，像雨中的帆，像月光下梧桐树的疏影斑斑。它们总是欢快地唱着，迎来清晨的第一缕阳光，睡梦中的我，常常就这样被唤醒。虽然我听不懂它们的歌，可我能感受到歌声中氤氲着的幸福和快乐。偶尔，它们会亲昵地依偎在一起，呢哝、婉转地诉说着不尽的缠绵。有时，我正伏在桌前想写点什么，阳光透过玻璃，散在我的桌子上，形成一方明亮的光区。“呼”的一声，一个浅浅的暗影急速地滑过我的笔尖，斜斜地溜走了，我笑了，但没有抬头——我知道那是楼顶的“邻居”回家了。

我很庆幸自己住在顶层，这样我可以很清楚地看到两只燕儿的一举一动。我时常会去楼下的草地上捉些小虫儿，悄悄地放在外面的窗台上，这两个小家伙总是很欣然地接受我的礼物，却从不懂得感激。它们只是转动着圆溜溜的小眼珠，警惕地打量着周围，然后很快地衔起小虫，又很快地飞走。在这个春天，我认识了两只美丽的燕子，虽然，它们并不认识我。

我决定去看看小可，已经好久不见了，真的想她。再次坐在“0℃青春”的椅子上时，我没有点柠檬香草的冰淇淋，而是为自己选了一款蓝莓口味的，味道很不错。

开店的那个阿姨很惊讶地看着我：“小妍，很长时间没有见过你了。怎么换成蓝莓的了？柠檬香草的不是很好吗？现在不喜欢了？”

我笑着摇摇头：“不是啊，只不过总吃一种，吃腻了，今天很想换换口味。”

她笑了，笑得很温柔。我想，她的女儿一定很幸福，每天都可以吃到免费的冰淇淋，还可以看到她这样温柔的笑。

坐在那里等了很久，直到杯子里的冰淇淋都化了，我才看到姗姗来迟的小可。

我假装生气地责怪小可：“放学这么长时间了，你怎么才来？”

小可委屈地看着我：“还不是为了给你买这个！”

我接过小可递过来的塑料袋，打开一看，竟是一份外卖的茄子盖饭。

小可对我眨眨眼，俏皮地笑着：“怎么样，在家有没有学厨艺啊？”

我不好意思地挠挠头：“学了……不过，你知道我的……我觉得还是买着吃比较方便，你说呢？”

小可不满地撇撇嘴：“哼，我就知道会是这样！”

我很心虚地笑了笑，歪着头看了小可半天，忽然发现，在她清澈的眼睛里，多了一抹淡淡的不易觉察的忧伤。

那天，我们聊了很多，小可说，她和林落已经开始了。

我不大明白，疑惑地问："开始什么？"

小可低着头搅着杯中的冰淇淋，没有说话。我愣愣地看着沉默的小可，突然间理解了那句话的意思。

我一把抓住小可的手嚷道："不可能的。林落答应过我，在你们考上大学之前他不会再打扰你……小可，难道是你……"

小可猛地推开我的手，把脸扭向一边哭了起来："都是因为你，为什么一定要离开我！你有没有想过，失去你，我的日子怎么过，我有心事对谁说？你知不知道，我有多想你！你知不知道，我有多孤单多寂寞！"

我惊呆了，眼前的小可已经不再是曾经那个坚强而自信的小可了。不知什么时候，小可也变得这么软弱，软弱到需要投进别人的怀抱来躲避孤独，借助别人的体温来抵御寒冷。我不能给她这样的怀抱了，所以，她选择了林落。记忆中的小可不是这样的，她虽然脆弱，但决不软弱。她说过："如果在我受伤了，跌倒了，正一个人挣扎着的时候，有人靠近我，向我伸出友好的手，企图做我的依靠，那么我会告诉他'滚远点'。无论多疼，我都会自己爬起来。"她是这样说过的，我还记得，可是，小可已经忘记了。小可是看着我一点点沉沦的，她知道我在爱情里受尽了怎样的折磨。她曾陪我流泪，陪我心痛，看着我的心一点点裂成碎片，她说她宁可一辈子不去爱。可是，她忘记了。

对小可，我不知道还能说什么，道歉吗？劝诫吗？质问吗？不，这一切都不适合，我只能选择沉默。难道真的是因为我吗？难道仅仅是因为我吗？是，但又不是。小可是知道的，她不过是想找个借口，安慰自己纷乱的心。然而，我又怎么忍心拆穿她的谎言呢？承认自己撒谎是件多么不容易的事啊！我沉默着，心里很难过。

小可盯着我杯中的冰淇淋，想说什么却又没有说。

我苦笑了一下："想问就问嘛，何必把话咽回去呢？其实，我只是不想再因为某个人，习惯某种口味了。为了纪念一个人、一段回忆，而执拗地选择吃一种口味的冰淇淋，实在是一种愚蠢的行为。不是吗？"

小可笑了，然而笑容很短暂。她面色凝重地问我："妍妍，你忘记他了吗？"

我想是的，卓阳在我的记忆中已拼不成一幅完整的画面了，可是我不敢点头。我只是淡淡地回了小可一句："你说呢？"

事实上，我还是害怕，怕自己见到了卓阳，就不忍心再把他忘记。明知是一场错误的相遇，却担心自己还会珍惜。毕竟，感情这东西总是让人身不由己。比如说小可，她明知自己与林落的开始便是错，可她仍旧选择了继续，除了孤单，一定还有别的原因让她如此坚持。我懂，小可也懂，只是我们谁都没有说。

我和小可又一次陷入了沉默，长久的沉默。我打开仍有余温的饭盒，看到带着焦皮的茄块透着酒红色的光泽，曾经那种熟悉的香再一次轻轻飘进小可的笑窝。我安静地抽出一双筷子递给小可，我们仿佛回到了从前，两个人再次分吃一份盖饭，心里装的依旧是幸福。

可是，小可哭了。她说她很想我。

我也哭了："小可，怎么办？我爱你，可我什么都不能做……"

忽然记起，这句话，卓阳也曾对我说过。

天气渐渐地暖了，不知什么时候，蝴蝶闯进了我的春天。我常常看见，在透明的阳光下，一只只蝴蝶扑扇着它们那一对对美丽的翅膀，在楼前的花池里自由地飞。就有几只落在花瓣上，踮起脚尖，转着圆圈，轻盈地跳起浪漫的华尔兹，缠绵如纱，温柔似水，带着一种扑朔迷离的神秘的美。

神秘而美丽的东西总会令人向往，我偶尔会幻想自己变成了一只黄色的小蝴蝶，自由地飞翔于我所喜欢的任何一个地方，永不停歇，永不滞留。我要带着属于自己的那一对翅膀，顺着阳光的流向，飞到温暖的地方，在那里没有冬天，没有寒冷，也没有肆虐的风，有的只是一片四季如春的花的海洋。我还要让阳光纤细的线条，柔和地穿透我的翅膀，在平滑的路面上投下我斑驳的身影，荫蔽一只口渴的蚂蚁，或一只断臂的螳螂。我还要嬉戏于花丛，与每一个精灵共舞，躲在娇艳的花瓣间捉迷藏。玩儿累了，就在浓郁的花香中沉沉地睡去，直到天亮……不，天亮也不要醒来，我要睡很久很久，直到支撑我身体的花床一点点枯萎，一瓣瓣凋零，我从上面跌落下来，摔得好疼，这时才揉着惺忪的睡眼，从美梦中惊醒。可是，幻想终究是幻想，无论如何我都化不成一只蝶，只能用力地眨眨眼睛，一如蝴蝶扑扇着它美丽的翅膀。

很小的时候我就知道，美丽的蝴蝶有着毛毛虫的过去。而且，愈是丑陋的毛毛虫，变成的蝴蝶就愈加漂亮。上帝总是公平的，给予多少苦难也会赠予多少幸福。可是，并不是所有的毛毛虫都能变成蝴蝶。我常常见到一些毛毛虫的尸体，它们怎样生，也怎样地死去。我觉得它们很可怜，也很可悲，生命就这样走过了，哪怕是一瞬间的美丽都不曾拥有。人生如果没有绚烂过，那么还有什么意义呢？最终不过是雁过无痕，杳无踪迹。或许，它们从未幻想过蝴蝶一般的美丽，因为不曾许愿，也不曾努力，所以对于它们来讲，这样的死亡仍不失为一种安静的结局。可是，我不要这样，我不要只做一条毛毛虫，碌碌终生。我仍幻想自己能变成一只美丽的蝴蝶，自由地飞翔，哪怕那个蜕变的过程是那样艰辛、痛苦且漫长。也许，现在的我仍旧只是一条毛毛虫，但我相信，我终会成长为一只美丽的蝴蝶，自由、骄傲而坚强。

周末打扫卫生的时候，我和妈妈翻箱倒柜，整理出一大堆废置很久的杂物，堆在门口，准备卖掉。屋子里一下子干净了许多，看上去清爽而简单。妈妈说，生活中总会产生各种垃圾，物质的，或精神的。我们必须适时地把它们清扫出去，只有这样才能腾出足够的空间，收获新的精彩。

收拾自己的小药箱时，我意外地发现，许多药已经过期了，只能扔掉。这些药当中，有一些还是罗宁买给我的，他怕我生病时来不及去买药，所以特意为我备下了一些。然而我的身体是极好的，很少生病，也很少吃药。那些药就这样好好地摆放在我的小药箱里，直至过期。其中有一盒阿莫西林，连封口都没有打开过。

可是过期的东西总是要扔掉的，就像垃圾一样，已经没有价值了，我没有必要为此而惋惜。我想，我和罗宁、卓阳的过去，已经如同这过期的药一般，没有价值了。我必须把它们清扫出去，学会忘记，学会失忆。只有这样，我才能腾出空间，装进原本属于青春的快乐和幸福。只是，我仍旧感到一点点心痛。有些东西，从一开始我就不该收进心里的，就像那盒未开封的阿莫西林，从一开始就不该买它，付过钱，最后却一样要扔掉。然而，不扔掉又能怎么样呢？纵使白白地花了钱，也不能把过期的药吃进肚子里。忘记，对于我们来讲应该是最好的选择，毕竟抹去褪色的记忆，才能重新开始全新的生活。

我生病了，因为淋了雨。

那天的雨很大，还没到中午，天就黑了下来。雨，来得那么突然，瓢泼一样地倾泻下来，啪啪地抽打着窗子，声音越来越响，震得人心慌。已经是六月份了，这算是一场夏雨吧。

所有的窗子都关上了，屋子里密不透风，弥漫着一股暖热的气流，包围着我，让我觉得闷闷的，像有一块石头堵在胸口，呼吸有些困难。我感到莫名的沉重和压抑，有一种说不出的疲惫。电视里所有的节目被我翻看了N个来回，终于支持不住，嗞嗞啦啦地变成了一片灰白的雪花。我关上电视，觉得无聊极了，于是，很想出去走走。

我穿了爸爸的雨鞋，拿了妈妈的伞，一个人漫步在大雨中，顷刻间呼吸变得顺畅起来。昏暗的天色，细密的雨帘，让周围的一切显得神秘而朦胧。我喜欢这样的感觉！远处的建筑和街道在喧嚣的雨幕中影影绰绰，模糊成一片，一切纷杂都消失了，心也变得空旷而自由。雨很大，我的伞有些招架不住，因为还有风。雨斜斜地打在我身上，弄湿了我的头发，我感到有一点点冷。穿着雨鞋走在大雨中，居然能让我收获一种莫名的幸福感，说不清也道不明。我用力地踩着脚下的水，并且很技巧地把溅起的水花掌控在合适的高度上，以保证衣服不会被弄湿。我在雨里玩了很久，走了很久，也幸福了很久。然而我的顽劣很快受到了惩罚，整整一夜的高烧，忙坏了爸爸和妈妈。看着他们焦急而心疼的样子，我的心里竟充满了快乐。

其实我是不喜欢雨的，从来没有喜欢过，只是逃避雨天逃避得太久了，很想就这样面对一次。

. 36 .

老周打来电话，通知我参加下周五的会考。我简单地收拾了几本书，在考试的前两天赶到了学校。小可见到我很高兴，晚上，我们挤在一张床上说了很多很多的悄悄话。

十一中还是原来的样子，什么都没有变，只是在她沧桑的岁月里又添了几抹朝晖和晚霞。

因为考试的需要，所有的自习课都被安排在宿舍里。我和小可偷偷地溜出来，躲在槐树底下看书。嗅着槐花浓郁的香，我感到一种贯通全身的愉快和舒爽。我把这种感觉讲给小可，她笑了，她说她也一样。

一阵风吹过，雪白的槐花簌簌地落下来，掉在我摊开的书页上，有几朵，带着星星点点的湿润，像温软的唇一样吻过我的面颊。我猜，那一定是前些日子下过的雨，伏在了花瓣上。槐花随着风不断地凋零，舞成一支圆润、 动听的曲子，缓缓地流淌在醉人的黄昏里。我情不自禁地站起来，伫立在漫天飞舞的花海里，似在目睹一场不化的冬雪。

我曾设想过，种下一片晶莹的雪，悉心地照顾它，等待它的发芽，然后默默地祈祷，明年可以收获一个只属于自己的飘雪的冬。我明知这是不可能的，所以暗笑自己无药可救的天真、无药可救的傻。可是，现在我发现，自己那个梦一样的愿望竟是可以实现的——不错，只要种一棵槐就足够了。我醉在这童话一般的世界里，痴痴地忘记了一切。

小可踩着满地的落花，兴奋地跑着、跳着，像一只翩跹起舞的蝶。可是突然她停了下来，呆呆地望着我，过了好久，才喃喃地对我说："妍妍，你站在那里，美得像一幅画！"

我愣愣地看着她，看着她瘫坐在地上，把头埋进臂弯里，枕在膝盖上轻轻地抽噎着。我走过去，跪在她身边，紧紧地抱住了她……夕阳，用橘红的色彩，把我们勾勒成一幅忧伤的画。

我见到了罗宁。那天我和小可刚刚从"0℃青春"走出来，手里捧着冰淇淋边走边吃，一路上嘻嘻哈哈地笑个不停。突然有个男生冒冒失失地从后面跑过来，差一点撞翻了我手中的冰淇淋。他没有来得及说"抱歉"，只顾弯着腰，站在一边"呼哧呼哧"地喘着粗气。小可一只手护着我，怒目圆睁，张开伶牙俐齿的嘴，正准备教训他一通。没想到，那人竟是罗宁。

我们六目相对，愣了一下，继而都笑了。我想我和罗宁的笑容里多少带着点尴尬，虽然已经过去了这么久，原本早该释然了。

他很局促地问我："许妍，好久不见了，最近过得还好吗？"

我含糊地回应着："还行，挺不错的。你呢？"

然后，我们就再也不知道该说些什么，只是望着对方傻傻地笑。曾经的那段往事，已经镌刻在我们的记忆中，无论怎样都挥不去。可是，面对面的我们又觉得彼此那么遥远，遥远得仿佛一切都只不过是昨天的一个梦。罗宁说过，最终，我们会成为熟悉的陌生人。现在看来，果真被他说中了。心中有一点点遗憾——如果从一开始，我和罗宁只做普通的朋友，那么现在见到彼此就不会这样尴尬了吧。当初的贪心和任性惩罚了我们，让我们在得到的同时也失去了很多。

罗宁请我和小可吃了米线，在那家我曾经很喜欢的店里。我吃了很多，连汤都没有剩下。

小可惊讶地望着我："你是个猪啊！要了一大份，居然还能吃得这么干净……"

我顽皮地对她眨眨眼："因为很好吃啊！不是吗？我以前常来这家店吃米线的。罗宁第一次吃，还是我带他来的呢！不信你问他。"

罗宁怔怔地看着我说："我以为你再也不会喜欢这里的米线了。我清楚地记得，你曾说过：你永远不会再踏进这家店。刚刚我正奇怪，今天你怎么又选择了来这里……"

我一下子愣在了那里，这些事罗宁为什么还要提起呢？我都快忘记了，干吗还要我想起？

沉默了很久，我才缓缓地说："我不想再因为谁，与某一种食物记仇，它真的很无辜。这个解释，你可以接受吗？"

罗宁低下头，搅着碗里的汤，过了好一会儿，淡淡地说了句"抱歉"。他说，自从我走后，他常常来这家店里吃米线，每次都会想起我们一起吃米线的那个记忆的片段，还有我说过的那句"永远不会再踏进这家店"的话。然后一个人坐在那儿，心痛很久，很久……

没等他说完，我就"腾"地站了起来，咬着下唇一字一字地对他喊道："不要再说了！"

小可瞪了罗宁一眼，示意他不要再说，然后拉拉我的衣角，要我坐下。

我没有立即坐下，只是放低了一点音量，又重复了一遍：“不要再说了。”

我有些生气。罗宁说这些干什么？难道他还想再寻回点什么吗？

我颓然地坐在了椅子上，很冷漠地对罗宁说：“你还能想起，而我，都忘了，忘得干干净净了。”

罗宁盯了我很久，勉强挤出一丝笑纹：“好了，不说这些了。许妍，小可，你们喝点什么吗？我去柜台拿点饮料，两杯橙汁怎么样？喝可乐对身体不好。”

看着罗宁走向柜台，小可重重地叹了口气：“妍妍，干吗要这样伤他呢？罗宁还是忘不了你啊！”

其实，我知道，罗宁很清楚我们之间已绝无可能。电影结束了，人也该退场了，只不过，他想到曾经的种种，觉得有点惋惜，有点委屈罢了。我本无心伤害他，我只是，只是表现得冷漠了一点。可是，冷漠本身就是一种伤害，这个道理我难道不懂吗？不，我懂的，可我别无选择。只有这样，才能让他彻底忘记我，我不想再重复昨天犯下的错。

我以为，我不会见到卓阳了。两天的会考就要结束了，这是最后一场。我感到很轻松，虽然考试结束后，我就要不得不和小可说“再见”。

小可把我送到考场时，时间还很早，教室的门还没有开。她陪我在考场外站了一会儿，千叮咛万嘱咐，让我考完之后一定要在老地方等她。无论如何，她都要送送我。人渐渐地多了起来，我怕小可误了考试，便急急地催她下楼去找自己的考场。

我站在走廊的玻璃前，看着小可的背影渐渐远去，直到她完全消失在我的视线中，才转过身来。就在转身的一刹那，我愣住了。我突然后悔起来，多么希望自己的眼睛一直盯着窗外，盯着窗外，不曾回头……卓阳和喻婷就在我身后不远处亲密地交谈着，看样子，他们和我在同一个考场。原本平静的心湖，就这样被一颗石子惊起了涟漪。

趁他们还没发现，我悄悄向楼梯口靠过去，然后飞快地跑下楼，寻找小可所在的考场。可是我没有找到她，只好一个人，在外面闲逛了很久。我真的不想见到他们，见了面做什么呢？还要不要打招呼呢？或者为了表明自己已经释怀，虚伪地寒暄几句？我不知道，我还没有准备好。我想，他们也一样。

入场的铃声缓缓地响起来，我匆匆忙忙地跑上楼，不料，竟在二楼的拐弯处撞上了卓阳。他看上去也很匆忙，手提袋从手中滑落下来，文具散了一地。我们愣了一下，谁也没有想到，会有这样一次尴尬的相遇。那一刻，我真切地感觉到：人，站得这样近，心，却离得那样远！然而，一瞬间的惊诧并没有定格太久，我们很快缓过神来。他弯下腰，捡起掉了一地的文具。而我，没有帮他，甚至都没有多看一眼，就像陌生人一样，依旧那般匆忙地向楼上跑去。一切都发生得太突然，整个过程仓促得有些不真实。我和卓阳都将那一瞬间的愣神掩饰得很好，留给对方的，只有漠然的表情和无谓的心跳。

走进考场时，监考老师正在分发稿纸和垫板。我迎着许多人的目光，走到自己的座位旁，安静地坐下，很自然地掏出纸巾，抹去课桌上的灰尘。在眼角的余光里，我隐隐看到坐在右边的那个女孩好像冲我微笑了一下，于是，我很礼貌地回给她一个微笑，同时转过脸，冲她简单地点了一下头——很不幸的是，那个女孩不是别人，竟是喻婷。我感到尴尬极了。原来，和我在一个考场考试的是喻婷，卓阳只不过是来送她。我怎么也没想到，坐在我右边的那个人竟是她，如果我知道，我就一定不会看她，更不要说向她微笑了。我并不仇视她，只是不想就这样浪费我的笑容来换取几分窘迫。我心不在焉地考完了这一场，交卷后第一个冲出了教室。我不想在这里多待，因为喻婷的存在，每一分每一秒都变得很煎熬。

我在老地方等着小可，她说过，无论如何要送我离开的，我不能让她失望。不知“冤家”是不是真的“路窄”，还是故事一定要有太多的巧合才能连构得完整，总之在这里我又一次看到了卓阳。

卓阳站在离我不远的地方来回地走着，时不时地看看表，我想，他大概是在等喻婷吧。他看到了我，正如我看到他时一样，眼神中闪过一丝丝惊讶。他愣了一下，然后笑了，笑容依旧那般灿烂，那般明媚。可是，我再也感觉不到记忆中阳光般的温暖了，我觉得他的笑容好遥远，好空洞，好缥缈，也好陌生。我木然地望着他，眼神很迷惘。

我不知道，他的这个笑容究竟想传达什么。是在告诉我，他们没有忘记我吗？还是表示对过去的一切都已释然了呢？在祈求我的原谅，还是装作很宽容的样子，表现他们的豁达？

我笑不出来，真的笑不出来。虽然一切早已过去，已消逝。我们都没有错，或者，我们都错了。所有的故事，都发生在遥远的昨天，与今天无关，与明天无关。我只想忘记这一切，拥有一个充实的现在和未来，至于过去的，实在没有解释的必要了。我真的不明白他们送给我的微笑到底意味着什么，表示友好吗？还是要给那个不完满的故事重新画上一个完满的句号？我不想这样，不想再被他们的笑容蛊惑了，哪怕他们是真诚的。我只想让自己变得坚强起来，不需要任何笑容给予的温暖。

我盯着卓阳，盯了好一会儿，维持着刚才的表情，直到脸上的每一处肌肉都变得僵硬。卓阳收敛了他的笑容，眼神中掠过一丝失落和难过，我想他一定尴尬极了，因为我没有回应。

心中忽然有些不忍，我最终还是冲他微笑了一下——我不想让他太难堪。

小可不知什么时候已经站在了我的身后，她兴冲冲地喊了我一声："妍……妍！"声音，却在终点处微微地颤抖了一下。

我知道，她也看到了卓阳。我被小可这突兀的一喊吓了一跳，吞吞吐吐地说："你……来了，等你……很久了。"

小可很紧张地把我拉走："你们见面了？说话了吗？你没事吧？"

我摇摇头："没事，我们只是微笑了一下。"

小可看上去很不相信的样子："只是微笑了一下？"

我轻轻地叹了口气："不然还要怎样呢？叙旧吗？说实话，若不是他先对我微笑，我连笑都不会冲他笑一下。我觉得，挺没意思的。"

小可沉默了一会儿，好像鼓起了很大勇气似的对我说："妍妍，我很怕在你面前提起卓阳，因为不愿意打扰你现在平静的生活。不过，既然你们已经见过面了，那么我不妨和你说说他。其实，你走之后，卓阳找过我，他问我，你为什么要休学，是不是和他有关。当时，我很生气地冲他喊：'妍妍都走了，你还想怎么样？到什么时候你才肯放过她？'我承认，那天我对他的态度很不好。可是，从那以后，卓阳每次见到我，都会向我打探你的消息，问你过得好不好。我问他，既然这么关心妍妍，干吗不自己打电话去问？他说，他没有勇气。……妍妍，这些话，我说给你听，不会让你觉得难过吧？"

我抱住小可，用很平静的声音在她的耳边说："当然不会啦，卓阳对我来说，已经没有那么重要了。不过，你应该替我告诉他，不要让他再惦念着我了。他对我的这种关心，只会让我觉得很滑稽，也很无聊。其实好多事情，对现在的我们来说，已经很多余了。如果他只是因为无法安心，那么告诉他，所有的一切，我都忘记了。告诉你，小可，我不想再见到他。我正在把我们的过去，一点点地从记忆里挖出来，慢慢遗忘。经历了这么多的风风雨雨，我们都该长大了。你、我、罗宁，还有卓阳，都需要一个有着明媚阳光的未来。你说对吗？小可！”

小可哭了：“早知如此，当初干吗把事情做得那么绝呢？干吗那么狠心地伤害你，事后却要后悔？都是因为他，否则，你也不会逃走的，我们两个也就不用分开了……”

我抱紧了她，一句话也没有说。我相信，小可一定听懂了我的话。真的希望她也能像我一样，找回自己曾经的自信和坚强。

妈妈打来电话，车已经在门口等我了。回去的时候，下了很大一场雨。

车正在行驶着，突然就掉下豆大的雨点，噼噼啪啪地砸在车窗的玻璃上。这场突兀的雨与刚刚透彻的晴朗，仿佛是不同的两个世界连在一起，被我们的车疾速穿驶而过。中间，甚至没有缓冲和过渡。车里放着一首海鸣威的歌，旋律在雨中变得颤抖而模糊。我觉得有点闷，于是，把车窗的玻璃摇下来一半，想透透气。可是雨很大，风也大，雨裹着风，风挟着雨，疾速地扑进窗子，潮黏黏地沾湿了我的脸。我慌忙摇上玻璃，抽出一张纸，细细地擦拭着脸上的雨水，突然就变得伤感起来。

一切都结束了，卓阳真的成为了我的过去，我想，我已经将他彻彻底底地忘记了，甚至连一个微笑都不想再给予。过去的终究过去了，这不正是我想要的结果吗？可是，我还是不能完全释怀，心中依旧有那么一点点委屈、一点点悲伤，细小到几乎察觉不出，就像卓阳微驼的背，那样一个可以忽略的孤度。很想出去走走，让飘着沥沥细雨的心，在旅途中慢慢放晴。

妈妈忽然很认真地看着我说：“妍妍，我们出去玩儿几天吧！再去一趟上海，怎么样？”

我惊讶地看着她，愣愣地点了点头。

. 37 .

我们把出发的日子定在七月六日这一天。妈妈说，可惜六月已经过去了，不然，六月六日那天出来该多好，“六”多顺啊！在我的记忆中，妈妈从来不在意这些的，然而这一次，她却说出了这样的话。我知道，她只是希望我经过这次上海之行，可以顺顺利利地用快乐填塞心中那一点点空落。

我们选择了乘火车去。爸爸说，要想真切地体会一种事物，必须学会放慢速度。飞机太快，给人的感觉总有点不真实，还没来得及看清途中的风景，人，已经到达终点。殊不知真正的快乐和幸福是在路上的，只有学会享受过程，把美好一点点积攒起来，才能完整地编织成心中的梦。这一点，我很赞同。

我坐在火车上，透过车窗看风景。一路感知着沿途的变化，一路收集着快乐的心情，直到困了，也不愿闭上眼睛。我们没有买到软卧的票，硬卧车厢里虽然有些嘈杂，可我丝毫没有感到烦闷，心里反而很平静，好像什么都放下了，什么都遥远了。我望着被火车甩在后面的一排排民房、一座座村落、一棵棵树，夕阳在它们身上镀上一层好看的金粉，甚至连一个个被落日拉长的暗影都排列得错落有致。明与暗的交接，光与影的更替，自然而顺畅，拼合成一幅壮丽的画面，然后一大块一大块地向后延伸，连着天，连着晚霞，连着天的尽头，直到越出我的视线，永远永远地与我错过。我看窗外那些流走的美丽，一如看着自己消逝的过去，有点恍惚，也有点懵懂。

火车在中途的一个车站上停靠十分钟。天已经黑下来，外面的站台上，早已亮起了灯。我看到各种各样的人，在站台上来回走动，有扛着用编织袋包裹着行李的农民工，也有提着公文包的职员或商人，还有像我们这样的父母和孩子。我看了很久，有点饿了，回过头来，想问妈妈有没有吃的，却发现刚刚还坐在这里的她已经不见了。

爸爸说："你妈下车买煮玉米去了，她说你一会儿肯定会饿的。"我愣了一下，急忙透过车窗左右张望，终于看到，在远处的一个摊位上，妈妈正挑拣着一个婆婆锅里的玉米，热气缓缓地升腾着，扑向妈妈的面颊。

我笑了。继而，心又疼了。我们总是这样默契，默契得让我心疼。

经过漫长的十七小时，我们终于到达了上海。上海比我记忆中的样子更漂亮了些，也更浮躁了些。站在高楼林立的大街上，我忽然发现自己是那样地单薄，那样地渺小。再一次这样贴近我梦想中的城市，所有的欣喜、激动都随着怦怦的心跳，一点点溢出来，几乎要将我淹没了。我放下行李，站在一处台阶上深深地呼吸。爸妈停下来，回头看看我，然后相视一笑，静默地站在一边，看着我忘情地陶醉在这一片现代城市的繁华里。

感悟着自己与梦想的距离，我多想以之为半径画一个大大的人生的圆，用最短的线勾勒出最大的面积。这时，我的手机突然响了起来，看了一下号码，是小可打来的。

我没有接，只是顺手发了一条短信给她："我在上海呢。"

过了好半天，手机才懒懒地响起短信提示音，我匆匆地打开一看，没有料到，小可竟一口气发了三条短信给我。我逐条细读后，竟感动得落了泪。

她说："我记得你说过，你的理想大学是复旦，因为你要去上海开创自己的未来。你向我描述过上海的美丽，你说你喜欢上海的夜晚，宁静而璀璨。我还记得，当初搞班级文化建设的时候，老周打印出各大名校的宣传画贴在墙壁上，鼓励我们为自己的理想而努力。其中复旦大学的那一张，贴在离我们最近的地方。老周对我讲，这幅宣传画，是专门为你而打印的。妍妍，我们都记得你的梦想，永远记得。妍妍，我也要考复旦，我要好好学习，替你先圆这个梦。真的，我是认真的，我要去上海，去等你。如果我真的考上了，那么无论如何，你也要考上，我是为等你而努力的，你也要为我而努力。永远不要忘记你的梦想！永远不要忘记你的小可！我会一直等着你，等你到上海来找我，我们要在梦开始的地方相聚！"

我擦干了泪，无比认真而又无比坚定地回给小可一个字："好！"

那天晚上，我们登上了东方明珠塔。灯光透过瞳仁映在我的心里，我感到仿佛有一双明晃晃的手揪扯着我的全部神经，让我激动的情绪难以平息。温润的夜风扑面而来，带着一种梦幻的迷离。我努力睁大双眼，想要把所有的美景都收进眼底，却怎么也收不尽眼前的璀璨和绚丽。我想，在上海这个地方，我会因为敬仰和向往，把自己视作微尘一样。或许，我从来就喜欢发光的东西，比如说，太阳。我一直觉得太阳的光芒拥有神奇的力量，给予人温暖和希望。我喜欢明亮，喜欢晴朗，喜欢纯净得一尘不染的阳光，喜欢柔美的光线，细细地穿梭在我的身上。某种程度上说，我对光明的痴迷，近乎扑火的飞蛾。

站在电梯上，视野随着高度的上升而逐渐变得阔远，观赏夜景的角度也在不停地切换着。夜色中的黄浦江宁静而壮美，深深的暗影仿若一幅巨大的水墨画，在跳跃的波光中静静地摇曳。远处的建筑投影在江面上，各色灯光汇聚在一起，点亮了夜晚的黄浦江。水面闪烁着醉人的红晕，一点点荡漾，激起我一次次畅想。我仿佛看到无数条渔船在江面驶过，耳边是阵阵船桨激起的水声，哗啦啦——哗啦啦——永不停息。其实，什么都没有，没有船，也听不到水声，我离它太远太远，只能远远地望见，望见夜色中寂静的黄浦江。在上海并无全黑的夜，黄浦江也一样，然而，在它深远的边际，黑夜弥漫，浓郁而透彻，清晰且自然。在那无法被灯光点亮的尽头，黄浦江安详而静谧地沉睡着，不被打扰。

我用手机拍下好多好多的照片，虽然大多不过是灯光与夜色交织成的模糊一片，可我仍旧饶有兴致地为每一张照片取了名字："梦之城"啦、"夜深沉"啦、"透明心语"啦……我把这些照片通过彩信发给小可，我要告诉她：上海就是这样的。我要让她知道，梦有多么美丽，多么真实，多么贴近，做这个梦应该不会后悔。我知道小可一定懂，她一定懂的，一定，一定。

那一晚，我真的做了梦，一个和上海有关的美丽的梦。梦醒时，背景已豁然换成烟雨朦胧的清晨。我以为，我睡得太沉了，因此不曾被雨声惊醒。妈妈说："没有，你睡得很轻，当第一滴雨，随着风飘进窗子沾湿你的脸时，你的梦就已经在苏醒了。"

我很惊讶：妈妈怎么知道我做了梦？但我没有问。我依稀记得昨晚的梦中曾闪过她的身影，还听到她用无比温柔而又略带嗔怪的声音说：“这孩子，又踢被子！”我想是这样的，一定是这样的，妈妈也参与了我的梦。

爸爸说，今天要去黄浦大桥看雨中的风景。

我抬眼望望窗外，仿佛已经看到了雨中的我、雨中的桥、雨中的黄浦江，还有我在雨中放飞的梦……

路面有些潮湿，但并不光滑。街上的行人打了伞，匆匆地赶着各自的路，雨中仿佛盛开了无数飘移的花。我们带了伞，却谁也没有打开，只想尽情地享受这温润的雨的抚摸。

我们一路悠闲地漫步，从大桥的这一头走到那一头，用爸爸的话来讲，那是在用脚板去感受。江水奔腾着从我们的脚下流走，起源于尽头，消失于尽头。我看着宽阔的江面，竟有些眩晕，为她的博大，为她的厚重。一种雄浑的力量开始在我的心中澎湃汹涌。太想把一切尽收眼底，我才努力地睁大眼睛，企图超越视野的极限。可是愈想征服，反而愈被征服，我觉得很累了，很想静静地闭一会儿眼。

雨，依旧以开始的速度，漫天飘飞。我的头发有点黏黏的潮，像妈妈梳妆时涂上了少许的发胶。我忽然想起了杭州——那个温柔多雨的城市，连同它的西湖、它的桥。我记得，那里的人说，断桥之所谓断桥，是因为下雪的时候，桥心不容积雪，落雪即化，很是神秘，远远看去，像是从中间断开一般，故称断桥；我记得，西湖的夜晚，湖上洒满了红烛船，莹莹点点。恋人们乘坐画舫，讲着白蛇与许仙，卿卿我我，重复着一句句不老的誓言，放任一个个许了愿的红烛船，看它们流走，流向遥远的天边；我记得，也是这样的雨，挑逗着粉嫩的莲，妈妈和我站在湖边，闲聊着对生活的祈愿。妈妈说，她希望在这湖边有一座属于自己的房子，随时，随意，听这缠绵的雨，看这粉嫩的莲。我记得，我曾期许她会有这样的未来，我答应过要帮她实现。我们都有梦要圆。美丽的梦，很遥远，没有人提起，却从不被忘记。

我觉得眼角湿润了，慌忙睁开眼，抬头看着天。有雨滴落进我的眼里，又流了出来，却已不知是泪，还是雨。长久地闭了眼睛，猛地睁开，竟对外面的光线有些不适应。我感到眼前模糊一片，过了很长时间，才渐渐清晰起来。细雨蒙蒙的江面笼起一层薄薄的白雾，升起又飘散，江水仍旧奔腾，起源于尽头，消失于尽头。水天之间，仿佛那一线浅浅的分隔也已经隐匿，我分不清，也不需要分清。

雨纷纷扬扬地洒落在我的身上，我用淡淡的体温暖着那星星点点的潮润。我想，我已经不会再难过了。差一点，我就忘记了自己还有梦想。有梦想的人，是决不会因为昨天的离去而伤悲的。不是吗？昨天的结束，是为了今天的开始。只要认定是对的，那么，还有什么必要为放手的东西而惋惜呢？我笑了，很真很真的笑，不带一点虚假。我想，要靠努力才能装出很快乐的日子，已经彻底结束了。我淋着雨，心，却是晴的。

终于，一点一点地写完了我的故事。抬头看看天，天很蓝。那些爱，那些青春，那些快乐抑或悲伤，躲在云端，随着云，静静地变幻。

手机屏幕一闪一闪，妈妈发来短信："复学手续已办妥，即归，勿惦念。"

我轻轻一点，回复一个大大的笑脸。

天很蓝很蓝，录音机里一直放着那首《隐形的翅膀》："我知道，我有一双隐形的翅膀，带我飞，给我希望。"我已经不再讨厌下雨了，因为，心里永远有阳光。一枚青涩而柔软的核桃，不知什么时候，已经变得坚硬起来。

后记

天气，就这样骤然转凉了。走在街上，总是习惯把领口竖起，即使被过分明媚的阳光笼罩着的小城依旧伪装出一副温暖的假像。冷风吹过时，已经能够自然地把外衣拉紧，环臂抱一抱自己，而不再像那个张狂无惧的过去的我，站在风口，任冷风鼓起敞开的风衣，默然独立。好像成熟的标志，是学会了该爱自己的时候要爱自己。

时光荏苒，最晚熟的核桃也终结了它青涩的过去，而所有伤痛所结成的厚厚的痂，也不知从何时起，成为了它保护自己的铠甲。我不敢说每一道风霜都能得到成长的回礼，但我相信，每一次的痛都为成长提供了契机。而我也渐渐明白，哪怕失去某次机遇也不必过分惋惜，毕竟伤痛和成长不是在生命中可以完结的某种过程，它们与你相伴，绵延一生，你需要时刻准备面对人生的风霜，也需时刻提醒自己，感悟点滴的成长。然而，若是可以因爱伤痛，在爱中成长，那无疑是一件无比幸福和幸运的事。瞧，我现在竟能坦然地承认，自己是一个幸福且幸运的女孩了。

《六月的青核桃》终于出版了，而我，也终于可以在漫长的创作和等待后，轻舒一口气，完成了对过去的缅怀。从某种意义上讲，很难说我在这部小说的创作上投入了大量的心血。事实也的确如此，在提笔之前，我并未对小说的结构和思路做任何清晰的勾画，基本上整个初稿都是在我的一种信马由缰的笔触下完成的。后期时，有些记忆已经支离破碎，很多真实的感受都需要通过曾经的日记回忆温习。在初稿完成后，我马上投入到紧张的高三学习中，可以说，在这之后的两三次修改与删节，直至最后的定稿，所有工作，都是在夜深人静的宿舍中完成的。无论是时间还是精力，我想我都未达到专业的投入。但同时，我不得不承认，完成这部小说对我而言是一个无比艰难和痛苦的过程。而所有的艰难与痛苦，完全源于它的真实。就像是一道伤口，不断被撕开、翻检，越是痛感减轻的时候，越要刺痛它，以此来保证情感的自然流淌以及对细节的敏感。为了我所珍视的感觉不致流失，我必须选择将伤口保鲜，而这种选择，无疑是对自己的一种残忍。

在初稿完成到一半的时候，我有过矛盾与犹豫，也对这部小说的创作初衷和目的产生过怀疑。我不知道，以这样一种方式缅怀过去是不是真的正确。隐隐的，我害怕，怕数年之后，翻开《六月的青核桃》，翻开那泛黄的青春回忆，我会以一种过来人的姿态嘲笑自己的单纯与稚嫩，我更怕，等我的心已沧桑，过去的种种心情，连我自己都无法体会。倘若真的如此，那么我所做的一切，不都在为这种悲凉的结局埋下伏笔吗？

万幸，我坚持了。因为我的坚持，我没有忘记我所拥有过却再也难以拥有的一份态度和情怀。它们，才是青春最重要的东西。封存的记忆，如今已成为一种证据，时刻证明并点醒着我，原来青春可以这样，爱可以这样……

一切结束了，生活却换了种姿态重新开始。我依旧会爱，在感情里，依旧义无反顾，依旧勇敢坚强，它们像是某种特质，始终与我无法割舍。而我学到的，抑或是改变的，不过是在爱别人的时候懂得了分寸，懂得了进退，懂得了留下一块空白给自己。我依旧年轻，时光还未苍老我的容颜，亦未沧桑我的心。我不后悔过去，亦不畏惧将来。我喜欢结痂的自己。

一直向前走，偶尔回头看看，才发现，所有的过往，都已成为生命的唯一。我想我还会有爱的人，也一定会有爱我的人，或许还会有宿舍楼下的告白、吉他和情歌，或许还会因为失恋而喝得酩酊大醉，或许还会为了爱人，赶赴跨越半个中国的约会……或许吧，年轻的我们，还有力气和热情做许多疯狂的事。但是，有些事情永远不会做了，比如说，我再也不会和哪个男孩传那么多的小纸条，写那么多的情话。纸条时代终于消匿于电话和电脑的喧嚣中，而那份别样的情怀，也终将不再浮现于心。时常我也会羡慕曾经的自己，笑着自言自语：原来青春可以那样，爱可以那样……一切过往，都值得珍藏。

我依旧在成长，还有太多的东西，是要经历过才能懂得的。所幸，我已经有了足够强大的内心来面对一切未知的伤痛。我大概不会再对什么产生绝望，因为所有让人绝望的事都已碰触不到我的底线。在我心灵深处最柔软的地方，我高筑起城墙，墙的名字，叫坚强。而这一切，都是时光的成全。六月的青核桃，终于，不再青涩。

作者　2012年9月1日于曲阳

图书在版编目（CIP）数据

六月的青核桃/白兰著. －北京：作家出版社，2013．6
ISBN 978－7－5063－6768－4

Ⅰ．①六… Ⅱ．①白… Ⅲ．①长篇小说－中国－当代
Ⅳ．①I247．5

中国版本图书馆 CIP 数据核字（2012）第 308696 号

六月的青核桃

作　　者：白　兰
责任编辑：王淑丽
装帧设计：孙惟静
出版发行：作家出版社
社　　址：北京农展馆南里 10 号　　**邮编**：100125
电话传真：86－10－65930756（出版发行部）
86－10－65004079（总编室）
86－10－65015116（邮购部）
E－mail：**zuojia@ zuojia. net. cn**
http：//www. haozuojia. com（作家在线）
印　　刷：三河市紫恒印装有限公司
成品尺寸：142×210
字　　数：200 千
印　　张：8.25
版　　次：2013 年 6 月第 1 版
印　　次：2013 年 6 月第 1 次印刷
ISBN　978－7－5063－6768－4
定　　价：18.00 元